花落雲暮間

4

完

木嬴 著

風文創 223

目錄

第三十一章 今宵風月

見來者要刺殺錦雲，葉大夫人的臉容不期然地閃過一絲笑意，可是下一刻，那笑意在臉上僵住，因小廝的刀被人一腳給踢飛了，且搭救之人還不是葉連暮。

錦雲一門心思都放在清容郡主套圈圈上，根本沒注意到有人暗殺她，直到小廝的慘叫和匕首砸地的哐噹聲，才茫然回頭，一臉逃過一劫的覺悟都沒有。

因為她身側還同時站著好幾個人，錦雲納悶道：「他要殺誰？」

夏侯沂額頭布滿黑線，這女人對危險的認知也太弱了吧？快被暗殺了都不知道人家是要來殺她。

「他是來殺妳的，連暮兄怎麼沒看著妳？」

青竹她們那些丫鬟臉色唰的一下白了，見那小廝要爬起來逃走，她們抄起瓷瓶就砸過去，將那小廝給砸暈了。

那廂，葉連暮他們幾人正要去東翎湖遊玩，據說柳飄香會在花船上獻藝，他們正打算去湊熱鬧時，就聽到珠雲匆匆忙忙地前來稟告道：「少爺，有人要殺少奶奶。」

葉連暮臉色一變。「少奶奶有沒有事？」

珠雲忙搖頭，然後指向錦雲的所在地，葉連暮急忙去找錦雲了，他的臉色鐵青一片，早知就不該讓她出來逛花燈會，人山人海的，暗衛就是想保護她都不易。

這時小廝已經被趙構給抓住了，趙構也嚇壞了，方才小廝走過去，他站在後面，只看見小廝的背影，沒發現小廝手裡的刀，若不是靖寧侯世子，他今天就是萬死也難辭其咎，往後一定要加派人手才成。

一見葉連暮來，趙構低著頭。「屬下辦事不力，還請爺責罰。」

錦雲背脊發涼過一陣後，也就沒那麼怕了，吩咐道：「查出是誰指使他刺殺我的。」

葉連暮緊緊地握著錦雲的手。「一個晚上，妳差點死兩回，別亂跑了，妳就跟著我。」

前一回是差點掉水裡去，這一回是險些被刺殺，葉連暮是真的怕了，萬一錦雲有什麼閃失，他怎麼辦？

錦雲輕聲辯解道：「上一回不算，我會泅水，就算掉下去，我也沒事……我跟著你就是了。」

葉連暮拉著錦雲走，清容郡主手裡還剩下一堆圈圈，正不知道怎麼辦好，一見到夏侯沂，二話不說，就把一堆圈圈扔給他了。「你幫我套。」

說完，清容郡主追著錦雲就走了，夏侯沂站在那裡，臉色微僵，他的存在感就這麼低嗎？救人沒人道謝，未婚妻指使他套圈圈，自己卻跑了，她不該留下來看著嗎？

夏侯沂回頭瞄了那瓷器一眼，老闆正拉著青竹不給走。「姑娘，方才妳砸壞了一個花瓶，是十兩銀子……」

青竹翻著荷包，拿出一張千兩的銀票，苦著臉。「沒小錢了，你找我銀票，銀子太多了，我拿不動。」

老闆真想罵人，他做小本生意，一年也掙不了一百兩，上哪兒去找一堆銀票？可十兩銀子不要，那是斷斷不可能的。忽然聽到一陣鼓掌聲，老闆回頭，就見每個物件上都套著一個圈圈，他整個人都傻了。

夏侯沂不知道清容郡主要什麼東西，乾脆全套上了，然後問青竹。「郡主要哪個？」

青竹眼睛瞪大，半晌說不出來話，早知道他這麼厲害，清容郡主還拗半天做什麼？

青竹回道：「花燈。」

老闆回過神後，從心裡騰起一抹無力感，眼下幾乎是傾家蕩產，他可就靠這些東西過活呢！再聽夏侯沂的話，似乎是只要一件，忙去拿了兩盞花燈過來，且拿最漂亮的來。

青竹看著地上擺著二、三十個物件，雖然不是什麼寶貝，加起來也能值個上百兩，再看夏侯沂走遠了，以他侯爺世子的身分，這樣的東西還不至於放在眼裡，她便道：「那之前我砸壞的花瓶就這樣算了，行嗎？」

老闆忙不迭地點頭。「行、行，我也送妳一盞花燈。」

青竹欣喜地接過花燈，高興地也去追錦雲了。

老闆抹著額頭上的汗珠，今天這日子過得大喜大悲，心臟有些承受不住了，這生意今天是不能做了，忙把東西收拾好，趕緊回家，萬一人家後悔再回來取，自己可以帶著一家子老小跳湖投胎轉世、重新做人了。

另一廂，葉連暮牽著錦雲走到葉容痕等人面前，葉容頃不滿道：「為什麼倒楣的都是妳，妳得罪誰了，竟要殺妳？」

錦雲聳肩搖頭，一臉鬱悶。「我也不知道。」

葉容頃扯了扯嘴角，翻了個大白眼，他想說十有八九是國公府那些造謠生事的人做的，可是那些人都是葉連暮的親人，他又沒有證據，便忍著沒說出口。「還去不去遊湖了？」

錦雲點頭，葉容頃白了她一眼。「沒問妳，我們是去看人家花魁跳舞，妳去幹麼，那是妳一個女人家該去的地方嗎？」

錦雲挑了下眉頭，隨即嗤笑道：「我去喝花酒啊！小王爺，風月閣可沒花茶賣，你要喝，下次我泡給你喝。」

葉容頃臉立刻大紅，他偷溜去風月閣險些出不來的事，幾乎沒人敢提，她竟然往他傷口上撒鹽？他深呼吸，對葉容痕道：「王兄，她不守婦道，簡直就是帶壞清容郡主和一大群大家閨秀，你下旨派八個、十個嬤嬤去教她規矩禮儀。」

錦雲氣得直磨牙，葉容頃昂著脖子，一臉本王爺才不怕的表情，她要是敢再提那丟臉的事，就叫那些嬤嬤折磨死她。

錦雲深呼吸後，眼睛在四下掃了一圈，殷勤道：「小王爺，你餓不餓，我請你吃飯。」

葉容頃臉上立刻綻放一抹笑容，心情很好，架子還依舊端著。「本王爺剛吃過，還不餓，只是身上的衣服方才被燙壞了一點，妳給我設計八套、十套新樣點兒的……」

八套、十套？錦雲白眼一翻。「每套一萬兩，小王爺就是要一千套，我也給你設計出來。」

這下換成葉容頃發怒了。「一萬兩做件衣裳？還不如直接拿銀子做呢，王兄的龍袍也不用一萬兩啊！」

「不願意，那算了。」

「……算妳狠！我餓了，我要吃醉香樓的燒雞、福滿樓的醉鴨、柳記的花生酥……我要吃滿漢全席！妳去找滿漢，我要吃他做的全席。」

錦雲腳一軟，她記得自己解釋滿漢全席的時候他不在場啊，怎麼他也知道滿漢全席了？錦雲不知道，當她說了滿漢全席一百多道菜後，葉容痕和常安就記下了，之後，葉容痕把御廚喊了去，特地問了問滿漢全席的事，御廚嚇得臉都白了，沒敢說不會，只說回去查閱書籍，一定做出來。這會兒，御廚們還成堆地在一起討論，個個都苦癟著張臉，把「滿漢」恨得牙癢癢，也暗自臭罵一頓在皇上跟前提出滿漢全席的人。

皇上的事再小，那也是大事，皇宮裡上下都知道皇上讓御廚準備滿漢全席的事，葉容頃怎麼會不知道呢？他也是個小吃貨，還特意問了葉容痕，做好了一定要請他吃，便順帶從葉容痕那裡知道這是錦雲說的，因此要吃滿漢全席，找錦雲最合適。

錦雲卻撓額頭，要她請客吃滿漢全席？她只是客氣，這小屁孩還順著杆子爬上來了。

葉容頃見她不說話，小眉頭一皺。「說話啊，請客可是妳說的，我是客人，我點菜，妳要幫我準備，這是禮貌。」

錦雲輕眨眼睛。「不是客隨主便嗎？青竹，去買兩個包子來。」

葉容頃差點跳腳。「吃包子？妳腰纏萬貫，居然請我吃包子？」

就請你吃包子，不吃拉倒。

葉容頃頭毛立炸，尤其見青竹拿了包子來，更是氣得跳腳。

「我不吃！」

青竹手裡捧著包子，看看葉容頃又看看錦雲，見錦雲沒有發話，換言之，她要是不讓十王爺接受，就得去找滿漢來給他做吃的了，而她去哪裡給他找滿漢？

幾人朝前走，東翎湖就在前面不遠處，約莫兩刻鐘就能走到。

葉容頃不拿包子，青竹就一直跟著他，他快忍不住了，太欺負人了，好歹他也是堂堂王爺，竟然被個丫鬟給欺負了！葉容頃忍無可忍，正好瞧見桓禮和桓宣自前面走過來，他立馬道：「他那臉色一看就是餓的，把包子拿給他吃。」

什麼叫柿子揀軟的捏，這就是啊！青竹扯著嘴角把包子遞到桓禮面前，桓禮一頭霧水，他心情是差，心情一差就喜歡吃東西，可他不喜歡吃包子啊！可是見葉容頃一臉「你吃啊、你快吃啊」的表情，桓禮心裡閃過一抹警惕，這包子裡不會加了什麼吧？無事獻殷勤，非奸即盜！

桓禮看了青竹兩眼，青竹把包子往前遞了遞，要說葉容頃喜歡搗蛋，可包子是青竹拿的，那神情、那臉色，一看就是個善良的小妞，再者，一直舉著，手也會痠啊！

桓禮拿了包子就啃起來，一邊問道：「十王爺，你怎麼知道我心情差？」

「長眼睛的都看得出來你不高興，你被人給欺負了？」

葉容頃問著，眼睛落在桓宣身上。沒道理啊！若是有人欺負他，桓宣會不過問，還一臉帶笑？欺負他的人十有八九就是他，葉容頃幾乎下定論了。

桓宣打著扇子道：「小王爺，欺負他的不是我，另有其人。」

「另有其人？誰啊？」

桓禮把啃了一半的包子還給青竹，然後道：「你說雞蛋裡面有沒有毛？」

葉容頃斷然搖頭。「沒有。」

桓禮立馬笑了。「如果雞蛋裡沒毛，那麼孵出來的小雞怎麼身上有毛？」

葉容頃被問得一愣，這麼說雞蛋裡似乎有毛。「雞蛋裡只有蛋清和蛋黃，沒有毛，小雞身上的毛是小雞身上的毛，不是雞蛋裡的毛。」

「可小雞是破殼而出的。」

「……」

「火熱不熱？」

「火當然熱了！」

「那這個火呢？」桓禮打開扇子給葉容頃瞧，上面赫見一個火字。

葉容頃無言。「……」

「孤駒有母親嗎？」桓禮心情好多了，玉扇搖得愜意。

「沒有母親牠怎麼來到這世上的？」

「自然是母親生的！」

「那孤駒就有母親啊！」

「非也非也，孤駒之所以叫孤駒，正因其孤單，沒有母親，有母親怎麼稱之為孤？」

「……那牠總是母親生的吧，怎麼能說沒有母親呢？」

「牠是母親生的，但母親在世時，牠不叫孤駒，母親過世後，牠才叫孤駒，所以自牠成為孤駒的那一天起，牠就是沒有母親的。」

「……」葉容頃想想，覺得桓禮說得很對，可又覺得哪裡不對勁。

「飛鳥的影子動過沒有？」

「沒有動過，沒……等等！你這麼問，肯定是沒動，什麼亂七八糟的東西？」葉容頃頭大了，顏面盡失，臉上無光。

桓禮嗤笑道：「我也是聽來的，為了這三個問題，我輸了三十兩銀子！」

錦雲側目，原來他一副臭臉，是因為這三個問題丟了面子、輸了銀子。這可是詭辯之術，專門用來糊弄人的，讓人覺得有理之餘，又覺得哪裡不對，然後思緒就被繞了進去，著名的詭辯有許多，錦雲知道的就有「白馬非馬」之說。

這還不是讓桓禮最氣的，他氣的是那書生的話。「他竟然說有理走遍天下！」

葉容痕來了興致。「朕也去瞧瞧，他是如何有理走遍天下的。」

桓禮在前面給大家帶路，就在前面不遠處，一堆人圍著一個書生，書生身上還掛著牌，上面寫著——

有理走遍天下。

一群人走過去，就聽到有人上去問：「人不吃飯會死。」

書生搖頭道：「人不吃飯，不會死。」

那人大笑。「人是鐵，飯是鋼，一頓不吃餓得慌，不吃絕對會死，先生你輸了。」

書生繼續搖頭。「我若是吃番薯，吃菜，三年五載、十年八年不吃飯，絕對餓不死，你們說呢？」

吃番薯，吃菜，只要肚子不餓，自然餓不死。那人先是一愣，隨即無話可辯，悻悻然下去了。

一個男子又上前去，說人不喝水會死。最後被書生這麼一辯，成了喝粥，喝果汁，都不會死……

一群人都陷入了沈思，不承認他說得是對的，可又沒法反駁他說得是錯的，一句話概括就是：能勝人之口，不能勝人之心。

桓禮幾個人面面相覷，都在商議說詞。只有錦雲撓著額頭，有那麼難嗎？

那邊書生笑道：「承讓了，承讓了，小生行遍大江南北，為的就是一個理字。」

錦雲上前一步，笑道：「先生詭辯之才，讓人刮目相看，欽佩欽佩。」

書生也不生氣，笑道：「姑娘也要同我辯上一辯？」

青竹立刻道：「這是我們少奶奶！」

書生一聽，立刻作揖賠禮。「小生眼拙了。」

錦雲渾然不在意，書生便讓錦雲出題。

錦雲掃視了書生兩眼，笑道：「先生身上三斤肉。」

錦雲話一出來，大家全部望著她，這麼一個書生，少說也有百八十斤啊，怎麼說他三斤肉呢？這少夫人眼睛沒問題吧。

就聽書生笑道：「夫人眼拙了吧，小生重一百又二。」

錦雲倩然一笑。「先生聽錯了吧，我說的是肉，先生身上除了肉還有骨頭和血、頭髮等物，除去那些，先生身上只有三斤肉！」

書生愕然，葉容頃見他說不出來話，忍不住催道：「你倒是想辦法證明你不是三斤啊，不然你可就輸了。」

書生額頭全是汗珠，這叫他怎麼證明，剜肉割下來證明嗎？

見書生半天說不出來話，青竹眼睛賊亮賊亮的。「我數三下，先生再不證明，可就是我們少奶奶贏了。」

青竹數著一、二，三還沒有出口，書生便朝錦雲作揖了。「小生甘拜下風。」

說完，把五十兩銀子送上，這麼多人拿銀子出來跟他爭辯，完全是受金錢的誘惑，贏了就有五十兩，輸卻只輸十兩，懷裡揣了銀子的都忍不住動心。

葉容頃邁步上去，脫口來了一句。「我瞧先生身上不止三斤肉，應該是四斤！」

書生差點哭出來，錦雲也忍不住笑了，這小屁孩腦子夠靈活，這麼快就學會舉一反三了，孺子可教。

錦雲那倩然一笑，如清風，如明月，不知道觸動了多少人的心。

葉容頃要辯論，結果書生連著求饒，這還有完沒完了，一個來四斤，再來一個五斤、六斤，這是要逼迫他剜肉嗎？

書生把攤子一收，再次給錦雲作揖。「小生半年來，未嘗得一敵手，今日敗與夫人之手，心服口服，以後這牌子，小生就棄了！」

說著，把那有理走遍天下的牌子一扔，錦雲卻讓青竹撿了起來。「有理走遍天下這話沒錯，先生說的是詭辯之術，算不得理字。」

書生滿臉通紅，接過牌子告辭。

桓禮打著扇子，盯著錦雲道：「妳怎麼知道如何對付他？」

錦雲一聳肩。「富家不用買良田，書中自有千鍾粟；安居不必架高堂，書中自有黃金屋；娶妻莫恨無良媒，書中自有顏如玉；出門莫恨無人隨，書中車馬多如簇，男兒欲遂平生志，六經勤向窗前讀……我當然是看書知道的了。」

桓禮一張臉通紅，枉他飽讀詩書，竟然連這首詩都不知道，慚愧啊！

葉容頃一臉疑惑地看著她。「我也看了不少的書，怎麼沒看到千鍾粟、沒看到車馬、沒看到顏如玉？」

葉容軒一巴掌拍過去。「笨蛋，她的意思是多讀書，考取功名，將來平步青雲，要什麼沒有？都是讀書得來的，不是真的書裡有。」

「那倒不一定，如果是《聊齋》，書裡就有……啊，聊齋是個奇幻的世界，就跟《西遊記》一樣……」錦雲大汗，方才她竟然有種錯覺，彷彿在跟室友辯論書中自有顏如玉的事。

葉容頃連著點頭，桓禮推搡了下葉容軒。「什麼是《西遊記》？」

葉容頃興致勃勃，他最喜歡給人說《西遊記》了。「你不知道，孫悟空有根棒子，能大就大，能小就小，能把天給捅破呢，裡面還有女兒國，沒有男人，裡面的女人都是靠喝一種怪水生孩子，我七王兄最喜歡女兒……」

那個「國」字還沒出來，葉容軒就捂住了他的嘴巴，只餘下一陣唔唔唔的聲音，可是大家都聽見了，七王爺喜歡那個有一堆女人的地方，眾人當下用一種怪異的眼神看著他，葉容軒氣得想捂死葉容頃，不就沒忍住打了他一下，至於這樣對他嗎？

不過說歸說，對於那樣一個只有女人，沒有男人，還個個貌美如花的地方，誰不想去見識見識，一旁的男子都湊過來問了。「那女兒國在什麼地方，遠嗎？」

錦雲搖頭。「不遠，一抹脖子就到了。」

「……」

眾人無言，避之唯恐不及，為了去女兒國丟了命可就得不償失了！

葉容頃怒道：「本來一個好好的地方，堪稱人間仙境，妳一說話就成人間地獄了，妳就不能說點好聽的嗎？」

錦雲氣得直磨牙，想起弼馬溫，眸底閃過一抹詭異的笑。「我知道你喜歡孫悟空，可你知道孫悟空之前是養馬的吧，你要學孫悟空得從養馬開始，我建議朝廷開個養馬場，十王爺負責。」

葉容頃氣得小胸口直起伏，養馬？她竟然要他去養馬，孫悟空還不幹呢！他一個王爺去養馬？

葉容頃還未說話，錦雲便道：「天將降大任於斯人也，必先苦其心志，勞其筋骨，餓其體膚……養馬算得了什麼呢，小王爺，你說呢？」

葉容頃聽得一愣一愣的，他沒完全聽明白，只聽見「勞其筋骨，餓其體膚」，這女人心也太狠了吧！不僅要他養馬，還要他餓肚子。

葉容頃扯著葉容痕的錦袍道：「王兄，你可別聽她胡言亂語，我才不要養馬。」

錦雲翻白眼，養馬多好的一件事，這小屁孩竟然不要，她求還求不來呢！

就聽桓宣道：「十王爺年紀尚小，養不了戰馬吧？」

戰馬？葉容頃鬆了手，他雖然年紀小，可也知道馬匹的重要性，尤其是戰馬，這些日子，王兄都在為組建鐵騎的事憂愁，錢是有了，馬卻湊不齊，沒有多少馬場能一次拿出三萬匹馬來，到現在也才湊夠了萬匹，簡直就是有錢都買不到；當然了，一匹好馬價值不菲，那幾十萬兩銀子根本不夠用。

葉容軒皺著眉看向錦雲，這事本來是好事，怎麼從她嘴裡說出來就跟刑罰似的，還有養馬這事十王弟確實做不來啊，至少現在是做不來。

葉容頃瞄了眼葉容軒。「那我就養馬吧，不過我要做大老闆，七王兄給我做幫手。」

葉容軒差點吐血，他豈會不懂做幫手什麼意思？髒活、累活全是他的，數錢的活兒就是他自己的。「那還不如我自己來，不就數個錢嗎？我就是不睡覺擠也能擠出來。」

聽著葉容軒的話，大家都憋笑，七王爺和十王爺關係好，雖然七王爺年紀大，可是十王爺人小鬼大，不是那麼好糊弄的，尤其是在吃上面，十王爺什麼都吃，就是不吃虧。

葉容痕也有意養馬，只是馬不是那麼好養的。「朝廷也有養馬場，可是每年瘟疫，馬匹都死掉一半，餘下的都病病歪歪。」

葉連暮補充道：「南舜北境就是草原，專門負責養馬，以往的馬匹都是從南舜買過來的，今年邊關戰亂四起，馬匹供應少了一半。」

錦雲也知道，養馬最好的地方就是草原之地了。「可一直指望別人太不靠譜了，還是得自己有才行，不就是瘟疫嘛，沒事，小王爺，你以後就跟我學醫術，我會傾盡全力把你培養成一名……」

葉容頃雙眼冒精光。「妳要教我那種給人開膛剖肚的醫術？」

錦雲搖頭。「教你給馬匹開膛剖肚，成為一名獸醫。」

葉容頃的笑容頓時湮滅，怒火升起。「誰借我刀，我想殺人了。」

葉容軒拍著他的肩膀道：「以後我家旺財病了就全靠十王弟你了。」

葉容頃往旁邊一躲，氣得直冒煙。錦雲抖著肩膀，葉連暮在一旁搖頭暗笑，青竹卻拉著錦雲的衣袖，指著後面的清容郡主給她看。

錦雲有些不明白。「怎麼了？」

青竹輕聲道：「清容郡主一直走神兒，方才還差點撞到別人。」

錦雲皺眉。「好好的，怎麼會走神兒，出什麼事了？」

青竹回道：「還不是手上那兩盞花燈嘛，靖寧侯世子送的，她從拿著花燈起，就一直魂不守舍的。」

不會是第一次收到男子的禮物，有些激動過火吧，可是之前不是收過花嗎？

錦雲決定試她一試，走過去笑道：「這花燈真漂亮，送我一盞？」

清容郡主先是搖頭，隨即臉一紅，遞了一盞給錦雲。「給妳。」

錦雲微微詫異。「不是捨不得花燈，妳好好的走什麼神兒，想什麼呢？」

清容郡主苦著一張臉，不知道怎麼回答好，她的丫鬟秋玉便壓低聲音道：「我們不是要去東翎湖看風月閣的姑娘們表演嗎？我們王妃最討厭男人去那樣的地方了，我們郡主怕回去挨罵呢，也怕……也怕未來的姑爺是個喜歡眠花宿柳的人。」

錦雲明白了，這是怕夏侯沂是個喜歡逛青樓的男子，也難怪她會憂愁，都訂親下過聘了，將來兩人是要在一起過一輩子的，怎不憂愁嘛！

其實讓她們擔憂的不是逛青樓，而是把青樓女子納回家做妾，若他會喜歡青樓女子，十有八九也會喜歡府內的丫鬟，她們怕的是將來和一群小妾爭風吃醋，若只是單純地去青樓，倒沒那麼讓人憂心。

錦雲笑道：「應該不會吧，妳和安兒那麼熟，問她就知道靖寧侯世子是個什麼樣的人。」

清容郡主窘紅了臉。「錦雲姊姊，妳說他們為什麼喜歡逛青樓呢？葉大少爺以前也喜歡逛青樓，娶了妳之後，就沒去過了，妳是怎麼管教他的，母妃還讓我多向妳討教討教呢。」

青竹在一旁望天，少奶奶幾時管過少爺了？少爺不去青樓可不關少奶奶什麼事，要說管教嘛，貌似是少奶奶比少爺對青樓更加熱衷，每回都是少奶奶想去，少爺攔著的……

在清容郡主求教的眼神下，錦雲不得不回道：「以後靖寧侯世子去多少次青樓，妳也去多少次，妳去就專門點花魁，以後他就不敢再去了。」

「就這樣？」清容郡主訝異道，竟然是比逛青樓的次數，這樣行嗎？她一個女子去風月閣那樣的地方合適嗎？

錦雲知道這樣太為難清容郡主了，畢竟清容郡主跟她不一樣，尤其她和葉連暮第一次相遇時，就牽扯上風月閣，還是他親口說要帶她去風月閣的；再說，當初他們賜婚牽扯出不小的風波，全京都皆知是出於兩情相悅、情投意合，若是為了青樓女子就背棄這八個字，那也太薄情了，會受世人唾棄的。

清容郡主請教錦雲怎麼做個好妻子，青竹幾個丫鬟兩眼望天，她們可不認為少奶奶是個好妻子，人家妻子都是夫君進門就幫著端茶倒水、噓寒問暖，少奶奶就很少這樣做；少爺進來，她還是做自己的事情，偶爾還霸占著少爺的書房，把他轟出去看書，調香製藥的時候，還是少爺叫她回去睡覺，根本就是顛倒了。虧得蘇老夫人教過少奶奶要以姑爺為重，安守本分，相夫教子，舉案齊眉，相敬如賓。

安守本分，青竹沒見到；相夫教子，青竹也沒見到；舉案齊眉、相敬如賓……一天這兩人不爭上兩句，她們都會覺得奇怪了，可要說少爺和少奶奶關係不好嘛，偏每天晚上那動靜，讓幾個丫鬟都臉紅。

幾位男子走在前面，夏侯沂總覺得有人盯著他看，有種毛骨悚然的感覺，忍不住問葉連暮。「我背脊發涼，你夫人不是要教壞清容郡主吧？」

葉連暮回頭看了錦雲一眼，見錦雲和清容郡主的腦袋都快湊一起了，有種陰謀的味道，他輕嗯了一聲。「別怕，可能不止教壞清容郡主一個，回頭也會教你妹妹的，你回去問問她就知道了。」

夏侯沂啞然，明知道會教壞別人，他這個做夫君的也不管管，未免也太過縱容了吧？

錦雲說了一堆，清容郡主都搖頭。「我不會，有沒有再簡單點的，下毒我還是沒膽量。」

「不是毒，是迷藥，把人迷暈而已，跟毒不同。」錦雲說得口乾舌燥。清容郡主看似蠻橫，可論說溫良，錦雲還真比不上她，要是葉連暮欺負錦雲，她肯定會上銀針和迷藥的。

錦雲也沒轍了，搖頭。「我也沒別的辦法了，溫王妃怎麼做的？」

清容郡主鼓著腮幫子道：「我母妃喜歡上吊，可她不許我用，說有一次沒注意，差點真吊死了，幸好父王及時把母妃給救了下來，從那以後，父王就把府裡的白綾給剪掉一半，保證吊不死母妃。要是他以後不喜歡我，不救我，而我自己又不好意思剪白綾，怕被人笑話連上吊都沒誠意，我就真吊死了。」

溫王妃教清容郡主時，清容郡主想說仿效母親用上吊的，結果溫王妃直截了當地說不行，理由就是上吊的誠意不夠，不許她用。清容郡主愁啊，要是真和未來相公鬧翻了，她該怎麼做呢？不許她上吊，哭又哭不出來，只能罵了，可是她不大習慣罵人啊，下人惹怒她，她都是打板子、罰月錢的，這一招對靖寧侯世子可不管用，她越想越是愁。

錦雲無言，成群結隊的烏鴉從腦門上飛過去，溫王爺和溫王妃也太好玩了吧？妳上吊，我給妳提供保障工具？這麼好的感情還用得著上吊嗎？她有些理解清容郡主的性子了，遺傳啊，她敢打賭，溫王妃上吊時肯定活似清容郡主的蠻橫性子。

錦雲看她一臉愁容，忍不住笑道：「都還沒嫁呢，妳這樣子靖寧侯世子知道了該忐忑不安了，兩個人好好地過一輩子，不好嗎？」

清容郡主搖頭。「不好，母妃說夫妻不吵架那就不是夫妻，牙齒還有咬到舌頭的時候，吵架不可怕，可怕的是吵了一直好不了，母妃說這是門學問，我要學一輩子，想想就頭疼，我都不想嫁人了，一直當郡主多舒服，最多就是被母妃罵兩句，反正我都習慣了，撒個嬌就沒事了。」

說著，清容郡主又是一嘆，飽含憂愁苦惱，錦雲卻很贊同她說的話，吵架不可怕，可怕的是吵了一直好不了，雖說吵架容易離心，卻也有越吵，相處起來越舒暢的。有時候這是兩人的性格使然，有時候講究的是各退一步海闊天空，就看怎麼把握了。錦雲其實也不大會，但她辦事起碼有原則，懂得一碼歸一碼，她和葉連暮生氣歸生氣，但是大多時候說到正事，那恩怨先放在一邊，等正事處理完了，咱再繼續生氣，而葉連暮也摸透了錦雲的脾性，趁著正事辦完，錦雲心情還沒變差，就趕緊示好，錦雲瞪他兩眼，不愉快也就煙消雲散了。

眾人很快就到了東翎湖，東翎湖很大，錦雲早就知道了，可是沒想到花燈會上的東翎湖會那麼美，美得無與倫比，雕梁畫棟般的畫舫，點著各式各樣的花燈，倒映在湖水面，還有遠處縹緲的琴聲和歌聲與清脆爽朗的歡笑聲。

一行人才走到湖邊，柳飄香便主動邀請桓宣上船，而與桓宣同行的一群人也跟著登上了東翎湖上最大的畫舫。

錦雲和葉連暮走在後面，忍不住問道：「前些時候你不是說風月閣不簡單嗎？誰的？」

「莫雲戰的。」

「……他的？柳飄香是他的人，為何總是跟左相府大少爺扯上關係？」錦雲不明白了，既然是做臥底的，莫雲戰還在京都且來參與花燈會，柳飄香肯定要以公事為重，偏還邀請桓宣，有些不尋常了。

「還記得祖父給妳的半片羊皮嗎？左相手裡似乎也有，若是我猜得不錯，應該是為了那半張羊皮。」

「左相手裡也有？那羊皮不會是什麼藏寶圖之類的吧，呃，我要不要讓人去偷？」

葉連暮頓時覺得腳下一軟，她這是有多喜歡錢啊，有個日進斗金的雲暮閣不夠，又開了錢莊，現在還惦記著藏寶圖。

他無力地回道：「為夫從未聽說過有藏寶圖的事。」

「你沒聽說過不代表沒有啊，不然那半張羊皮幹麼用的？祖父就沒跟你說？」

「祖父東西都給妳了。」

「給我的不就是給你的，有區別嗎？」錦雲反問。

沒區別嗎？區別大了！但是這話他不會說。「要不回去妳問問祖父，或問岳父，他估計也知道。」

錦雲心裡一直很納悶呢，沒道理國公爺不把好東西給葉連暮，給她一個外來的孫媳婦啊，尤其那會兒，她與葉連暮是鬧得不可開交。

錦雲忽然想起些什麼，忙問葉連暮。「你是說那半塊羊皮是祖父在我敬茶那天讓你交給我的？」

葉連暮輕點了下頭。「怎麼了？」

錦雲抿唇道：「敬茶那天，我爹讓我給了祖父一本書，祖父很激動，高興得對我刮目相看，然後就讓你把羊皮給我了，這羊皮十有八九跟我爹有關係！」

可是有什麼關係？錦雲就想不明白了，一塊小羊皮而已，至於那麼重要嗎？若說對右相重要，可是也沒見他提起羊皮的事啊，錦雲有些糊塗了，也同樣把葉連暮弄糊塗了。

錦雲還在沈思，就聽畫舫裡傳來一陣猶如新鶯出谷的說話聲。

一抬頭就見柳飄香給桓宣他們行禮，然後她看著葉容痕問：「這位公子是？」

錦雲這才注意到葉容痕臉上罩著面具，金燦燦的。也是，堂堂皇上光臨畫舫的事若是傳揚出去，明天該被文武大臣諫言了。

就聽葉容痕打著玉扇道：「在下容夜。」

柳飄香忙福身行禮。「飄香見過容公子，失禮之處，還望見諒。」

柳飄香說著，心裡閃過一絲納悶，怎麼從未在京都聽過這號人物，尤其進來時，他還走在桓公子和七王爺前面，按照尊卑，也不該這樣啊，莫非他是……

心中微微一怔，柳飄香嘴角閃過一抹笑意，再抬眸，就見到葉連暮和錦雲兩人，她整個人怔住了。「葉大少奶奶？想不到葉大少奶奶也來了，失敬了。」

錦雲嫣然一笑，算是回禮了，然後入座，她這才注意到畫舫裡，除了他們之外，還有不少人在，大多都是文雅書生，器宇軒昂，足有八、九位，他們看到葉連暮時，其中有幾位甚至有些侷促不安，目光閃躲。

錦雲好奇地問葉連暮。「相公，你把他們怎麼了，他們好像很怕你的樣子？」

「怕我倒是不至於，不過我也算認識他們，都是新科進士。」

錦雲扯了下嘴角，有些想笑，這算是怎麼回事？今天才發過誓不貪墨、不淫邪，晚上就在風月閣的畫舫相遇了，他們可都還沒有過考察期呢，就被撞上了。

錦雲輕笑道：「你自己都來了，他們還怕你，似乎有些作賊心虛了。」

葉連暮不動聲色地瞥了對面幾位新科進士，端起酒水輕啜。「皇上在這兒，這事歸他管。」

柳飄香殷勤地吩咐丫鬟招呼客人，巧笑倩兮地說著話，大概的意思就是今天是殿試放榜的好日子，又是花燈節，她邀請幾位才子來吟詩作對，沒想到會遇上葉連暮和葉容軒等人來，既然遇上了，大家就交個朋友，飲酒作樂一番，尤其是葉大少奶奶和清容郡主都來了，很是給她柳飄香面子，甚為感謝。

如此一來，幾位才子倒是不拘束了，連葉大少奶奶和清容郡主都來這煙花之地，他們怎麼就不能來了？

似乎有人多飲了兩杯酒，有些醉了，人一旦醉了，就容易吐真言，只見對面一個男子晃晃悠悠地站起來，手裡拿著酒盞，走到葉連暮跟前，把酒盞往前一舉，許是動靜大了些，酒水都飛濺到錦雲臉上了。

錦雲暗磨了下牙，拿帕子去擦，就聽男子道：「葉大人，你與皇上很熟的事，我們都知道，你能告訴我們殿試授官的主意是誰給皇上出的嗎？我們幾個人欽佩他！」

那邊也有男子走過來。「豈止是欽佩，簡直是佩服得五體投地！皇上更是氣魄，竟然說服了文武百官，如此大才，我等想結識一番。」

葉容頃坐在一旁，也好奇地問道：「連暮表哥，我也好奇這主意是誰給王兄出的？」

葉連暮淡淡地飲酒。「就不能是皇上自己出的？」

葉容頃翻了個小白眼，王兄出的，怎麼可能呢？太皇太后都說給王兄出主意的人有大才，讓王兄予以重用，這意思就是說，出主意的人絕對不可能是王兄自己，不過王兄在這裡，他反駁豈不是說王兄是笨蛋，想不出這主意？

幾位新科進士都睜圓了眼睛，葉連暮望著他們幾個。「皇上重用你們，希望你們不要讓皇上失望。」

他們當即發誓，錦雲忍不住噗哧一聲笑了，他們都望著她。「夫人笑什麼？」

錦雲收斂神色，把果酒放下，笑道：「與其一而再、再而三的發誓，還不如來點實際的。你們可知道，皇上頂著多大的壓力在殿試授予你們官職，而你們呢，明知道皇上此做法得不到文武大臣的認同，還來這風月場所，你們可知道暗處有多少人盯著你們，等著抓你們的把柄？明天一早，會有多少奏摺彈劾你們，彈劾皇上今天殿試做得不對，這就是你們的報答？」

幾位新科進士的臉頓時尷尬不已，柳飄香忙道：「葉大少奶奶錯怪他們了，他們原是在湖邊散步，是飄香讓丫鬟去請他們上畫舫的。」

錦雲站起身來，舉杯道：「我說話直白，幾位不要放在心上。」

他們的臉更紅了，其中一個叫孫午的回道：「是我們幾個思慮不周，有負皇恩，多謝夫人指點。」

錦雲輕笑不語，這不算什麼，皇上的考驗還在後面呢，就聽葉容痕笑道：「幾位都是新科才子，不知道幾位對邊關戰事有何看法？」

他們被問得一愣，談論朝政，還是在這畫舫之中，他們幾位都是文官，且平日庶務與邊關戰事無關，怎麼跟他們談論此事？

新科進士們坐回位子上，孫午回道：「我大朔王朝今年雖然多災，但朝廷免了不少賦稅，深得民心，民心所向，所向披靡，此仗，我大朔必勝！」

葉容痕讚賞地點了點頭，葉容頃便道：「你也知道今年多災，國庫空虛，連糧草都供給不上，這場仗一定會勝？你可別顧著拍朝廷的馬屁，我們要聽實話。」

沒有糧食，有民心屁用？孫午被問得啞口無言，葉容頃得意地瞥了錦雲一眼。

怎麼樣，我的問題也犀利吧，我可是踩著王兄的面子問的。

錦雲真是服了葉容頃了，夠犀利，問得葉容痕的臉都青了，不過讓他認識到不足之處才是最重要的。

孫午被問得愣愣的，半晌才道：「在下對朝政不甚瞭解，但是當今皇上勤政為民，舉國上下無不讚賞，南舜挑釁侵犯我邊關，這場戰，必須要勝！」

桓禮贊同道：「好一個必須要勝！」

葉容頃繼續潑冷水。「嘴上說當然容易了，我還敢說我王兄會滅了南舜，一統北烈呢！可是怎麼勝，用口水淹死他們？」

錦雲徹底憋不住了，這小子今天吃了什麼藥，專門針對這些新科進士，那些人都張大了嘴巴，滿臉通紅，素來文官就被批判耍嘴皮子，沒想到他們還沒有做官，就被批判了，還是被一個半大孩子批判，他們都不知道如何回答。

葉容頃輕咳嗓子，指著錦雲道：「妳教教他們如何回答本王爺的問題。」

「為什麼是我？」錦雲不滿。

葉容頃瞪眼。「讓妳回答妳就回答，哪裡來那麼多的問題啊，趕緊點兒。」

錦雲剜了葉容頃一眼，然後起身，那些進士們都蹙眉一個個站在那裡，十王爺怎麼讓葉大少奶奶回答這樣的問題？後宮尚且不得干政，更何況是一名女子？

錦雲聳肩，然後瞥了葉容頃一眼。「用口水淹死他們，我不會，至於十王爺會不會我就不知道了，不過我相信，十王爺多喝十幾杯水，一定能噴死南舜皇帝……」

咳！整個畫舫的人都咳嗽起來，清容郡主被果酒嗆得眼淚都流出來了，秋玉憋笑幫她倒茶，葉連暮哭笑不得，葉容痕也在搖頭，幾位新科進士滿臉黑線，這話他們敢說嗎？

葉容軒在一旁添油加醋。「十弟，我看好你哦。」

葉容頃氣炸了肺，一拍桌子，怒道：「妳！」

錦雲很無辜地看著他。「是你讓我說的，我說了又不滿意。」

「我讓妳教他們，妳這是故意針對我！」葉容頃咬牙一字一字說。

錦雲聳肩，柳飄香笑著走到她跟前，笑道：「十王爺如此看重葉大少奶奶，您就別打趣小王爺了，飄香也想聽聽您的回答。」

錦雲笑道：「這回答全看各人，想說什麼便說什麼，都說不在其位，不謀其政，打仗是將軍們的事，豈是我說勝便勝的？我能做的只是把手裡的活兒做好，希望地方百姓安居樂業，多給朝廷上繳一些賦稅，讓那些將軍們打仗無後顧之憂，若是每位官員都做到各司其職，南舜豈敢侵犯我邊關？」

錦雲說完，倒是沒人喝采了，沒臉啊，一個準官員的回答還沒一個女子說得好，讓他們情何以堪？柳飄香甘拜下風，新科進士們也紅著臉給錦雲作揖。

他們一直就知道錦雲很厲害，說話很犀利，有時候三言兩語就堵得一個人張不了口，跟右相一樣。桓禮忍不住道：「話說得不錯，可有時候天災難免，就像今年的乾旱洪澇，根本就無法避免。」

說到乾旱洪澇，葉容痕和葉連暮都想起來了，當初在醉香樓，曾經聽錦雲說起過興修水利的事，只是後來話題轉移到葉連暮娶右相之女，便沒再繼續了。

葉容痕眼睛盯著錦雲，見她聳肩道：「事在人為，人定勝天，沒有什麼是無法避免的。」

事在人為，人定勝天？八個字讓所有人都睜大了眼睛，他們對天都崇敬不已，沒想到她竟然說人定勝天！

柳飄香清亮的水眸閃過些什麼，笑道：「好一個事在人為，人定勝天，葉大少奶奶不愧是右相的女兒，氣魄果然非一般人可比。」

錦雲眉頭蹙緊，她說她的，怎麼跟右相扯上了？明知道右相權傾天下，他要是勝天，就是踹掉葉容痕，自己做皇帝了。不過一想到柳飄香是北烈人，她心下了然，笑道：「怎麼，飄香姑娘不認為人可以勝過天嗎？」

柳飄香淡然一笑。「飄香可沒有葉大少奶奶的氣魄，若真如此，飄香也不至於流落風月閣，靠賣唱為生，飄香只贊同前一句，事在人為，至於人定勝天，不敢苟同，飄香一介女流，風月閣又是龍蛇混雜之地，稍有不慎，小命便休矣。」

那些新科進士也都說錦雲說得大膽了。「皇上乃天子，葉大少奶奶勝過天，豈不是要勝過皇上？」

錦雲無言地笑了，端起果酒喝著，一群迂腐的讀書人，幹麼跟他們多言？

葉連暮望著錦雲，錦雲磨牙道：「看什麼看，我就說了怎麼了，要誅我九族不成？明明說的是洪澇乾旱的事，莫名其妙就牽扯到謀權篡位上了，皇上是天子，有本事叫他老爹別下那麼大的雨啊！」

葉容痕差點被酒水給嗆死過去，其餘的人也都滿臉黑線，這比方才那句人定勝天更離譜好不好，這根本否認皇上是天子了。柳飄香倒是有些納悶了，難道那戴面具的男子不是皇上？不然豈能容忍葉大少奶奶如此說話？

葉容頃差點笑瘋了，這女人估計是逮誰罵誰，王兄一句話沒說也被罵了，他咳著嗓子道：「發生洪澇和乾旱，王兄每回都下罪己詔。」

「有用嗎？」錦雲淡淡地問了一句。

突然，葉容頃就傾向了錦雲。「妳說得沒錯，靠老天沒用，還得靠自己。」

錦雲遞過去一記讚賞的眼神。「還是十王爺最上道，明白事理。」

葉容頃立馬挺直了腰板。「那是，本王爺一直就很上道，很明白事理，不像那群老迂腐，喜歡張冠李戴，無中生有。」

錦雲重重點頭，隨即狠狠地剜了葉連暮一眼，葉連暮扯著嘴角。「我沒說妳說得不對，我只是好奇妳怎麼勝天，無中生有的是他們。」

葉連暮的眼睛從那些進士們身上掃過去，最後落到葉容痕他們身上，葉容痕差點摔杯子。「我沒無中生有！」

「我也沒有！」桓禮大叫。

錦雲冷哼了下鼻子，這下柳飄香和那幾個進士都坐不住了，這麼說，無中生有的就是他們了？

孫午幾次張嘴，就是一個字都說不出來。

錦雲磨牙道：「想說就說！」

孫午大著膽子說：「是在下曲解了夫人的意思，可夫人那話確實有歧義，滿朝皆知右相權傾天下，妳又是右相的女兒，妳的一言一行都是右相教導……」

錦雲走到他跟前，笑道：「我爹權傾天下不錯，我是他女兒也不錯，可我說話做事關我爹什麼事，什麼叫一人做事一人當？你們即將是朝廷上的棟梁之才，若是僅憑揣測就斷人對錯生死，真不知道會有多少冤假錯案發生，你們這樣認為我，我是不是也可以認為是你們的爹沒教好你們？」

孫午的臉頓時紅得發紫，險些跪下來，葉連暮拉住錦雲，那邊柳飄香也尷尬地出來打圓場。「不說這些了，今兒請大家來是吟詩作對的，飄香為大家獻舞一曲，大少奶奶，妳跟我一起吧？」

「我爹沒教我跳舞，等哪天他學會了，我再叫他教我。」

桓宣一口茶嗆在喉嚨裡，掩嘴咳嗽起來。這女人一張嘴啊，太厲害了。

桓禮和葉容痕等人也都是嘴角猛抽，她是真生氣了。不過柳飄香也太失禮了，她什麼身分，也敢和葉大少奶奶一起跳舞？

清容郡主還沒見過錦雲發脾氣呢，沒想到會這麼嚇人，她都有點兒怕了，其實她除了見過溫王和溫王妃發脾氣外，沒見過其他人生氣，父王生氣會甩袖離去，母妃生氣會默默掉眼淚，不像錦雲這樣，會氣得什麼話都敢說，不把皇上放在眼裡，直說到人啞口無言。

錦雲真想甩袖走人，可最後還是坐了下來，真是氣死她了，好好說話也會被人挑刺，還那麼莫名其妙地挑刺。她知道這事是柳飄香挑起的，可是那些進士也太氣人了，被人牽著鼻子走，人家是長得漂亮，但他們連點分辨是非的能力都沒有，這樣的人遲早會走上貪官之路，自己吃飽了撐著幫他們，讓他們少走些彎路，錦雲真怕自己會害了那些百姓。

見錦雲這麼不給面子，柳飄香臉色也差了起來。本來就沒想邀請她來，是她自己靦著臉面過來的，請她跳舞，還這麼不給面子，還說是出身大家閨秀呢，恐怕連小家碧玉都算不上。

柳飄香氣性也上來了。「飄香身體不適，失陪了。」

青竹走上前道：「我會些醫術，飄香姑娘身體不適，我給妳把個脈吧，畫舫少了妳可不行，不然誰陪他們吟詩作對？那些東西我們少奶奶不會。」

柳飄香面色更冷了，主子欺負人不算，丫鬟也敢這樣對她。

正當柳飄香眸底閃過一抹殺意，谷竹從外面進來道：「少奶奶，出事了！」

錦雲微微一愣。「出什麼事了？」

谷竹忙湊過來道：「孫嬷嬷死了。」

孫嬷嬷就是今天錦雲見的老嫗，沒想到晚上就死了。

錦雲拎起裙襬就要出去，葉連暮拉住她。「等船靠岸吧。」

錦雲冷哼道：「靠什麼岸，別讓我掃了你們的興致，我自己會游過去。」

錦雲掙脫葉連暮的手腕，邁步便走，葉連暮起身要追，結果柳飄香走過來，突然一下扭腳，直接倒入葉連暮的懷裡，然後叫了一聲疼。

錦雲回頭就見到葉連暮抱著她，她的臉頓時黑成一團。

好，你夠狠！

葉連暮趕緊鬆手，可就是掙不脫。青竹忙勸錦雲。「少奶奶，別生氣，千萬別生氣，生氣就是中了她的計，孫嬷嬷已經死了，大晚上的我們也不能去，明天再去也一樣。」

錦雲說著，眼睛一掃，突然看到了什麼，臉上閃過一抹大喜，指著遠處的船舫道：「是安府的船，喊他們過來。」

青竹忙揮手叫喊，趙構在一旁捂著耳朵。「還是屬下去吧。」

輕身一躍，趙構就踏著水面朝遠處的船舫飛去，船內，葉連暮一張臉都黑了。「再不鬆手，就別怪我不客氣了。」

柳飄香心一涼，裝弱道：「飄香的腳扭傷了，麻煩大少爺送飄香一程。」旁邊的其餘人都抱著看熱鬧的態度，錦雲生氣是毫無疑問，柳飄香挑釁錦雲也是肯定的，葉連暮夾在中間受氣更是無庸置疑的，就是不知道一會兒會怎麼樣發展？

葉容軒不厚道地笑了，沒準兒會打起來也不一定。

「誰笑誰倒楣。」葉容頃緊繃著臉，他可不敢笑，他只有一種感覺，風月閣完了。

下一刻，葉連暮抓著柳飄香的手，直接把她扔到某個書生懷裡後，便去追錦雲。「娘子，我……」

錦雲掃了他一眼。「不用說了，我知道你是英雄救美。」

葉連暮的臉更黑了，誰英雄救美了！

他正要反駁，那邊安若溪已經在揮手了。「表姊，我在這兒！」

錦雲揮了揮手，很快地，船就划了過來，青竹先跳過去，然後拉著錦雲上船，谷竹也跟上。當葉連暮要過去時，錦雲伸手阻攔道：「相公，你還是陪著七王爺他們吧！十王爺，你過來。」

葉容頃頓時昂著脖子，回頭看了葉連暮和葉容痕一眼。「我就先走了。」說完，得瑟地蹦到安府的船上去。

秋玉在後面擺手。「我們郡主呢？」

青竹忙伸手去扶著清容郡主，安若溪茫然地問道：「妳們怎麼在風月閣的畫舫上，那地方妳們怎麼會去？」

谷竹回道：「一時間沒有別的船，早知道安府準備了船，我們少奶奶肯定過來了。」

安若溪歉意道：「我要是知道表姊妳也來東翎湖玩，我就給妳送帖子去了。表姊，妳身上這衣服真漂亮，表姊夫他們不過來嗎？」

錦雲搖頭。「不了，他有事要辦，我們去裡面玩吧！我聞到烤肉的味道了，好香。」

安若溪立馬道：「我準備了烤架，裡面在燒烤……哎呀！我的肯定烤焦了。」

看著錦雲走到船裡面去，葉連暮站在那裡，很是無言，他來風月閣畫舫上是有正事要辦。

葉連暮正要飛過去，桓禮拉住他。「別去啊，你去了我們怎麼辦，皇上總不好湊過去吧？」

葉連暮就被拉回去坐著，柳飄香心裡總算舒坦了些，可有些氣悶，還以為她會真的游過去，這樣就有熱鬧可以看了，沒想到會殺出個安府。

柳飄香的丫鬟忍不住道：「葉大少奶奶的脾氣真大，葉大少爺不過就是扶了我們姑娘一下，就不理葉大少爺了，哪有她這樣的。」

葉連暮的臉色又冷了三分，柳飄香呵斥丫鬟道：「多嘴多舌，還不趕緊上好酒，我的腳扭傷了，要歇一會兒，妳去讓飄雪來獻舞。」

丫鬟鼓著嘴走了，柳飄香向葉連暮道謝，然後飄雪就過來了，她都等了半天，總算是能上來獻舞了，可是大家都興致缺缺的，連鼓掌聲都寥寥無幾，反而是竊竊私語。

尤其是那些書生，都在指責錦雲做得不對，來這樣風花雪月的場所本來就不對了，還對夫君耍臉色，簡直就是不守婦道，要是他們，根本就不會娶這樣的女子，就算娶了，也會休了她。

柳飄香在一旁聽得直抬眉，葉容痕的眉頭蹙緊，他知道錦雲對這些人很失望，所以才會說那些話，當初會殿試授官予他們，全是錦雲說服了他，沒想到會這樣，她是氣自己出的主意太差了，也對他們容易受人誤導而感到失望。

常安俯身問道：「皇上，咱們也回去吧？」

葉容痕擺手，正要說話，就聽到一陣歌聲傳來——

「穿上這龍袍，坐上這御轎，看不完的摺子，上不完的朝，懿旨要欽奉，事事要稟報，繁文縟節虛禮謙辭一樣不能少。宮外烽火燒，宮裡亂了套，忙不完的朝政睡不穩的覺，忠奸都是理，到底誰可靠？真假對錯是非曲直如何見分曉？」

「皇上您就別煩了。」

「朕的煩惱，沒有人知道，佳麗三千，沒有一個相好，文武百官，勾心又鬥角，只羨黎民百姓，想笑就笑。朕的煩惱，沒完沒了，不如浪跡江湖，自在逍遙……」

葉容痕手裡的茶盞就那麼掉了下去，嘴角抽了又抽，船裡，其餘人個個都瞪直了眼睛，噴茶的、嗆喉的，就是噎死過去的都有……

常安一張臉很精彩，想笑又不敢笑。這不是葉大少奶奶的歌聲嗎？貌似還有十王爺的聲音，方才不許她說人定勝天，這下好了，她把皇上當歌唱了！

葉容痕咬牙切齒地看著葉連暮。「她，平時也唱這歌嗎？」

葉連暮早滿臉黑線了。「今天第一次聽，回去我讓她把歌詞抄寫，明天交給皇上，這歌皇上唱最合適。」

葉容痕抓起桌子上的糕點就扔過去。「你給朕滾！」

葉容痕一臉委屈，他什麼都沒做，竟然被她這麼傳唱，雖然唱到他心坎裡去了，可歌詞也太直白了吧，什麼叫佳麗三千，沒有一個相好?!

葉容軒捂著肚子大笑。「我受不了了，太搞笑了，王兄，沒想到你這麼可憐。」

葉容痕沒東西可以扔，就把手裡的玉扇扔了出去。「知道朕有這麼多的煩惱，都不見你們替朕分憂，你還笑！」

葉容軒憋著一張臉，肩膀直抖，其餘的人個個都憋笑，沒辦法，錦雲唱完，十王爺接著唱，還五音不全，那調子走板得，真淒涼。

葉容痕聽不下去了，直接走到甲板上，二話不說，趁著安府的船才剛開，並未走遠，他直接躍上船，葉連暮他們趕緊跟著。

柳飄香氣得直扭帕子，那些新科進士和書生們個個腿都在打顫，才想起剛那人自稱「朕」，皇上也在……

第三十二章　籌備鐵騎

在安府的船上，錦雲吃著燒烤，辣得她直搧風，十王爺扠腰高歌，安若溪和清容郡主她們幾個人捂著嘴，臉都笑得抽筋。

葉容頃扠腰高歌。「佳麗三千，沒有一個相好……好、好好……王兄，咳、咳、咳……」

聞歌而至的葉容痕想掐死他。「繼續唱啊！」

葉容頃縮著脖子，二話不說跑到錦雲身後，指著她道：「是她先唱的！」

錦雲撓著額頭。「我唱的是前朝、前前朝的皇上！」

葉容頃連著點頭。「唱的不是王兄你，我發誓！王兄，你哪裡值得我們可憐了，沒有，絕對沒有！」

葉容痕一口老血噴出去，差點氣暈，常安忙扶著他，後面的桓宣幾人想笑不敢笑，天下的皇上不都一樣嗎？

安若溪和安若漣她們沒想到唱首歌竟然把皇上給引來了，忙跪下行禮。

葉容痕坐到首座上，望著錦雲，咬牙地一字一字道：「這詞是妳寫的？」

「怎麼可能呢，我哪寫得了這麼有才有感的歌詞啊，肯定是哪位皇上寫的，字字泣血啊……」

「……真不是妳寫的？」

「我發誓，絕對不是我寫的。」

「……」葉容痕無言。

看著錦雲那三根手指，一群人都憋著笑，看來真的不是她寫的，可又是誰寫的呢？莫不是真的是哪位皇帝寫的吧？據說前朝就有位皇帝喜歡寫詞作曲，難不成是他寫的，怎麼沒流傳出來，反而被她唱出來呢？

葉容頃僵紅著臉道：「這首歌，我以後都不唱了。」

葉容痕的臉色這才好了點兒，又盯著錦雲，錦雲也道：「我也不唱。」

錦雲才說完，外面就聽到一陣鬧鬨聲。「誰吃了熊心豹子膽敢拿皇上來說唱！通通給我抓起來！」

然後就見幾個人闖進來，為首的還是個官員。「方才是誰唱的?!」

「是他！」錦雲和葉容頃毫不猶豫地指向葉容痕的方向，葉容痕氣得頭頂都冒煙了。

那官員掃了葉容痕一眼。「還戴面具，真是膽大包天，給我帶走！」

然後，兩個人就來抓葉容痕了，常安手腳無力，只能喝道：「吃了熊心豹子膽，敢抓皇上，還不快滾！」

那官員這才認清是常安，當即嚇得屁滾尿流，忙行過禮，然後帶著手下的人退出去。

等大家出去了，錦雲和葉容頃兩個直奔那邊的花瓶。「謝謝啊……」

好吧！葉容頃和錦雲兩人剛才對著官員指的是葉容痕身邊的花瓶，可是花瓶不會唱歌，官員理所當然地認為是葉容痕。見兩人對著花瓶道謝，讓皇上揹黑鍋，大家都望天花板，罵道無恥之徒！

清容郡主已經不知道說什麼了，還沒見過這樣膽大包天的人，竟然敢讓皇上揹黑鍋……

葉容痕氣得直磨牙。「你們兩個……好，很好，竟敢讓朕替你們揹黑鍋！」

葉容頃和錦雲兩人縮在那裡。「是他不長眼，不能怪我們兩個，啊，王兄，我親自燒烤給您賠罪，王兄，饒了我這回吧，王兄……」

葉容頃拍馬屁求饒，錦雲兩眼望著天花板，還能回家嗎？

安府大少爺安景忱幾個人也都知道安府船舫上的事了，搭著小船匆匆忙忙趕來，一來就聽到事情的經過，嚇得腿發軟，趕緊讓人準備好酒、好菜，一邊暗道：真是吃了熊心豹子膽了，敢拿皇上來說唱，還讓皇上揹黑鍋?!

葉容痕也豁出去了，咬牙道：「朕不管你們唱的是哪朝皇帝，朕的名聲都被你們兩個給毀了，你們兩個打算怎麼辦？」

葉容頃苦著張臉，他怎麼就腦子一時浸水跟著唱了呢？「臣弟不是答應養馬了嗎？」

錦雲低著頭。「我免費送飼料一年？」

「還有呢？」葉容痕咬牙繼續問。

「還有？王兄，你都趕得上打劫的了……咳，我多養馬，她多送些飼料，兩年？」葉容頃要哭了，遇上王兄變土匪了。

「妳呢？」葉容痕看著錦雲問道。

「……我把相公送給皇上你做牛做馬？」

葉連暮站在一旁，一張臉黑得很，心口憋著一口老血，一個忍不住就能噴出去。

桓宣幾個人徹底憋不住了。「做牛做馬？哈哈！」

葉連暮一記冰刀眼射過去，那些人都憋著笑，葉連暮走到錦雲身側，狠狠剜了她一眼，然後對著葉容痕道：「皇上你要敲詐就敲詐吧。」

葉容痕又想砸人了，什麼叫敲詐，明明揹黑鍋的是他！

「還有兩萬匹戰馬沒有解決，這事就交給他們兩個了，免得閒得慌拿朕唱歌！」

錦雲頓時睜圓了眼睛。「兩萬匹戰馬？十王爺，這事就交給你了，給皇上變一個。」

葉容頃氣得直喘氣。「我上哪裡變去，你們就知道欺負我小！」

葉容痕瞅著他們。「不願意？不願意那算了，常安，找人送他們去刑部大牢，給朕好好看著。」

葉容頃望著錦雲，他是沒轍了，要錢沒她多，要馬更是沒她多，怎麼說她還有連暮表哥這匹馬，就聽錦雲道：「要不，我們去刑部住兩天吧？兩萬匹戰馬我就是作夢也夢不到啊……」

葉容頃深呼吸，委屈地看著七王爺他們。「記得要來探監哦，我喜歡吃醉香樓的燒雞……」

「放心去吧，我會去探望你的。」

葉容頃說完就雄赳赳、氣昂昂地走了，錦雲望了葉連暮一眼，跟著去了，青竹和谷竹也都跟在後頭，幾人站在甲板上，看著茫茫水面，掩面長嘆，不至於去刑部坐牢還要自己游過去吧，別人都有馬車送的……

安景忱皺眉，兩萬匹戰馬，皇上不是開玩笑的吧？船內，其餘的人都蹙眉了，兩萬匹戰馬，朝廷都拿不出來，她和十王爺能成嗎？

葉連暮看著葉容痕道：「兩萬匹馬太多了，最多五千匹。」

葉容痕氣得直瞪他。「其餘的一萬五千匹，誰解決？」

無恥啊，皇上也無恥，大家都在心裡腹誹地想。

葉連暮望著葉容痕，錦雲不認識養馬的，上哪裡給他弄兩萬匹馬來？

「臣從有間錢莊借二十萬兩銀子，再幫皇上解決一萬匹馬。再多，臣也無能為力了。」

葉容痕端起茶盞，道：「半個月之內，朕要見到銀票和馬匹，不然他們兩個給朕去刑部住半年。」

安若溪忙去叫錦雲回來，錦雲一聽葉連暮答應這麼多，忍不住道：「還不如我去刑部大牢住半年呢，這也太無恥了。要不，我住一年，皇上給我二十萬兩和一萬五千匹馬？」

葉容痕又是一嗆，青竹都忍不住想捂住錦雲的嘴了。「少奶奶，您就別說了。」

錦雲努嘴，望著安若溪，安若溪撫額，葉容頃大叫。「送客、送客！」

這送客，擺明了是送葉容痕，但葉容痕就穩穩坐在那裡。

葉連暮拉著錦雲坐下，錦雲哼道：「現在怎麼辦？」

他搖頭。「不知道。」

錦雲氣道：「簡直就是趁火打劫，我不管，明年開春，你讓皇上賞我一塊一千畝的上等好田，還有那些瓷器、玉器，不能少於五十個，還有進貢的綾羅綢緞，每樣要十疋，二十萬兩的利息我就不算了，但是朝廷要還錢……」

「我都替妳向皇上答應了，馬從哪裡來？」葉連暮揉著太陽穴，他向皇上都推託過好幾回了，沒想到她還是撞到皇上手裡去了。

「還能怎麼辦，只能賣玻璃鏡了。」錦雲齜牙咧嘴地說完後，示意青竹附耳過來。「吩咐下去，雲暮閣大量售賣玻璃鏡和香水，不用錢做生意，只用馬匹，一百匹起算，要上等的好馬，先到先得，限期十天。」

青竹愣了好幾秒才反應過來，然後轉身去叫趙構了，趙構聽得腿軟，還可以這樣……

「葉大少奶奶打算怎麼湊齊一萬五千匹馬？」桓禮忍不住問道。

錦雲咬牙道：「遲早我會敲詐回來的！」

桓禮無言。「……」

丫鬟們送上烤肉，大家笑談鐵騎的事，籌組鐵騎的事正在緊鑼密鼓地進行著，估計要不了幾天就能開始進行了，也在感慨皇上此舉有霸氣。

葉容痕斜了錦雲一眼，心想自己是不是太狠了？鐵騎的主意還是她出的，剛剛他真是獅子大開口了。

葉容痕突然良心發現，開口道：「等馬匹的事處理好了，朕重重有賞，妳要什麼，朕賞賜妳什麼。」

錦雲瞥了葉容痕一眼。「這可是皇上自己說的，相公，把我的要求加倍。」

錦雲越想越不能便宜了葉容痕，回頭一定要壓榨到他以後不敢再隨便要求她做事才好。

葉容頃坐在那裡，眉頭皺著，一首歌唱空了荷包，憋屈啊！

吃喝玩樂過後，船一靠岸，大家這才各自回府。

坐在馬車上，錦雲問趙構道：「是誰殺了孫嬤嬤？」

趙構回道：「被捕的暗衛自殺了，但仍能判別出是太后手裡的人。」

錦雲望了葉連暮一眼，然後道：「妍香郡主估計會有危險，得派人看好她。應該要把孫嬤嬤的事告訴太皇太后和皇上知道吧？」

葉連暮點點頭。「我們知道的證據就只有孫嬤嬤說的那些，得把事情鬧大了，她要是不亂分寸，我們根本無處下手。」

「要不要告訴太皇太后，孫嬤嬤暗指太后？」

葉連暮搖頭，若直接將幕後指使者是太后一事說出去，這隔牆有耳，太后只會更加嚴謹。

葉連暮和錦雲商議著事情，馬車很快就到祁國公府了。

兩人回到逐雲軒，洗漱一番後，便歇下了。

第二天早朝，文武百官彈劾那幾個上花船聽曲的新科進士，再來就是皇上唱歌的事，這個黑鍋，葉容痕不揹也得揹了，他都要脅過錦雲了，若是不扛下來，錦雲才不管馬匹的事。

文武百官都奏請皇上保重龍體，別太操勞，尤其是不能對朝廷失去希望，別真的丟了王位去做什麼布衣。還有全京都上下，都知道皇上辛苦，辛苦地借酒澆愁，酒後狂歌一曲，唱得是字字帶血，句句帶淚，百姓感激不已，還有特地為皇上去大昭寺祈福上香的，更離譜的是有一堆人跪在皇宮大門處，請求皇上保重龍體。

「朕有那麼可憐嗎？」葉容痕聽了，嘴角都在抽動。

左相回道：「當個昏君自然是容易，當個明君，百姓都瞧著呢，您是好皇上，他們巴望著皇上您長命百歲，他們才有好日子過，倒不是皇上您可憐。」

這些文武百官還好打發，下了朝之後，葉容痕才叫頭疼，李皇后、沐賢妃和蘇貴妃幾個人都來找他，尤其是沐賢妃，紅著眼眶，哭得是梨花帶雨，嬌柔不已。「皇上，臣妾也聽說了皇上您唱的歌，什麼叫佳麗三千，沒有一個是相好，皇上，您不喜歡我們是不是？」

葉容痕腦殼生疼。「那不是朕做的詞曲，都別跪著了，朕還有朝務要處理，妳們自己逛御花園去吧。」

葉容痕回御書房處理政務，常安真同情葉容痕了，皇上只要逛御花園，準能碰到幾位后妃，每次都糾纏上來，自從娶了她們回來之後，皇上逛御花園的次數屈指可數。

李皇后由著丫鬟扶起來，皺眉道：「本宮怎麼聽說唱歌的其實不是皇上，而是個女人，似乎還是葉大少奶奶？」

沐賢妃皺緊眉頭。「皇上昨晚是出宮了，可也不至於替人揹黑鍋吧？」

蘇貴妃嗤笑道：「皇上會替錦雲揹黑鍋，可能嗎？沒事，臣妾就回宮歇著了，皇后保重身體。」

等蘇貴妃走遠了，沐賢妃問道：「真的是葉大少奶奶唱的歌嗎？」

李皇后輕笑道：「本宮也不知道是不是，外面是這麼傳的，賢妃若是好奇，可以派人去打聽一番。」

此時，錦雲正在寧壽院陪著葉老夫人說話，幫她捏肩捶背，葉大夫人高興地從外面進來道：「祈兒的差事下來了，是從六品的翰林院修撰。」

葉老夫人睜開眼睛。「從六品的翰林院修撰？」

葉二夫人吃味地說：「祈兒命好，從六品的翰林院修撰被御史臺彈劾，降了一級，皇上便讓祈兒頂替了。」

「昨天授予官職，今天便降級？」葉老夫人有些不明白了。「怎麼降級的，查清楚，讓祈兒避著點兒。」

葉三夫人笑道：「打聽清楚了，據說是去風月閣吃花酒，還詆毀、詆毀……」

葉老夫人蹙眉。「詆毀什麼，一次說完。」

葉三夫人道：「還不是暮兒帶著錦雲和清容郡主也去了東翎湖花船聽曲子，那些新科進士詆毀了錦雲和右相兩句，被降級了。」

青竹站在錦雲身後，忍不住感慨，這些夫人就跟牆頭草一樣，少奶奶昨兒送給四小姐一套衣裳，葉三夫人今兒說話就好聽多了，先是把少爺拎出來，又是清容郡主，葉老夫人都責怪不到少奶奶頭上來，要是以往，肯定直接就說少奶奶不該去那煙花之地了。

葉二夫人請過安後，坐下道：「比起狀元可是差遠了，皇上可是封了個從四品的官銜，換了以往，得爬多少年才能到從四品？」

葉老夫人笑道：「那也是人家讀書認真，好在祈兒不會去那不該去的地方，用心替皇上辦事，皇上不會虧待了他的。」

葉大夫人高興著呢，以葉連祈的成績，最多也就是個八品官，如今可是從六品。三年一升，那也要十年啊！有個好開頭，將來肯定不會比暮兒差到哪裡去。葉大夫人想著，心情就雀躍，可是一想到昨晚那張紙，她的臉色就僵硬成一團了。

葉大夫人問錦雲。「昨兒刺殺妳的人可查出來是誰派的了？」

葉老夫人還不知道有人要刺殺錦雲的事，面露詫異，只見錦雲搖頭道：「還沒有查出來。」

青竹抿唇，有話想說卻不敢說。怎麼沒查出來，那小廝是右相府的，是誰派來的還能不知道嗎？只是不能這麼告訴她們罷了，連娘家都有人要刺殺少奶奶了，還不知道有多少人笑話少奶奶呢！

只聽葉老夫人沈著臉道：「一定要查清楚！」

錦雲點點頭，南香從外頭走進來，湊到她身側說了幾句話，錦雲皺了兩下眉頭，起身向葉老夫人道：「錦雲有些急事，先回去了。」

馬車內，錦雲正在換男裝，青竹幫她梳頭，忍不住道：「少爺送北烈王爺、公主出京了，不然這事交給少爺去辦才對。」

錦雲把耳墜取下來，用粉撲了撲耳洞。「我是雲暮閣大老闆，有事我出面也應當，看看能不能瞧出耳洞。」

青竹搖頭。「看不出來。」

錦雲對著鏡子又看了看，把鞋子換下，束起腰帶後，把銀色面具戴上，這才滿意道：「妳也換上吧。」

青竹也很麻利地換了衣裳，外面的趙構掩嘴輕咳道：「少奶奶，有人跟蹤。」

「敲暈。」

趙構應聲，然後一個手勢過後，暗處就有暗衛去辦事了。

錦雲在街頭就下了馬車，走走逛逛一會兒才進雲暮閣，進去之後，趙擴便上前行禮。

「二少爺。」

錦雲立時無言，還說是大老闆來著，跟葉連暮站在一起，她橫看豎看都是排行第二。她被趙擴領著進屋，屋子裡，十四個男子坐在那裡，一瞧見錦雲進來，所有人的目光都聚集在錦雲身上。

有人出聲詢問。「這位是雲暮閣大少爺？」

趙擴介紹道：「我們大少爺出去辦事了，這位是雲暮閣二少爺，雲暮閣的事，無論大小，我們二少爺皆可作主，說話甚至比我們大少爺還管用。」

屋子裡那些人個個都詫異了，二少爺說話比大少爺還管用，難不成大少爺是庶出，二少爺才是嫡出？

眾人當下朝錦雲作揖。「失敬了。」

錦雲笑著回禮，請他們落坐。錦雲端起茶盞，輕撥了兩下，開門見山道：「雲暮閣用馬匹換玻璃鏡和香水的事是我的主意，幾位既然來了，應該不反對我的提議吧？」

坐得離錦雲最近的男子，年約三十歲左右，一臉精明，他好奇地問道：「不知道雲暮閣為何用馬匹換香水，直接用錢不可以嗎？」

錦雲啜了口茶，青竹俯身細語了兩句，她笑道：「原來是蘄州王家的人，失敬了，王家做馬匹生意也有十年之久了，不知道打算跟雲暮閣換多少匹馬的生意？」

錦雲根本就沒有回答王掌櫃的話，王掌櫃的眉頭一蹙，王家在京城的生意做得也不小，大、小掌櫃的都認識他，沒想到雲暮閣生意做得這麼大，這二少爺竟然不認識他，還得小廝臨時介紹？

王掌櫃的臉有些難看，回道：「之前賣了一千多匹馬給朝廷，能跟雲暮閣做生意的只有一百多匹，不知道能不能用銀子代替？」

錦雲擱下茶盞，笑道：「之前雲暮閣一直不和你們做生意，今天改變主意也是因為出了點意外。雲暮閣不缺錢，只缺少馬匹，若只有一百多匹，那就只做百匹馬的生意，馬匹的價值我會讓馬夫去估算，王家要用這批馬購買多少香水和玻璃鏡，跟我們掌櫃商議就可以了。」

一百匹馬，一匹馬就算二、三十兩銀子，也不過三千兩，若是購買商品的話，差不多就是三瓶香水，這生意有做跟沒做根本沒什麼區別，他們也納悶呢，雲暮閣那麼有錢，怎麼會缺馬？

「不知道雲暮閣要多少匹馬？」

「一萬五千匹。無論多少，雲暮閣照收不誤，且只在十天之內簽訂協定，至於交換價格，雲暮閣的物品以市價五折算，當然了，你們的馬匹我可以按照市價再多一成給你們，我要的是上等好馬，劣質的我不要。」

錦雲這話一說出來，屋子裡眾人的情緒沸騰了，這生意可做，雲暮閣夠厚道，平白就讓他們一千兩裡多掙了一百兩，還有那些香水，進價五折那就是五百兩，轉頭就能賣一千兩。

王掌櫃的激動不已。「我們家主不在，我一個掌櫃的無法作主，還請二少爺通融兩天，兩天後，我一定給雲暮閣一個答覆。」

錦雲輕笑道：「你們應該是最先得到消息的，估計下午會有更多人來雲暮閣，雲暮閣只要馬好，就會跟他們做生意，數額一滿，想要低價拿到香水，那是不可能的，希望幾位考慮清楚。」

趙擴領著一名男子走進來，年紀約莫二十二、三歲的樣子，器宇軒昂，一把青玉扇輕搖，先是給錦雲行禮，然後道：「方才二少爺的話我聽清楚了，這筆生意我南宮家做了，五千匹上等良駒。」

南宮是大朔朝最大的養馬世家，這男子名叫南宮晏，是南宮家少家主。

錦雲起身道：「南宮少爺夠爽快。」

南宮晏笑道：「哪有二少爺爽快，不知道這批馬是否是替朝廷購買的？」

錦雲嘴角一翹。「南宮少爺莫不是以為這批馬是替朝廷要的，原本要賣給朝廷的馬就轉賣給我吧？」

南宮晏大笑。「與朝廷做生意不如和雲暮閣做生意來得爽快。」

那是當然了，為了盡快湊齊馬匹，她可是給足了好處，雖然她怎麼算都不虧，但香水的利潤豈是馬匹可比的？

錦雲笑道：「雖然馬匹最後的用處是一樣，可一碼歸一碼，我不希望朝廷有人來尋我的麻煩。」

南宮晏打著扇子。「一定得十天嗎？若是時間充裕，雲暮閣就是要一萬五千匹，我也給你弄來。」

錦雲輕笑道：「若是時間夠充裕，雲暮閣自己就能買一萬五千匹馬了。趙擴，準備合同。」

趙擴把合同寫好，然後問南宮晏。「不知道南宮少爺要換什麼東西？」

「全部換成牙膏。」

錦雲皺眉，她沒打算做牙膏生意，五千匹馬的牙膏得和南宮府合作多久？最少也是兩年。

錦雲忽然一笑，她在跟狐狸做生意，輕笑道：「牙膏並不在交換的玻璃鏡、香水之列，牙膏物美價廉，等值五千匹馬的牙膏，雲暮閣基本可以歇業不賣牙膏了，不如南宮府加五千匹馬，我把牙膏的方子賣給你如何？」

南宮晏微微一怔。「一萬匹馬，把牙膏的方子賣給我？」

錦雲挑眉。「不敢做？」

南宮晏嘴角微抽，他都不知道牙膏的利潤如何，一萬匹馬買一個方子，他覺得划不來，當下道：「不敢，我南宮家畢竟是賣馬的，馬匹不可斷了貨源，那買一千匹馬的牙膏，兩千匹馬的肥皂，餘下的買香水。」

趙擴寫好合同，說道：「每月雲暮閣供應等值一千匹馬的貨物，至於要什麼，還請南宮少爺提前告知一聲。」換言之，雲暮閣和南宮府將合作五個月，雙方摁下手印，即刻生效。

這筆生意就當著眾人的面談妥了，等南宮晏一走，王掌櫃的就上前道：「王家做兩千匹馬的生意，十天之內給雲暮閣送馬來。」

錦雲嘴角微微翹起，接下來商議的事就交給趙擴處理，同樣是五個月，每個月提供四百匹馬的貨。其餘十三位男子也都和雲暮閣簽署了合同，最少的也都交換三百匹馬的生意。

等送走他們，青竹便忍不住笑道：「奴婢方才算了算，差不多有一萬三千匹馬，下午再有人來，至少也有一萬五千匹馬。」

錦雲端著茶啜著。「別高興得太早了，五個月交易完成，每個月要提供多少貨物？」

其實錦雲很希望他們都買香水，香水的利潤是最大的，不過買香水的人很少，她算了算，差不多也就五、六十瓶，要是再多點兒的話，錦雲肯定毫不猶豫就去席捲御花園了。

可惜這會兒錦雲沒見到馬，無法估算葉容痕欠她多少錢，按照中等馬匹二、三十兩銀子算，葉容痕最少欠她三十多萬兩！

錦雲越想心裡越不舒坦，憑什麼白白便宜他，朝廷那麼窮，他什麼時候還錢？

「不行，一定要把成本降到最低，趙擴，你去找皇上，只要皇宮裡有的，雲暮閣用得到的，全部給我搬回來，雲暮閣虧本五個月，我還不如把鋪子關了呢。」

趙擴頓時無言，皇宮裡的東西多，有用的更多，他哪裡知道少奶奶需要什麼？不過他知道，揀值錢的拿，準沒錯。

御書房內，葉容痕正在批閱奏摺，公公進來稟告道：「皇上，雲暮閣掌櫃求見。」

「讓他進來。」

一刻鐘之後，趙擴出現在御書房內，手裡是一摞合同，常安遞到葉容痕跟前，葉容痕看了兩眼，眼珠子差點瞪出來。「這樣就解決了？」

趙擴輕點了下頭。「基本上算是解決了，馬匹會在十天之內送到雲暮閣，少奶奶說了，請皇上派人去查收，雲暮閣不提供糧草，餓死了不關雲暮閣的事；還有，雲暮閣接下來五個月幾乎沒有盈利，皇上欠雲暮閣至少三、四十萬兩銀子，少奶奶怕皇上沒錢還，讓屬下多扛點東西回去抵債，還請皇上不要為難屬下。」

常安聽到趙擴的話，腦子裡下意識蹦出來幾個字：打劫，奉葉大少奶奶的命來打劫！

葉容痕滿臉黑線，她還真是不客氣，雲暮閣會有五個月沒有盈利，誰信啊？這上面只寫了牙膏、香水和肥皂還有玻璃鏡，那些首飾和香基本上沒賣給別人，雲暮閣會五個月不做生意？還有昨晚她身上穿的衣服，欺負他是皇帝，不懂做生意嗎？

「皇上，少奶奶說得是真的，換給別人的香水也要成本，那可是一分錢都收不回來的，不虧本已經不錯了。」

葉容痕尷尬地咳了一聲，把這事給忘記了。「朕這裡有什麼是她需要的？」

常安恨不得捂住葉容痕的嘴巴好，皇宮就是寶貝多，這不是明擺著給葉大少奶奶打劫嗎？

果然，趙擴回道：「我們少奶奶不挑，只要值錢的都要。」

葉容痕拿起奏摺。「這事等你們爺回宮，朕同他商議。」

少爺多好說話啊！趙擴不敢不應，只叮囑常安道：「麻煩公公轉告我們爺一聲，少奶奶說了，他胳膊肘兒要是往外撇，就別回逐雲軒了，等他掙夠三十萬兩再回去。」

常安眼珠圓瞪，張口結舌。威脅，赤裸裸的威脅，葉容痕差點氣得扔奏摺了。

「常安，帶他去庫房。」

常安蹙眉。「皇上，太后派人守著庫房，拿一、兩件物品還可以，數量多了，太后該過問了。」

葉容痕不悅地蹙眉，下旨道：「擬旨，賞賜雲暮閣十疋雲緞、玉如意兩對、血燕窩一斤，欠雲暮閣的馬匹錢，等朕有錢了，第一個就還上。」

趙擴都於心不忍了，貌似那歌唱得真不錯，皇上真難做。拿了合同後，趙擴又回去了。

御書房內，葉容痕直磨牙，常安在一旁勸道：「皇上息怒啊，別氣壞了龍體。」

「你說，她要那麼多銀子做什麼？」

「……皇上讓奴才如何回答，葉大少奶奶原本就愛銀子，不讓她掙錢，她心裡不憤怒才怪呢，再說了，雲暮閣不還有皇上的一部分股份嗎？」

常安這麼一說，葉容痕心裡就舒坦了，他不過就是花了四萬兩銀子，雲暮閣已經替他做了不少事，雖然也沒少受氣，但錦雲他們幫他做事，是不可否認的。

外面的公公進來稟告道：「皇上，蘇貴妃來了。」

葉容痕點點頭，蘇貴妃便進來了，臉色很難看，請罪道：「臣妾剛剛才得知，原來唱歌的是臣妾的二妹妹，是皇上替她揹黑鍋。」

常安兩眼望天，幸好葉大少奶奶不在啊，三十多萬兩銀子，她寧願坐大牢也不借皇上的，這黑鍋是皇上自己搶著揹的，一點也不委屈。

葉容痕扶她起來，隨口問道：「貴妃喜歡銀子嗎？」

蘇貴妃被問得一愣，搖頭道：「臣妾不喜歡銀子，臣妾有皇上的疼愛就心滿意足了。」

葉容痕臉色微微失望，這個世上有幾人不喜歡銀子？

就聽蘇貴妃欣喜問道：「皇上要賞賜臣妾什麼嗎？」

「……」

不是有皇上的寵愛就足夠了嗎？還要賞賜幹什麼……可，皇上的寵愛一般就是賞賜，常安有些暈了。

「朕打算賞賜妳些銀子，可惜愛妃不喜歡。」

蘇貴妃的臉頓時很精彩，努力維持笑容。「皇上還沒有回答臣妾的問題呢，為何要替二妹妹揹黑鍋？」

葉容痕回龍椅上坐下，常安便回道：「葉大少奶奶與雲暮閣很熟，皇上找雲暮閣有事，不能罰葉大少奶奶，至於揹黑鍋，那是替十王爺揹的。」

錦雲與雲暮閣很熟？蘇貴妃蹙眉，難道因為那個荷包的緣故？她走到葉容痕身邊站著，幫著研墨。「皇上往後需要二妹妹幫忙，可以跟臣妾說，臣妾找她去辦便是。」

常安暗翻白眼，葉大少奶奶連自家夫君的面子都不給，會給貴妃面子？找貴妃幫忙，貴妃肯定會給葉大少奶奶下命令，最後肯定是越辦愈糟。

葉容痕繼續翻看奏摺，蘇貴妃覺得無趣就回去了，第一件事就是傳錦雲進宮，她實在是好奇皇上有什麼事需要錦雲幫他。

宣人的公公趕到祁國公府，可惜撲了個空，等了一刻多鐘，也不見錦雲回來，公公都等不及了，在祁國公府耀武揚威了一番，最後還是葉大夫人說了一句。「你去雲暮閣宣旨吧，也許她在那裡。」

公公只好去雲暮閣，彼時，錦雲正和人商議生意上的事，青竹匆匆忙忙進去，對錦雲附耳道：「少奶奶，貴妃宣妳進宮，沒在國公府見到妳，跑雲暮閣來了。」

錦雲將手裡的筆扔了。「忙得頭都痛了還要我進宮見她，告訴她，今天我沒空！一定要見我，讓她自己來。」

錦雲說的話有些大聲了，嚇得對面坐著的中年男子臉色都變了，雲暮閣二少爺膽子真大，竟然讓宮裡的人出來見他？

青竹點點頭，便讓南香出去回了公公。

南香還是丫鬟裝扮，公公一聽到南香說錦雲身體不適，過兩日再進宮見貴妃，臉色都難看了，扯著公鴨嗓子道：「貴妃傳見，她就是身體不舒服也得進宮回話，本公公在這裡候她一盞茶的工夫。」

南香臉色不善。「我們少奶奶今天沒空，你就是在這裡待一天也沒用，麻煩你們往旁邊站站，別誤了雲暮閣的生意。」

錦雲真的要瘋了，真是欠他們的了，一個要她解決馬匹的問題，一個要她分身進宮，她跟蘇錦妤有什麼話好說的，她忙得連回右相府一趟的時間都沒有。

公公果然在外面等候了一盞茶的時間，最後沒見到錦雲，只好回去了，據實稟告給蘇貴妃知道，那時候，蘇貴妃和沐賢妃正在御花園喝茶，聽到公公的話，蘇貴妃臉色都青了，沐賢妃嘴角閃過一抹笑意。「她有那麼忙嗎？」

「誰知道她在忙什麼！」蘇貴妃氣得把茶盞往桌子上一磕。「她不見我，我去見她便是，準備馬車！」

沐賢妃攔住她。「沒有皇后的准許，妳不可以出宮。」

蘇貴妃冷哼了一聲。「她架子大，我去見她，不用告訴皇后。」

就這樣，蘇貴妃急匆匆地出了御花園，沐賢妃趕緊去御書房告訴葉容痕，葉容痕聽到蘇貴妃找錦雲進宮，臉色都變了。

由於葉連暮負責送北烈使者出京，錦雲得親自處理一萬五千匹馬，哪有時間趕著進宮來見蘇貴妃？

「去喊貴妃回來，誤了朕的大事，朕饒不了她！」葉容痕冷著臉吩咐道。常安忙應了一聲，趕緊讓人去找蘇貴妃回宮，沐賢妃還沒見過葉容痕那麼冷臉地說過話，就因為蘇貴妃擅自出宮見葉大少奶奶？又怎麼會誤皇上的事？

沐賢妃疑惑地問道：「皇上，貴妃出宮找葉大少奶奶會誤皇上什麼事？」

葉容痕望著她。「賢妃能幫朕解決三萬戰馬？」

「……臣妾沒那個本事。」沐賢妃搖頭，隨即心一動，有些明白了，皇上是透過葉大少奶奶求雲暮閣，讓雲暮閣買戰馬，畢竟之前雲暮閣給葉大少奶奶送過銀子。她微微握緊拳頭。

很快地，蘇貴妃就被喊了回來，委屈地看著葉容痕。「皇上，臣妾傳二妹妹進宮，她擺架子，臣妾只好自己去見她了，皇上……」

葉容痕望著蘇貴妃，她當誰都跟她們一樣那麼閒，無聊時就傳哪位夫人進宮陪她說話？

他擺手道：「這些時日別找她，回宮吧。」

蘇貴妃以為自己聽錯了。「皇上，她是臣妾的二妹妹，臣妾找她說兩句話都不成了嗎？」

葉容痕眸底閃過一抹寒芒。「朕說不行就是不行，送貴妃回宮，三天之內，不許她踏出宮門一步。」

沐賢妃嘴角閃過一抹笑意，沒想到貴妃會栽在葉大少奶奶的手裡，見蘇貴妃那咬牙切齒的恨意，沐賢妃很識時務地行禮道：「臣妾回宮了。」

公公來請蘇貴妃回去，她委屈得眼眶都紅了。「她給皇上灌的什麼迷魂湯，皇上為了她而禁足臣妾！」

常安站在一旁，忍不住腹誹道：皇上自己還想見葉大少奶奶呢，要是能傳見，還用等她傳見嗎？葉大少奶奶那麼忙，哪有空一傳召就來見她，閒的時候不見她傳召，一忙起來就湊了過來，不幫忙也別幫倒忙啊！

蘇貴妃咬牙紅著眼眶回了宮，氣得摔了一堆東西，徹底把錦雲恨上了。

與此同時，錦雲在雲暮閣同人談生意，談生意的人還是南宮晏，錦雲揉著太陽穴。「你還要跟雲暮閣做五千匹馬的生意？」

南宮晏笑道：「放心，朝廷不會找雲暮閣麻煩的，我已經和朝廷說清楚了，明年會多供應他們五千匹馬。」

錦雲氣得磨牙，真不知道葉容痕手底下都是些什麼官員？

葉連暮一身官袍，從外面進來問道：「生意談得如何了？」

錦雲氣悶道：「太久沒做過生意了，頭疼得慌，一想起雲暮閣五個月白開張，我就心肝疼地恨不得去殺了他才好，南宮府的生意你來談吧，我去歇會兒。」

錦雲說完，喝了口茶後，起身要出門。

葉連暮擔憂地看著她，而南宮晏納悶地看著葉連暮。「你談生意算數嗎？」

錦雲把印章扔給了葉連暮。「你先談，回頭我再摁手印。」

南宮晏無言，這雲暮閣二少爺也太信任葉大少爺了吧，連印章都給他？南宮晏只好跟他談生意了。

葉連暮一聽南宮晏說這兩次賣給雲暮閣的五千匹馬，來自之前皇上籌集的一萬匹馬，如今和朝廷談妥，不給朝廷而給雲暮閣了。「朝廷同意了？」

南宮晏把合同拿出來，白紙黑字寫得明明白白，葉連暮有些明白為什麼錦雲頭疼了，原本她只買清白的馬匹，南宮家之前把馬匹賣給朝廷卻未得現款，如今見雲暮閣替朝廷收購馬匹且開的條件更好，橫豎都是朝廷的馬，於是他們將那批馬要了回來，還開了清白證明。錦雲忙得分身乏術，之前那五千匹馬可以說沒發現，但如今這五千匹馬數目太大，又豈會發現不了？連他都頭疼了，對那負責買馬的官員恨得牙癢癢。

葉連暮同南宮晏商議好馬匹生意，拿去給錦雲摁了手印後，就直奔皇宮，衝進了御書房，那怒火大得連常安都嚇住了。「出什麼事了？」

葉連暮望著葉容痕。「兵部幹的好事，皇上之前買的那一萬匹馬全沒了，全跑雲暮閣去了！」

葉容痕雙眸閃過寒芒，葉連暮坐下，端起茶水道：「雲暮閣只答應給皇上一萬匹馬，如今已經有兩萬匹了，她都能氣瘋了。」

別說錦雲氣大了，葉容痕自己都氣得頭疼，難怪她會那麼直接拒絕不進宮，幸好沒進宮，不然還不得來御書房罵死他。「傳兵部尚書！」

很快的，兵部尚書就來了，見到葉容痕一臉怒容，兵部尚書忙問道：「皇上，出什麼事了？」

葉容痕想拿紙鎮砸他，拍著龍案道：「朕問你，朕那一萬匹馬呢？」

兵部尚書臉色一變，當即就跪了下去。「朝廷一時間拿不出那麼多銀子，他們就不與朝廷做生意了，反正雲暮閣的馬也是替朝廷買的，臣就同意了……」

葉容痕氣得抓起紙鎮就砸了過去。「都是替朝廷買的，你就敢擅自作主了？給朕滾出去！」

兵部尚書是太后的人，這會兒見皇上這麼發怒，便跪下求饒。

葉容痕恨不得直接凌遲了他，好不容易買到一萬匹馬，竟然就這樣沒了，雲暮閣若不是給足了好處，他們會在幾天之內就湊足一萬五千匹馬？

葉容痕吩咐道：「擬旨，兵部尚書降為兵部右侍郎，吏部尚書出任兵部尚書。」

常安提醒道：「皇上，兵部右侍郎是右相的人。」

「原兵部右侍郎出任吏部尚書。」葉容痕吩咐道。

常安忙去讓人擬旨，再派人去宣旨，葉連暮面無表情地坐那裡喝茶，葉容痕問道：「朝廷一萬匹馬也沒了，她怎麼說？」

「她頭疼，我沒來得及問就進宮了。」兵部辦的這什麼事，只貶斥為侍郎太便宜他了。

葉容痕拿出四十萬兩銀票出來，常安遞給葉連暮，葉連暮沒接。「現在正在打仗，朝廷需要錢購買兵馬糧草，這錢還是等皇上富足了再給吧！沒事，我就先回去了。」

葉容痕望著他。「你確定不拿錢能回府？」

「不回府，我去哪兒？」葉連暮不解地問。

常安把之前趙擴說的話重複了一遍，葉連暮滿臉黑線。「兵部別沒事找事，我就滿意了。」

雲暮閣裡，錦雲換了女裝，坐在內屋，青竹拿了幾位掌櫃的單子來。錦雲看著那些數目，心裡又將兵部咒罵了好幾句，那麼多天只談妥一萬匹馬，還全部崩了，全跑她這裡來了，她氣得腮幫子都疼。

趙擴道：「少奶奶，雲暮閣目前的人手估計滿足不了他們。」

錦雲豈會不知道？她想了想道：「再招二十個信得過的丫鬟，也讓春兒四個去幫著，估計就差不多了，那些香木貨源一定要充足，不夠就去找皇上，別以次充好，毀了雲暮閣的招牌。」

趙擴記下。「再要三千匹馬，就夠三萬了。」

青竹也氣，沒想到事情會變成這樣，原本說好給一萬五千匹馬，現下真得湊足三萬匹戰馬，太氣人了，好在那些香水秘方都握在少奶奶手裡，不然豈不是要虧大了。

接下來五個月，雲暮閣每個月最多只有千兩銀子的盈利，弄不好，持平都有可能。錦雲端茶啜著，心想，等挨過這五個月就好了。

兩刻鐘後，葉連暮進來了，問錦雲。「頭還疼不？」

「替我報仇了沒有？」錦雲問道。

葉連暮輕捏她的鼻子。「怎麼能讓娘子白頭疼一回呢，皇上撤了兵部尚書的職，讓舅舅補上了。」

「太后豈會甘心？」

葉連暮輕笑一聲。「不甘心又能如何？戰馬一事都敢如此胡鬧，太后就是不同意也得同意，皇上只是將尚書降為侍郎而已，已經網開一面了。」

錦雲還是不滿意。「一個兵部尚書而已，讓我少掙了多少銀子？幸好我有留一手，不然雲暮閣遲早要被你們給敗光！」

葉連暮知道錦雲今天是氣壞了，不過世上已經找不到比她更大度的了，幾十萬兩銀子啊，全花在馬匹上，若是最後為別人做了嫁衣，他和皇上都該自刎謝罪了。

就聽錦雲道：「要是鐵騎最後落到太后和李大將軍手裡，就別怪我心狠手辣了！」

「怎麼個狠辣法？」

「用燒紅的鐵掃把抽死你和皇上，然後抹上蜂蜜，扔荒山老林裡餵螞蟻！」

幾個丫鬟站在錦雲身後，冷風颼颼的，背脊陣陣發涼，努力轉移話題道：「少奶奶，奴婢找到鋪子了，就在南街上，鋪子原來也是賣布疋的，不算大，大概是雲暮閣一樓的三分之一那麼大，老闆開價七千兩，奴婢覺得可以買下來。」

葉連暮微挑了下眉頭。「妳又要開鋪子？」

錦雲搖頭。「不是我，是她們幾個要掙嫁妝，估計照著這樣的情勢發展，回頭我們兩個可以跟她們四個混了……」

青竹滿臉黑線，嘴角猛抽，除了京都的雲暮閣之外，還有好多地方都有雲暮閣分鋪呢，就她們知道的就有十來間了，以及有間錢莊，將來的小小姐、小少爺就是天天啃黃金都不會餓死，怎麼就成跟她們混了呢？

打趣過後，錦雲認真道：「既然看著不錯，就買下吧。」

幾個丫鬟喜不自勝，點頭如搗蒜。

第三十三章　國公夫人

出了雲暮閣，上了馬車，一路回國公府，半道兒上，趙章敲車板道：「少爺、少奶奶，林嬤嬤擅自進出書房，被暗衛抓了。」

錦雲嘴角微微翹起。「她果然按捺不住了。」

葉連暮望著她。「妳怎麼知道林嬤嬤會去書房？」

錦雲好笑地看著他。「不然呢，我把張嬤嬤支走了，又帶著四個丫鬟出府，逐雲軒她最大，還不是想去哪裡就去哪裡，這樣的機會可不多見。」

錦雲經常帶著四個丫鬟出門，這點不稀奇，大家都以為是她愛擺架子，但錦雲只是覺得人多熱鬧些，再加上府裡本來活兒就不多，出去看看熱鬧也好。

至於張嬤嬤，她要管理逐雲軒，一般情況下不會輕易出門的，今天錦雲特地讓她去看望兒子張泉，正是為了抓林嬤嬤的狐狸尾巴，昨天那麼匆忙，她肯定沒找到想找的東西。

錦雲沒有審問林嬤嬤，林嬤嬤身分特殊，是逐雲軒的一把手，葉老夫人即便不管逐雲軒，但林嬤嬤被抓，她不會不過問，既然要過問，錦雲就不費力氣審問了。

兩個粗壯的婆子押著林嬤嬤去寧壽院，錦雲跟在後面打哈欠，葉連暮早把官服換了下來，捏著她的手。「今天做了那麼多的事，累了吧？」

「當然累了，昨天晚上逛花燈，今天還忙著和那些人談生意，個個都是人精，比我調香一天還累，都快走不動了。」

「我抱妳。」

「……去你的不要臉。」

青竹和谷竹兩個翻白眼，好心當成驢肝肺，少奶奶也太蠻橫了。

青竹上前一步道：「少奶奶，把林嬤嬤送到老夫人那裡審問，她肯定會說出帳冊的事的。」

「放心吧，我知道。」

錦雲才走到寧壽院前，對面瑞寧郡主走過來，問道：「大嫂，出什麼事了？」

「還沒問呢，只是將她綁了而已。」錦雲微微一笑。

瑞寧郡主有些微愣，隨即笑道：「看來是證據確鑿，不需要大嫂過問了，大嫂今兒去哪兒了，我還想邀大嫂一起賞花呢。」

嘴上這麼說，但瑞寧郡主心裡知曉，錦雲出門時，葉大夫人派人跟蹤，沒想到半道兒上就被人打暈了，人也跟丟了。就連貴妃召見時，錦雲都不見，架子真不是一般大，讓貴妃氣得要闖出宮來見她，最後被皇上給懲罰了，按理，皇上該懲罰的不是錦雲嗎？

皇宮裡發生了什麼事，一般大臣都會第一時間知道，祁國公府也不例外，伴君如伴虎，皇上身邊的事再小也是大事，不知道皇上喜樂，貿然進言上奏那是找死。做官的，宮裡誰沒兩個眼線？

錦雲嘴角閃過一絲冷笑，看來大家對她的行蹤都很好奇呢，以前出門也沒見人跟蹤，昨天林嬤嬤闖了書房之後，有人就對她上了心，不用說，林嬤嬤肯定是她們的人了，就是不知道在暗衛的眼皮子底下，林嬤嬤是怎麼傳消息。

葉老夫人屋子裡，又是烏壓壓一堆人，眼看著就是吃晚飯的時辰了，大家都湊在老夫人屋子裡，都不用吃晚飯了不成？

葉老夫人瞧見錦雲臉色有些憔悴，問道：「怎麼出門一趟，累成這樣？」

豈止是累啊，簡直在跟人打仗，鬥智鬥勇，一直說話，就沒停過。

錦雲搖頭。「連累祖母擔憂了，錦雲沒事，只是林嬤嬤她……」

林嬤嬤被摁著跪在那裡，嘴裡還塞著布條，葉老夫人皺眉問：「到底怎麼回事，林嬤嬤做了什麼錯事？」

葉連暮行禮後，回道：「具體什麼原因，我們也不知道，是暗衛綁了她，林嬤嬤趁我和娘子不在，偷偷潛進書房，翻箱倒櫃還偷拿帳冊，被暗衛拿下了。」

翻箱倒櫃，還偷拿帳冊？葉老夫人臉色陰沈了下來。「扯開布條，我倒是要問問她要偷拿什麼帳冊！」

逐雲軒一直是林嬤嬤在打理，如今錦雲嫁了進來，又出了幾回事後，漸漸地讓張嬤嬤同林嬤嬤一起打理，這些帳冊她想看便看，沒必要偷拿；暮兒幫皇上做事，就連籌組鐵騎的事他都參與在內，帳冊沒準兒就是與朝廷有關，林嬤嬤一個婆子也敢偷拿，萬一出點兒什麼事，豈不是要禍害整個國公府，葉老夫人豈會輕饒了她？

婆子拿掉林嬤嬤嘴裡塞著的布條，林嬤嬤眼裡含淚地看著葉連暮，聲淚俱下。「大少爺，你是老奴打小養大的，老奴幾時害過你？」

錦雲輕笑一聲。「別岔開話題，我就問妳沒事在書房裡亂翻什麼？暗衛守著書房，誰敢亂闖，他就抓誰，這是我和少爺的吩咐，妳既是犯了規矩，抓妳也應當，不委屈妳，別告訴我妳是要打掃書房，出門之前，我已經讓丫鬟收拾過了。」

錦雲沒心思跟她玩，直奔主題，林嬤嬤臉色一僵，葉老夫人便拍著桌子呵斥道：「少爺的書房，豈是妳能擅自闖入的，妳為誰偷帳冊?!」

葉大夫人坐在那裡，眼底有寒冰，沒想到一個書房竟然也有暗衛看守。感覺到有視線看著自己，葉大夫人眉頭一皺，把茶盞擱下，不動聲色地掃了林嬤嬤一眼。

林嬤嬤像是吃了定心丸一般，挺直了腰板看著錦雲。「昨兒奴婢去書房，大少奶奶也撞見了，未跟奴婢說不許進，奴婢昨天收拾書房的時候，發現了雲暮閣的帳冊，奴婢好奇，雲暮閣的帳冊怎麼會在大少爺的書房裡，奴婢今天闖進書房不過就是想再找出來看看，雲暮閣是不是少爺和少奶奶的！」

林嬤嬤一席話，屋子裡全是倒抽一口氣的聲音，雲暮閣的帳冊在大少爺的書房裡？帳冊何等重要，就是國公府裡的帳冊除了葉大夫人和幾個管事婆子外，連葉二夫人都看不到，雲暮閣的帳冊又怎麼會在逐雲軒？

莫非雲暮閣真是大少爺和大少奶奶的？那也太嚇人了吧！雲暮閣日進斗金，將來勢必富可敵國，若是大少爺和大少奶奶的話……

葉老夫人聽後，撥弄佛珠的手都怔住了，心裡千迴百轉，雖然知道可能性是小了些，可心裡還是這般希望。

「雲暮閣的帳冊真的在逐雲軒？」

葉連暮不否認。「在。」

回答得這麼坦然，葉老夫人的心反而鎮定下來了，望著錦雲。

錦雲聳肩道：「早兩日就在了，祖母應該知道前些時候，雲暮閣賣了一批玉器、瓷器的事吧？那是從皇宮出來的，雲暮閣為了避嫌，把帳冊送來讓相公親自查看，以確保清白，沒有貪墨皇宮之物。」

錦雲與雲暮閣的關係良好，葉連暮與皇上的關係密切，那批瓷器又涉及雲暮閣和皇上，交由錦雲和葉連暮來看正合適，這個理由說得過去。

林嬤嬤臉上閃過錯愕之色，就聽錦雲問道：「林嬤嬤看到的帳冊是不是賣瓷器、玉器的？」

林嬤嬤昨天根本沒機會細看，今天看的確是瓷器、玉器，她抿唇。「不是，昨天奴婢看到的不是瓷器、玉器，是賣香水的！」

是嗎？錦雲嘴角劃過一絲冷笑。「就算雲暮閣是我和大少爺的，又與妳何干，值得妳去查？妳若只是簡單的好奇，看過也就罷了，妳偷帳冊出門是要給誰看？」

錦雲堂而皇之地轉了話題，越是直截了當地承認雲暮閣是自己的，大家反而不信了。

林嬤嬤被問得語塞，葉老夫人沈著臉。「錦雲說得不錯，若只是好奇，翻看兩眼足夠了，妳偷拿帳冊幹什麼？從實交代！」

林嬤嬤額頭冒汗，就是不說話。

錦雲站起來，走到她身邊，哼道：「昨天翻過書房之後，妳出了府，把雲暮閣是我和少爺的消息說出去，但空口無憑，妳要偷拿帳冊證明是不是？虧妳有耐心在府外繞了一圈才把消息送出去，是知道我會派人跟著妳，還是因為我下令不許逐雲軒的丫鬟、婆子四處串門子，妳要避嫌才出府的？」

聽到錦雲這麼說，林嬤嬤有些頹敗地坐下。葉二夫人不著痕跡地瞥了葉大夫人一眼，眸底微閃，看來那張紙條是林嬤嬤派人送的，可真是隱晦啊！她雖然猜測過林嬤嬤也被人收買了，沒想到真的是葉大夫人，林嬤嬤可是溫氏陪嫁，對溫氏忠心不已，竟然也被她給收買了，大嫂的手段果真了得。

「妳不承認也無妨，昨晚和今天都有誰進過逐雲軒，派人逼問一下，我就不信問不出來是誰要妳偷拿帳冊，一旦問出來，會有怎麼樣的懲罰妳應該知道。」

錦雲笑得雲淡風輕，那樣子不像是在審問，反倒更像是在聊天，卻嚇得林嬤嬤臉色蒼白，她從錦雲眼裡看到了殺意。

什麼樣的背叛最可怕？被最親的人背叛才讓人心寒。

林嬤嬤今日能為了她背後的主子偷竊，誰知道以前有沒有做過什麼事？

葉老夫人也聽出來了，林嬤嬤的心不是向著葉連暮的，這樣的人留她何用？

「來人，給我拖出去打！」

兩個粗壯的婆子就過來拖人了，林嬤嬤幾時受過這樣的待遇，因為她是葉連暮的奶娘，在府裡誰都高看她，就連王嬤嬤見了她，都陪著笑臉。林嬤嬤看著強悍精明，膽子其實並不大，此時大少爺不曾幫著說過一句話，可見心冷了，她當初不該受大夫人的誘惑啊！現在她都要挨打了，葉大夫人也不站出來說句話。

林嬤嬤掙脫婆子，跪下來。「是大夫人讓奴婢偷帳冊的！」

哐噹！

葉大夫人氣得把茶盞往地上一扔。「混帳東西，我什麼時候要妳偷過帳冊了！」

罵完，葉大夫人就抹眼淚看著葉老夫人。「自打錦雲進門接手逐雲軒起，媳婦就沒跟林嬤嬤單獨說過話，她這麼誣衊兒媳，指不定是受了誰的挑撥！」

挑撥？妳乾脆說我聯合林嬤嬤誣衊妳不更直接？就沒見過這樣的人，倒打一耙。

錦雲看了青竹一眼，青竹便出去了，稍後，兩個婆子就押著個小丫鬟進來，小丫鬟一臉驚恐，顫巍巍的模樣。

這個丫鬟在國公府很出名，各個夫人的院子裡都有她的親戚，得到消息的來源極其廣泛，名叫綠柳，幾位夫人都非常喜歡她。

綠柳跪在地上，哭道：「奴婢什麼都不知道，奴婢只是傳了句話到逐雲軒而已。」

「什麼話？」

「口說無憑。」

「誰讓妳傳的？」

「東苑的丫鬟青兒，她給了奴婢一個荷包，奴婢正好要去逐雲軒，就幫她傳了這句話。」

錦雲擺擺手，望著葉大夫人。「要不要我找青兒來？」

葉大夫人雙眸泛冷。「妳去找便是，沒做過就是沒做過！」

青竹望著錦雲，葉大夫人死不認帳，即便找了青兒來，只怕她也不會認的，要是在衙門裡，就該拖出去打板子，看她能扛不扛得住，可她是祁國公府大夫人，葉老夫人不會打她板子的。

瑞寧郡主起身道：「一個婆子的話當不得真，這丫鬟整日在府裡閒逛，被誰收買了誰知道，娘怎麼會對大嫂和大哥是不是雲暮閣老闆有興趣呢？」

錦雲挑了下眉頭。「是嗎？那妳說，林嬤嬤平白無故要偷什麼帳冊？背後總有個指使者吧，所有的矛頭都指著娘，她一句沒做過就否認了，我要是殺了人，我不承認，是不是我就可以逍遙法外？」

瑞寧郡主被問得語塞，葉姒瑤冰冷著臉。「大嫂什麼意思，認定娘是指使林嬤嬤偷竊的人嗎？就憑兩個丫鬟的話，綠柳什麼人，大嫂會不知道？誰給她錢，她就替誰辦事，她的話可信嗎？妳懷疑娘查妳，我還懷疑妳成心誣衊我娘！」

青竹站在錦雲身後，聽得心裡直氣，無恥至極，證據都這麼充足了，她還不認罪，真是氣死人了！

錦雲也不氣，眼睛瞄著林嬤嬤，葉連暮就道：「林嬤嬤依照偷竊之罪，打五十板子，若是還活著，發賣了吧！」

葉老夫人也擺手了，林嬤嬤心一涼，眼裡露出恨意，以往她在逐雲軒隻手遮天，少爺的書房想進便進，如今替大夫人辦事了，大夫人卻倒打一耙。

林嬤嬤的心也涼透了，咬牙道：「大夫人，妳做初一就別怪我做十五，妳找我辦的也不止今天這一件，六年前，大老爺的梅姨娘，是妳讓我事先給大少爺吃了毒藥，陷害梅姨娘，害她挨了板子小產，血流而亡！這事妳沒忘記吧！」

葉大夫人臉色一白，隨即鎮定了下來，起身看著她。「當年梅姨娘就死得冤，沒想到是妳這婆子害的，今日又來誣衊我，來人，給我拖出去活活打死！」

「妳這個毒婦，妳指使柳雲給大少爺下毒藥，又收買挽月毒害大少爺，這麼多年大少爺才會每月吐血。二夫人，妳也不是什麼好人，當年是妳們偷偷減了大少爺的藥量，嫁禍大夫人！

「大夫人想大少爺死，二夫人想嫁禍大夫人，妳們都想要國公府！」

「瘋子！」葉二夫人把茶盞重重地磕在桌子上。「拖出去打死！」

兩個婆子捂著林嬤嬤的嘴，錦雲阻止道：「放開她！」

葉大夫人望著錦雲。「妳什麼意思？」

錦雲嘴角現出冷意。「沒什麼意思，我一直懷疑相公中的不止一種毒，原來真的是兩種，幸虧是兩種毒，以毒攻毒，相公才會每月病發吐血，不然相公早被毒死了，林嬤嬤是逐雲軒的人，殺不殺她由我作主，帶下去。」

葉大夫人和葉二夫人臉色一沈。「輪不到我們作主？她誣衊我們，我們還不能打她了？」

錦雲淡淡地掃了兩人一眼。「誣衊？她為什麼不誣衊三夫人和四夫人，就逮著妳們兩個誣衊？沒做過又怕什麼？」

葉三夫人笑道：「是啊，大嫂、二嫂，沒做過怕什麼，就讓錦雲去查便是。」

葉老夫人氣得嘴皮直哆嗦。「查，給我徹底查清，若是真的，妳們兩個給我去佛堂抄家規到死！」

錦雲走到葉連暮身側，他一臉鐵青，從始至終都沒有說過話，沒想到她們就是這樣害他的，林嬤嬤知道，卻偏偏不說，他眼裡閃過一抹淒涼。

錦雲緊握著他的手，心裡真的慶幸，兩種毒藥同時下，若是查出來，葉大夫人和葉二夫人都脫不了干係，本來葉大夫人完全可以嫁禍給葉二夫人，拔掉她這根硬刺，卻沒想到錯就錯在了這上面，毒藥會相剋，成了救命的藥；再加上葉連暮是習武之人，體格比一般人強健，而錦雲會辨別毒素，吃的東西又不讓柳雲和挽月插手，她們根本找不到機會下手，所以這兩個月，葉連暮吐血的次數越來越少，這個月甚至沒有吐過血。

當然了，錦雲開的藥方一直沒停過，她懷疑他的味覺跟中毒有關係，林嬤嬤沒準兒就是突破口。如今若是知道相剋的毒藥，或許就能治好他的味覺！

青竹找了兩個暗衛來押林嬤嬤走，屋子裡寂靜了下來。

葉老夫人眼眶紅腫，心疼地看著葉連暮。「是祖母大意了，害你吃了那麼多苦頭。」

「所有的苦頭，我會加倍討回來。」說完這一句，葉連暮就邁步出去了。

錦雲站在屋子裡，眼睛看著兩位夫人，她們在國公府住了十幾年，經歷了各種爭鬥，心智比一般人不知道強多少，估計下手之前就想過事發該如何自保吧，所以才這麼鎮定；但是法網恢恢，疏而不漏，就算她們不認罪，卻也沒辦法說服大家此事與她們無關。

葉大夫人的心真的慌了，沒想到她吩咐人下毒的事，沒有瞞過林嬤嬤的眼睛，難怪那老婆子跟她說，若是出了事，她必須要護著她，原來手裡有依仗！

葉二夫人就更難過了，當年她給葉連暮煎藥，見葉大夫人拿了幾塊藥出來，她一時鬼迷心竅，又拿了幾片，想拉大夫人下馬，沒想到最後事情鬧得那麼大。葉二夫人威脅過葉大夫人，可是葉大夫人不怕她，葉二夫人明明知道她動了手腳，卻不戳破，眼睜睜地看著大少爺病得越來越重，國公爺會怎麼想？她要是敢說出去，那只有一個下場，兩人誰都討不了好。

葉二夫人哪還敢說，最多就是逼急了，來個魚死網破，才能鎮住葉大夫人，這些年，憑著這個把柄，她從葉大夫人那裡坑了七千兩銀子來。

林嬤嬤說的是不是真的，葉老夫人心裡還能沒秤桿嗎？

「去前院喊國公爺來，這事我作不了主。」葉老夫人吩咐丫鬟道。

一刻鐘後，國公爺才來，路上聽說了這事，一張臉沈得很，看幾位夫人的眼神要多冷就有多冷。

國公爺一坐下，葉老夫人便道：「事情尚未查清，但是空穴不來風，不管結果如何，這嫌隙已經生出來了。」

錦雲沒心情再繼續待下去，什麼樣的結果她也明白，嬸娘、後母毒害姪兒、繼子之事一出，國公府的顏面將蕩然無存，為了維護國公府的臉面，第一件事就是分家，這些事也傳揚不到國公府外去，留下的再慢慢查。

錦雲回到逐雲軒，沒見到葉連暮，問珠雲道：「少爺人呢？」

「剛剛皇上派人把少爺喊走了，好像很急的樣子。」

錦雲無語，這都什麼時候了，還有事找他？她揉著太陽穴進屋，南香端了碗燕窩粥進來。

青竹抱怨道：「林嬤嬤把話都說到那分上了，大夫人還不認罪。」

錦雲眼裡閃過一絲冷笑，若是罪犯不認罪就不能懲治她，那大牢只怕沒人住了，證據確鑿，由不得她不認，只不過她畢竟是國公府大夫人，將來的國公夫人，殺了她是不可能的。

瑞寧郡主是由丫鬟紅芙扶著出了寧壽院，她手腳冰冷，自己嫁進來才幾天，為什麼不讓她早些知道國公府這些事？如今出了這事，這輩子她該如何？

葉老夫人和國公爺坐在那裡，兩位夫人跪在地上，依然是死不認帳，國公爺一拍桌子。「還敢嘴硬！林嬤嬤說的是真話還是誣衊，妳們當大家都是傻子嗎？妳們認罪，我可以饒妳們一命，若是死不認罪，暮兒和錦雲若是上交刑部處理，國公府顏面無存，妳們兩個就給我蹲一輩子大牢，了此殘生！」

葉大夫人和葉二夫人知道這回無論如何都躲不過去了，跪著求饒，說自己鬼迷心竅，求國公爺和葉老夫人饒命。

葉老夫人疲憊地擺手。「妳們也別求我，我沒權力饒過妳們，一個國公的位置真就讓妳們喪心病狂了，妳們怎麼不直接毒死我們兩個！」

這一夜，葉連暮沒有回來，國公府無人安眠。

第二天，錦雲沒有去給葉老夫人請安，不是她不去，而是半道兒上，丫鬟急急忙忙地奔進來。「大少奶奶，皇宮來聖旨了，您快去接旨。」

錦雲微愣了一下，即使不明白怎麼讓她去接旨，卻還是匆匆忙忙地趕去前院。

來宣旨的人是常安，笑道：「葉大少奶奶不必跪了，這聖旨奴才也不宣了，一句話，國公府現在是您的了！」

錦雲傻眼了。「我的？」

常安點點頭，把聖旨送到錦雲手裡，笑道：「今兒早朝，國公爺提出退位，把國公的位置讓給大老爺，大老爺站出來很乾脆地辭官，也放棄繼承，國公爺的位置自然而然地落到大少爺的頭上了，您現在是國公夫人了，京都最年輕、最漂亮的國公夫人！」

青竹幾個丫鬟先是一怔，隨即大喜，大夫人爭來搶去，沒想到大老爺竟然不做國公爺，甚至辭官了，不過皇上另外封了頭銜，那都是好聽而已啦，現在國公夫人是她們大少奶奶了！

錦雲打開聖旨看了好幾眼，確認無誤，常安讓人送了一堆賞賜上前，錦雲謝恩後，他才回宮。

這個消息不僅震撼了錦雲，也震撼了國公府上下，來得太突然，完全沒有預兆，國公爺說退位那也是半年後的事，大少爺想繼承國公府怎麼樣也要二十年後，沒想到連大老爺都棄了繼承權，竟讓大少爺提前了二十年坐上國公的位置。

葉老夫人嘆息道：「他是覺得虧欠了溫氏，沒有照顧好暮兒，賠償暮兒啊……」

接下來七天，祁國公府亂成一鍋粥似的，上門道賀的不知多少，錦雲被丫鬟拖著去應酬，苦不堪言啊！

整整三天，錦雲累得直喊娘。

累歸累，可是錦雲高興，除了東苑不好安置外，其餘三位夫人都搬離了祁國公府，相隔一條街，往後進府都得通報了。

而東苑的大老爺，既是嫡出又是葉連暮的直系長輩，不可能搬出去，但祁國公府現出葉連暮繼承了，上面有爹，還有祖父在，他的位置尷尬，最後老國公一揮手，買下了國公府右邊的民居，讓大老爺一家搬過去住。

這樣，祁國公府就變大了，雖然還住在一起，可葉大夫人要過來，光是走路就得大半個時辰，來往就不容易了。

唯有老國公和葉老夫人還住在原來的地方，國公府一下子空出來一大半，而錦雲是國公夫人了，內院事務自然而然就落在她頭上，她看著那兩米高的帳冊，一個頭兩個大。

青竹和谷竹幾個丫鬟還想開鋪子，既然上了手，就不能不做了，錯過時機想經營起來就難得多，於是四個丫鬟都是白天跟著錦雲忙活，晚上挑燈籌備鋪子，個個都頂著黑眼圈。

三位夫人喬遷之喜，她們幫著送賀禮去，只有珠雲沒去，看她們一人得了一個大紅包，珠雲朝錦雲撒嬌。「少奶奶，她們都得了賞賜，就奴婢沒有，妳賞奴婢一點唄？」

錦雲好笑地看著她。「賞賜一點哪夠，讓我想想賞賜點什麼好。」

珠雲得瑟地掃了其他丫鬟幾眼，她們鼓著腮幫子。

「妳好像不缺什麼？我再想想啊……哦，想起來了，妳還缺個夫君，我把誰賞給妳做夫君好呢？」錦雲一本正經地說著，皺著眉頭在考慮人選了。

珠雲臉大窘，跺著腳。「少奶奶，妳欺負奴婢！」

錦雲皺眉。「妳不要夫君，真不要？銀子賞過了，首飾也賞過了，布疋，妳們幾個就是做這個生意的，不用我賞賜，數來數去就缺個夫君。」

葉連暮掀了珠簾進來，笑道：「這賞賜別致，我看趙行就不錯，賞給她了吧。」外面，趙行一張臉紅得發紫。少爺在少奶奶跟前沒地位，可不能連累屬下們也沒地位，將他賞賜給女子啊……

錦雲點點頭。「是不錯，就是珠雲年紀小了些，先定下了吧！珠雲啊，妳要是不同意，就別出屋子，他就在外面呢。」

其他丫鬟捂嘴，說這麼羞人的話題還不許珠雲跑，這不是強逼珠雲同意嗎？她哪裡待得下去啊，珠雲一張臉都紅到脖子處了。

錦雲繼續道：「咱們就這麼說定了，珠雲啊，妳想什麼時候出嫁？趙行在外面聽著也不進來，肯定是同意了，喂，別走啊……」

青竹憋笑道：「珠雲是同意這門親事了呢。」

錦雲心情不錯。「同意了就好，珠雲年紀比妳還小，她都同意了，妳們幾個呢……喂，別走啊，站住，再不站住，我就把妳們送人了。趙擴、趙章，你們幾個出來，喜歡誰直接跟我說……」

幾個丫鬟差點哭出來，外面待在樹上的暗衛們腿一軟，全掉了下來。

錦雲開著窗戶。「喜歡誰啊？」

趙擴輕咳了一聲，豁出去道：「屬下喜歡南香！」

其實，幾個暗衛都心有所屬，就是拉不下臉來，連葉連暮都看出來趙行喜歡珠雲，還不夠明顯啊？

可惜有四個丫鬟，只有三個暗衛在，谷竹沒人選，三個丫鬟指著谷竹道：「趙構大哥喜歡谷竹！」

「多好啊，就這樣定了。」錦雲一槌定案，谷竹咬著唇瓣，滿臉緋紅，跺腳跑了。

錦雲拿起糕點悠哉地吃著，問葉連暮。「你今天怎麼這麼早回來？」

「鐵騎的事準備得差不多了，明天校場比武，爭奪帥印，皇上下了帖子，妳與我一起去。」說著，葉連暮拿出一張帖子。

錦雲已經七、八天沒出門了，憋得慌呢，正好出去走走，便同意了。她轉移話題道：「祖母怎麼辦？以往幾位夫人住在府裡，還有人陪祖母聊天。」

「娘子多陪祖母解悶。」

在寧壽院不會遇到幾位夫人，錦雲樂得去跟葉老夫人聊天，可是她不能一天到晚陪在寧壽院啊，所以錦雲想了個辦法。

兩個丫鬟推著輪椅進來，葉連暮微挑了下眉頭，錦雲便道：「祖母年紀大了，腿腳不便，我特地為她準備的，推著她逛逛院子，還可以出府閒逛，怎麼樣，不錯吧？」

葉連暮讚賞地點頭。「不錯，祖母還能幫妳打響名號是不是？」

「我可是先想著祖母的！」

錦雲從小榻上起來，帶著丫鬟和輪椅去找葉老夫人了。

葉老夫人瞧見輪椅，先是一怔，聽了錦雲的建議後，迫不及待就坐上去了。

見葉老夫人那麼高興，錦雲提議去街上逛逛，葉老夫人有些猶豫。

「少奶奶說得對，老夫人就該多出去走走。」王嬤嬤笑道。

「那就出去走走。」

沒有吩咐馬車，就坐在輪椅上，葉老夫人想看什麼都看得到，坐不住就下來走兩步。

一路上，大家都好奇地看著葉老夫人，看著那輪椅，沒人敢上來搭腔，葉老夫人非常高興，彷彿年輕了十歲一般。

葉老夫人聽葉姒瑤她們說過無數次雲暮閣如何如何，但都比不上親眼所見來得震撼，那種震撼直接讓葉老夫人徹底放下了心底的惋惜，她曾惋惜國公府如此早就分家了，直到近日深思，她發現國公府交到連暮和錦雲手裡才是最正確的選擇。

輪椅原本是錦雲為葉老夫人量身打造的，但她細想這也是一門生意，於是也在雲暮閣同步推出，一百台輪椅不到一刻鐘就銷售一空，訂單數更是激增到千台。

青竹陪著葉老夫人在雲暮閣閒逛，錦雲則被趙擴請到內屋談論生意問題，輪椅和彈簧床一樣，極容易被人模仿。

錦雲自然也想到了，也想好對應之策。「不能再同之前那樣縱容他們了，必須要維護雲暮閣的權益，這事就交給七王爺去辦吧。」

處理好輪椅的事，錦雲又問了雲暮閣這幾日生意，主要就是那些交換馬匹的訂單情況，正說著，南香就進來稟告道：「少奶奶，大小姐和二小姐她們也來逛雲暮閣，正圍著老夫人說話，哄得老夫人很高興，買了不少首飾給她們。」

錦雲忍不住揉了下太陽穴，沒想到她們竟然也來了，雲暮閣人多，葉老夫人又是她們的祖母，孫女陪著說笑，流露出對首飾的喜歡，老夫人怎麼會不買？

錦雲放下手裡的帳冊，邁步出去，上了二樓，就聽到葉觀瑤欣喜道：「祖母，您看這是雲暮閣新推出來的梅花香膏，現在梅花還沒開，也不知道是用什麼做的，竟然真的有梅花的幽香，您聞聞。」

「梅花膏不錯，適合祖母用，」錦雲笑著走過來。「還是觀瑤她們有眼光，錦雲挑了半天也沒挑到適合您的。」

錦雲說著，瞥了葉觀瑤一眼，她們幾個都氣得咬牙，本是想祖母買了送給她們的，怎麼就變成孝敬祖母了？便互相推託起來，葉老夫人臉漸漸沈了下去，逛雲暮閣的興致全失，要回府了。

錦雲吐了下舌頭，下樓時哄得葉老夫人又笑了起來，王嬤嬤也道：「再往前走走，前面有家糕點做得很好吃。」

一路上，錦雲買了許多好吃的，但都不許葉老夫人多吃，只是嚐一嚐，然後就到幾個丫鬟手裡了，惹得葉老夫人不滿。「還說是買給祖母吃的呢，我瞧怎麼像是買給丫鬟吃的，全進她們肚子裡了，倒是把祖母的饞蟲給引了出來。」

錦雲輕噘嘴，撒嬌說沒有，幾人從街頭吃到街尾，除了葉老夫人七分飽外，大家各個都吃撐了，惹得老夫人直說下次不要錦雲陪她出來了，誰都能多吃，就不許她多吃。

回到祁國公府時，晚霞密布，絢麗多姿。

錦雲腿腳疲乏地進屋，直接倒小榻上了，青竹端了熱水來給錦雲泡腳，心疼道：「奴婢走了一天路腿都痠了，少奶奶的腳肯定疼吧？」

「還好，沒那麼痠。」錦雲把腳泡進水裡，忍不住輕吟了一聲。「下次陪老夫人逛街，記得給我牽頭毛驢，咱們每個人一頭毛驢，肯定很壯觀。」

青竹噗哧笑出聲來。「要真騎毛驢陪著老夫人逛街，還不被人笑掉大牙，妳可是有好幾匹千里馬的人！」

張嬤嬤進來笑道：「今兒右相府派人傳了蘇老夫人的話來，蘇大夫人被老爺罰了，無人打理內院，蘇老夫人想著儘早讓二少爺迎娶二少奶奶進門呢，問妳什麼時候有空，幫著送請期禮去靖寧侯府。」

錦雲聽得一笑。「二哥娶安兒，沒空我也得擠出空閒來，回了祖母，就說明後兒就行。」

青竹想起因花燈會派人刺殺錦雲，蘇大夫人孫氏被禁足在佛堂裡，忍不住提醒道：「這些日子少奶奶一直沒空回右相府，上回派人刺殺少奶奶的肯定是大夫人，少爺告訴了老爺，怎麼一直沒音訊，少奶奶妳打算怎麼辦？」

錦雲也納悶呢，爹怎麼沒回覆了，總不會是忘記了吧，難道是想放蘇大夫人一馬？還有派人去查蘇大夫人當年毒害她娘安氏的事，似乎也沒什麼進展，反倒查出那官居戶部尚書的二叔與太后一黨有瓜葛，真是一團亂麻。

葉連暮邁步進屋，就見錦雲皺著眉頭，連帶也讓他眉頭微蹙。「今兒陪祖母逛街累了嗎？」

錦雲搖頭。「不累，就是有幾個問題想不通，幾位夫人搬出國公府，可當年下毒害你的事也沒個懲罰，就這樣算了嗎？」

葉連暮坐下，端起茶盞道：「這事祖父、祖母找我談過了，姒瑤她們都還沒出嫁，二弟也才剛剛上任，若是大夫人的事鬧大了，幾乎會毀了他們，暫時只能讓她吃齋唸佛贖罪。」

「你答應了？」

「祖母、祖父求我，我能不答應？」葉連暮神情有些冷，要不是顧忌葉姒瑤和瑞寧郡主，爹早就休了葉大夫人衛氏。

錦雲輕嘆一聲，又是為了名聲，她覺得好笑，人家做娘的都不在乎名聲了，他們還顧忌著，滑稽。

第二天一大清早，錦雲和葉連暮出門了，直接前往上次舉行武舉的比試場，今天來的人很多，各大將軍幾乎全到了，就連太后都來了。

妍香郡主和趙遇也出席了，一看到錦雲，妍香郡主便帶著丫鬟白巧朝她走來，相互打過招呼後，妍香郡主便道：「上回妳讓我告訴太皇太后，我娘遭到綁架是有人唆使的，後來太后果真找我問話了。」

這幾乎在預料當中，太后都忍不住派人刺殺孫嬤嬤了，會不問妍香郡主才怪。

妍香郡主看著錦雲。「妳有沒有查出別的什麼？」

兩人坐下後，錦雲點頭道：「方才來之前，有了些進展，當初同長公主一同被抓的還有不少姑娘，找到了一個，她見過綁匪的樣子，這會兒正在來京都的路上，大概中午就能進京了。」

妍香郡主面上一喜，錦雲端茶啜著，稍後，有宮女湊到沐太后耳邊說話，沐太后的眼裡有寒芒閃過，錦雲的嘴角劃過一絲笑意。

青竹守在錦雲身後，茫然地撓額頭。少奶奶怎麼騙妍香郡主？昨兒還焦頭爛額，為沒有進展苦惱不已呢。

葉容痕坐在那裡，端茶輕啜。

鑼鼓敲響。

葉容痕擱下茶盞，看著比試場場上九十名士兵，問道：「這就是選出來參加比試的士兵？」

沐將軍起身道：「回皇上，這些士兵是各位將軍麾下最英勇善戰的士兵。」

葉容痕點點頭，一揮手，那邊就有三個官兵捧著三個籤筒過去，比試的規則是讓他們自己抽選對手，不可以抽自己一方的，另外兩方隨他們抽選。

九十個士兵，很快就抽選完了，一號和他的對手上場比試。

一方是右相的人，一方是沐大將軍的人。

十幾個過招之後，沐大將軍的人被踹下比試臺，這一回合右相贏。

沐大將軍的臉色有些難看。第一回合就落敗了，儘管後面還有二十九場，可他還是有些擔心，畢竟挑選出來的都是精良士兵比試，不知道他們的武藝如何？

錦雲坐在下面看著，推搡葉連暮道：「我怎麼覺得那士兵的招數很奇怪，不像習慣用槍。有種把槍當成劍用的感覺？」

葉連暮扯了扯嘴角，連錦雲都看出來了，這士兵得有多假，這些人怎麼會表現得這麼奇怪，莫非是故意為之？

李大將軍手下一個將軍站出來，對著右相道：「這場比試不公平！事先說好了，從軍中挑選最精良的士兵比試，明眼人一看就知道他們不是士兵出身！」

右相嘴角一翹，一揮手，那邊蘇總管把官兵的名冊上呈給公公，再轉遞到皇上手裡。

右相冷笑地對著那將軍道：「徐將軍覺得五十步笑百步有意思嗎？那三十人中有多少是暗衛出身，你當我不知道嗎？是不是本相的人先上場，勝了五場，你害怕會輸？」

徐將軍臉色微變，葉容痕看著手裡的冊子，上面清楚記載了此次參加比試的官兵身分，幾時入伍、參加過什麼戰役、殺過多少敵人都寫得很清楚，尤其哪些是偽造的身分，無一遺漏。

沐大將軍手下有十個人身分可疑，李將軍手下有八人身分可疑。最離譜的是，右相手底下三十人，全部是十天前入伍的，以前皆是暗衛出身！

葉容痕真恨不得扔了冊子才好，太囂張了！直截了當地告訴他，他用暗衛比試！他把冊子扔到徐將軍身上。「你給朕解釋一番，這十個人是怎麼回事！」

徐將軍瞄了兩眼，額頭就冒汗了。「臣、臣……」

葉容痕望著左相。「三方都作假參加比試，又都有入伍記錄，算是軍中士兵，這場比試左相認為是繼續好還是取消好？」

左相扯了扯嘴角，這叫他如何回答？不取消，帥印最後肯定落到右相的手裡；取消，右相會同意嗎？

左相搖頭道：「臣也不知道是不是該繼續，按理這場比試符合規矩，可暗衛用的人數多寡，似乎又不公平。」

葉容痕冷哼了一聲。「朕要的是一支無敵的鐵騎，讓你們公平爭奪，沒想到竟然讓朕如此失望！」

太后坐在那裡，氣得不行，還以為勢在必得，沒想到會被右相擺了一道。

「皇上，此次比試有失公允，哀家認為該取消比試，另外選擇良時再擇統帥將軍。」

「怎麼可以取消呢，整個京都、整個大朔都知道今天是比武奪帥的日子，忽然取消，豈不惹人生疑？要是傳揚出去，幾位將軍為了奪得帥印作弊，豈不是墮了他們的將軍威名，還是他們心裡根本認為，那些士兵根本無法幫助他們奪得帥印？」錦雲忽然開口。

太后臉色一沈。「混帳，哀家和皇上說話，豈有妳插嘴的分！」

錦雲毫不畏懼。「後宮不得干政，太后都敢違背，錦雲說兩句話又有何不可？今日若是我爹只用六名暗衛參加比試，兩位將軍會取消比試嗎？這等只許州官放火、不許百姓點燈的做法，實在令人鄙夷，做人該堂堂正正，就像我爹一般，做了就是做了！」

「說得不錯！」右相大笑道。

錦雲望著葉容痕。「皇上，比試定奪帥印是早前定下的，給了這些將軍足夠的時間準備，若是他們清白，取消我爹一方士兵參賽資格，我都無異議，但是大家都一樣，就別說什麼誰無恥的話了，大家都一樣無恥，要麼比試，要麼把帥印給我爹，一支無敵的軍隊要有無敵的人來領導，幾位將軍連作弊都畏首畏尾，在我爹面前，根本不夠瞧。」

沐大將軍和李大將軍頓時色變。「妳一個女流之輩，也敢指責我等？我等殺敵沙場時，妳還不知道在哪裡呢！」

錦雲從懷裡掏出一根權杖，碧玉剔透，上面畫著馬，她笑道：「前些時候，雲暮閣買馬的事，幾位將軍應該都聽說過，現在三萬匹馬全在雲暮閣手裡，朝廷沒有支付一個銅板，這批馬最終是否交給朝廷，由雲暮閣說了算，如今這三萬匹馬在我的手裡，幾位將軍覺得我有沒有說話的資格？」

錦雲說完，葉連暮就請罪了。「臣未能說服雲暮閣，雲暮閣將權杖交給了內子。」

本來，錦雲是想直接讓朝廷把馬牽走的，後來想了想，還是自己先養著，理直氣壯地占一大塊地跑馬，到時候死皮賴臉不還給朝廷了，免得到時候朝廷無錢還，雲暮閣血本無歸。

李將軍沈眉。「雲暮閣一介商家，也想插手過問朝中之事？」

錦雲拿著權杖。「鐵騎若是少了馬，還能稱之為鐵騎嗎？」

李將軍語塞，憤憤然坐下。

葉容痕不明白錦雲在做什麼，問道：「三萬戰馬的事，雲暮閣說什麼？」

錦雲聳肩。「雲暮閣連權杖都交給我了，自然是我把權杖交給誰都行，我是我爹的女兒，皇上總不能讓我把權杖交給別人吧？」

葉容痕差點吐血，不是這樣的啊！

太后氣得嘴皮都在哆嗦。「皇上，朝廷買戰馬一事，是誰交給雲暮閣購買的？」

葉容痕不悅道：「是朕，當初朕只是讓雲暮閣想辦法買一萬五千匹馬，沒想到那麼多人願意用馬匹與雲暮閣做生意，甚至連朝廷談妥的馬匹都用來做生意了，致使雲暮閣損失了不少，也因此惹怒了雲暮閣，遲遲不肯交出戰馬。」

沐大將軍不豫道：「雲暮閣不交戰馬給朝廷，還以此要脅朝廷，是何用意？」

錦雲坦然回道：「沒別的意思，雲暮閣是開門做生意的，一切利益至上，既然買了三萬匹戰馬了，沒有拿到錢，這批戰馬就得用來做點別的事，南舜物產豐富，盛產香木，鐵騎將是一支無敵的軍隊，雲暮閣希望從南舜買回香木的時候，能讓鐵騎護送一二，就這樣簡單。」

就這樣簡單，這簡單嗎？

老國公輕咳一聲，道：「錦雲，朝堂大事，不該妳過問，權杖交給暮兒，讓他處理。」

錦雲握著權杖，委屈道：「祖父，相公的心偏向皇上，我把權杖給他，他肯定直接給皇上，皇上又沒權力親自點將，這場比試是否會繼續進行都不知道，那兩位將軍擺明是不服我爹！」

錦雲一番話說得大家吐血，十足十乖女兒一枚，連夫君在她心裡都沒父親重要，右相坐在那裡，得瑟得眉飛色舞，雖然他知道這乖巧是「摻水」過的。

十王爺忍不住站出來道：「喂喂喂，妳那話什麼意思，妳鄙視我王兄是不是，什麼叫我王兄沒權力點將啊，王兄，給她點一個看看！」

七王爺也哼道：「王兄是為了公平才讓幾位將軍比試奪帥印，是他們不懂珍惜，鬧出來這麼多彎彎曲曲，還有臉要取消比試？比試是輸，不比試等同棄權，幾位將軍自行定奪吧！」

李大將軍坐在那裡，臉色有些僵硬。「只要右相同意皇上欽點將軍，臣無異議。」

沐大將軍也站了出來。「臣同李將軍想法一樣，不然就改日再比試。」

右相坐在那裡，這兩個混帳，竟然把矛頭推向他，真當他是泥捏的呢！「錦雲，妳覺得呢，爹該不該同意放棄比試，讓皇上親自點將？」

錦雲抿了抿唇瓣，把玩著手裡的權杖，笑道：「女兒覺得與其交給皇上，不如讓三萬士兵來選，看他們願意誰做他們的將軍，但是要三萬士兵來選好像麻煩了些，今天不是來了不少士兵觀看比試嗎？看看他們願意選誰當將軍。」

葉容痕大喝一聲。「好！將軍既是領導他們的人，那就看他們願意接受誰的帶領，幾位將軍有無異議？」

幾位將軍有些不屑，還以為是什麼好提議呢，原來是讓將士來選，那些將士都是幾位將軍麾下的，肯定選自己的將軍，到時候不打起來就不錯了！

下面果然鬧鬨了起來，各大將軍的名字此起彼落，場面混亂不堪，錦雲走過去，擺手道：「讓你們推舉將軍的人是我，我想問你們幾個問題，可以嗎？」

「國公夫人請問！」

「第一，身為大朔王朝第一支由三萬人馬組成的大隊鐵騎中的一員，你們覺得榮耀嗎？」

「榮耀！」

「第二，你們參加鐵騎的目的是為了什麼？」

「保家衛國！」

「你們忠心的是誰？」

「皇上！」

「皇上費盡心思組建鐵騎，你們願意接受誰的領導？」

「皇上！」

三、四百人異口同聲說皇上，震得錦雲耳朵生疼，下面叫喊得更歡了。「皇上！皇上！」

錦雲苦著臉擺手。「別吼了，耳朵都要被你們震聾了，皇上日理萬機，哪有時間訓練你們，你們的最高領導是皇上，這是肯定的，在皇上之下，你們願意接受誰的領導，李大將軍、沐大將軍，還是別的將軍？」

「效忠皇上！效忠朝廷！」

一群呼聲中，有個突兀的聲音傳來。「我願意跟著葉大人！他忠於皇上，又一心為民，我是因為他才參軍的，我願意接受葉大人的領導！」

「葉大人！葉大人！」

聲音更大了，錦雲捂著耳朵，幾乎一致認同皇上是鐵騎之主，葉連暮是將軍。

錦雲被青竹給拉了回來時嘴裡還喊著。「我爹！我爹！你們應該喊右相！」

葉容痕扶著額頭，這女人戲演得真不錯，不過右相怎麼不氣，錦雲可是把他當做擋箭牌了。

只聽右相站起來道：「皇上，葉大人年紀輕，是臣的女婿，臣不認為他適合做將軍……」

左相不贊同道：「軍心所向，右相難道想反悔嗎？這是國公夫人自己問出來的結果。」

右相一甩袖子，罵錦雲道：「笨口拙舌！」

然後，怒氣沖沖地走了，錦雲在那裡喊。「爹、爹，我手裡還有權杖啊啊啊！」

沐大將軍和李大將軍見右相都被自己女兒給氣走了，鬱悶的臉色終於有了一絲笑意。鐵騎到葉連暮手裡比到右相手裡好得多，不管怎麼說，朝堂上跟右相對著幹的，第一個就是皇上，第二個絕對是葉連暮。

沐大將軍道：「既然大家都願意接受祁國公做他們的將軍，臣等無異議。」

李大將軍也道：「臣也無異議。」

太后冷冷地瞥了錦雲一眼，然後道：「將軍選出來了，副將軍哀家舉薦沐忱擔任。」

葉容痕起身，接過常安捧著的帥印交給葉連暮。「愛卿別辜負朕和一眾將士們的期望，帶出一支無敵鐵騎！」

葉連暮跪道：「臣誓死不負皇恩！」

葉容痕扶葉連暮起來，然後看著錦雲，伸手要權杖，錦雲把權杖藏身後。「我二哥才是最適合做鐵騎將軍的，皇上，你不能這樣啊……」

葉容痕差點吐血。「他是妳夫君，妳不該向著他嗎？」

錦雲哼鼻子。「我為什麼要向著他，今天叫他幫我挾個包子，他罵我沒長手！」

「……」葉容痕和眾人無言。

葉連暮雙眼望天，眼角不自主地抽了兩下，青竹噗哧一聲笑了出來，貌似今天是少奶奶罵少爺沒長手的，這不是倒打一耙嗎？

難怪啊！難怪今兒她站出來，被幾位將軍訓斥，葉大人都不站出來，原來是吵上了，就為了個包子而斷自家夫君的前程，女人心，海底針，心狠啊……

葉容痕有些無言，掩嘴輕咳了一聲。

沐大將軍便道：「皇上，蘇猛武藝與葉大人不相上下，副將軍由他擔任，臣覺得可行。」

李大將軍也道：「臣也覺得可以。」

兩位將軍眼底有笑，右相本來就看葉大人不順眼，自己的狀元兒子在他手底下，他們不信右相會不除掉葉大人，扶自己的兒子上位，到時候，他們再坐收漁翁之利！

葉容痕嘴角微微翹起，昨天還擔心一切不能依照計劃進行，今天果然看到右相出手了，一出手就把計劃弄亂了，幸好錦雲及時站了出來。

葉容痕點頭道：「既然大家都覺得蘇猛合適，那副將軍之位朕就欽點他了，十日之後，領兵出征！」

錦雲愣然一愣。「十天後就出征？」

錦雲盯著葉連暮，葉連暮拉住錦雲。「籌備鐵騎就是為了上戰場的，十天後出征。」

「可我二哥還急著娶媳婦呢，十天根本來不及。」

「……」眾人無言。

這不是重點好不好！

錦雲眼睛一瞄，就見到了靖寧侯，她忙朝他走了過去，微微福身。

靖寧侯茫然問道：「不知道國公夫人找我有何事？」

錦雲扯嘴角。「我不知道鐵騎這麼快就出征，祖母讓我明天去府上提親，看樣子是來不及了，能不能盡快娶安兒過門？」

靖寧侯滿臉黑線。「就不能打了勝仗再娶嗎？」

「不是我急，是祖母急，大夫人身體不適，祖母年紀大了，無人管理右相府內院……」

靖寧侯狂暈，偏那邊右相派人過來了，斬釘截鐵地告訴靖寧侯。「我們老爺說了，七日之後辦喜事，希望靖寧侯府用心籌備。」

錦雲扯了下嘴角，還是做個權傾天下的官好，一句話直接說了，不辦也得辦，幸好她先說了緣由，不然靖寧侯肯定要發飆。

誰也沒想到比武奪帥印，最後竟然以蘇猛七日後迎娶夏侯安兒落幕。

真是猜到了開頭，沒料到結尾啊！

馬車上，錦雲盯著葉連暮。「你為什麼不告訴我十天後就出征！」

葉連暮裝傻。「為夫沒說嗎？應該說了啊，就算沒說，娘子妳也應該猜得出來……」

錦雲恨不得一口茶噴死他。「別跟我裝傻，早知道我就不幫你了，你去了戰場，太后要是對付我怎麼辦？還有我娘的事，一個都沒處理。」

葉連暮握著錦雲的手。「實在不行，就先丟著不管，等為夫回來再查。」

錦雲不滿道：「我去給你做軍師，做軍醫也行啊，我也要去戰場！」

「不行！」葉連暮一口回絕。「別想偷偷去戰場，我讓暗衛盯著妳，妳走了，祖母一個人在家不無聊死，妳忍心？」

「我不跟去戰場，你回來時多了一個賭鬼嫡妻，可別怨我。」

「我不怨妳，妳先回府，我帶士兵去馬場，先挑戰馬，然後抓緊時間訓練。」

「馬場我不還皇上了，讓十王爺在那裡建連雲堡，你一併告訴皇上吧。」

「……」

葉連暮出了馬車，跳上馬背，直接去了軍營，留下錦雲坐在那裡，氣呼呼的。

外面的趙章道：「少奶奶，太后真的派人去劫殺證人，現在被活捉了，該怎麼處理？」

「先看好了，回頭再處理。」

知道自家孫女婿即將去戰場，蘇老夫人特地派人來告訴錦雲，讓她在家陪著葉連暮，多給他做幾雙鞋子，邊關冷，別凍壞了他，送請期禮的事就不用錦雲去了。

而祁國公府內的葉老夫人也讓錦雲多做鞋襪，錦雲只得聽命，一時氣大，下令讓逐雲軒上下的丫鬟、婆子都做鞋子、襪子。

等到葉連暮帶隊出征那天，錦雲沒有送行，只是讓青竹領著一輛馬車去，沒錯，一馬車的鞋子、襪子，這事成為葉連暮一生的笑柄，但是這鞋子也大有用處，誰奮勇殺敵，就得到一雙鞋、一雙襪子，這可是國公夫人親自準備的，是至高無上的賞賜！

再說蘇猛，從錦雲在比試場上提出蘇猛急著娶妻後，軍中都傳遍了，蘇副將軍迫不及待想娶媳婦，以至於後來去了戰場，某副將軍夜裡常望天流淚，沒有威信啊，見面大家就安慰他，別想夫人，等打了勝仗就可以回家團圓了——此皆為後話了。

第三十四章 開戰前後

話說鐵騎出征前三天，正是蘇猛成親的日子。

錦雲一早就去了右相府，陪蘇老夫人說話。

蘇老夫人看到錦雲很高興，可是有人不高興，這個人就是——蘇猛。

蘇猛紅著張臉牽著新娘夏侯安兒走進來，在眾親友的見證下拜完堂，他看著錦雲，忍不住狠狠地瞪了她一眼。這些天，蘇猛在軍營的日子過得很鬱悶，天天被催著回家，也不知道他們怎麼知道他和夏侯安兒是因為篝火舞才被賜婚的，然後，一群大男人，大晚上的不睡覺，圍著篝火跳舞。

錦雲無辜。「二哥，你怎麼能瞪我呢，我可沒有惹你啊，今兒是你大喜日子，我不想罵你。二嫂，妳幫我踹他兩腳替我報仇。」

蓋頭下的夏侯安兒滿臉羞紅，裝耳聾，蘇老夫人拍了錦雲手一下。「新娘子臉皮薄，等明兒再幫妳踹。」

「……」

蘇錦容和蘇錦惜兩人站在那裡，臉色不豫，蘇大夫人被罰，即便是蘇猛成親，也沒准她出來。

錦雲回右相府後知曉蘇錦容的親事，右相訂下了，是個郡王，據說才情容貌皆不凡，而蘇錦惜與柳州某個大戶人家的嫡子訂了親，那戶人家很有錢，人長得也俊，可就是太遠了，她喜歡京都的繁華。但這門親事是右相訂下的，誰也更改不了，蘇錦惜不認命也得認命，再過兩日，人家就送聘禮來了，用不了多久，該換她出嫁了。

錦雲吃過喜宴後，邁步去新房找夏侯安兒，半道兒上，蘇蒙擋住錦雲的去路。

右相把兩個兒子教得很好，蘇蒙很孝順，求右相放了蘇大夫人，右相沒答應，他就來求錦雲，甚至給她跪下了，把錦雲嚇了一跳，要是讓外人瞧見了，唾沫星子都能淹死她。

蘇蒙知道他娘做得不對，當日刺殺錦雲的小廝，右相是交由他審問的，可身為兒子，明知道娘做得不對，他還是得求錦雲網開一面，這是他作為人子應盡的本分。

對於蘇蒙的請求，錦雲心裡感動，可她能答應嗎？她只能做到不落井下石。為大夫人求情？就別為難她了。

她邁步進新房，大紅喜燭燃燒著，發出啪啪響聲，四個丫鬟畢恭畢敬地站在屋子裡，還有兩個喜婆，笑得一臉褶子。

錦雲沒讓丫鬟、婆子行禮，還故意把腳步邁得重重的，走近就見夏侯安兒緊張地把手握緊了，有種坐立難安的感覺。

錦雲憋笑，最後是青竹憋不住了。「少奶奶，您就別嚇二少奶奶了。」

錦雲在屋子裡走走逛逛，抱怨道：「二哥也真是的，只顧著自己吃喝，也不把二嫂的蓋頭給揭了，那麼重的鳳冠，也不知道頂多久了，怎麼就不知道心疼新娘子呢？」

夏侯安兒感動地心一暖，脖子真的好疼，屁股底下還有東西磨人，要不是出嫁前娘再三叮囑，她都快坐不住了，本來心裡就氣蘇猛了，錦雲這麼一說，她就更氣了，也因錦雲是熟人，她開始有些無所顧忌了。「錦雲姊姊嫁人的時候也一直頂著的嗎？」

一旁的嬤嬤忍不住上前制止，按照規矩不論誰問話，蓋頭未揭之前都不許說話的，第一句話應該跟新郎官說才對啊，遇到兩個不講規矩的，嬤嬤也無可奈何。「一輩子就今兒這麼一天，就算再難熬也得忍著啊，看看時辰，姑爺就快回來給您揭開蓋頭……」

青竹在一旁回道：「可不是一直頂著嘛，晚上拿熱毛巾敷了半天才緩過勁兒來呢，一會兒讓丫鬟替您敷一下。」

那嬤嬤差點淚奔，一會兒新郎官揭了蓋頭，喝過交杯酒就該洞房了，敷毛巾也太殺風景了！

夏侯安兒端坐在那裡，恨不得即刻就讓丫鬟拿熱毛巾來給她敷，便和錦雲閒聊起來。夏侯安兒緊張啊，不知道嫁人該怎麼辦，雖然看了那羞人的圖，可根本不敢多看，她與蘇猛也只見過幾面而已，算不得很熟。

嬤嬤怕兩人說出格的話，趕緊把幾個小丫鬟轟了出去。

夏侯安兒問了許多錦雲成親的事，尤其是當初那些流言蜚語。

錦雲等得急啊，比夏侯安兒還急，二哥怎麼還不回來，她還想鬧洞房來著！

青竹見她頻頻張望門口，便道：「時辰不早了，我們該回府了。」

錦雲搖頭，笑得詭異。「急什麼，一會兒鬧完了洞房再回去也不遲。」

「啊？」青竹一怔，笑問：「少奶奶，妳打算怎麼鬧洞房？」

錦雲想起前世給人家做伴娘的事，忍不住先笑了，再看幾個丫鬟全盯著她，錦雲指著桌子上的吃食道：「前些時候見到一本書，專門介紹各地婚俗的，其中就有鬧洞房，用根線吊著一顆糖，一人吃一半，還有在新娘子衣服裡放花生，新郎閉著眼睛找出來的，還有……」

「別還有了……」門外，蘇猛苦著張臉進來，身後跟著五個男子，夏侯沂、趙琤都在，還有另外三個一身肅然的男子，應該是將軍。

他們一起進來，臉上的笑很怪異，像是約好似的，吩咐丫鬟拿線來，眨眼的工夫，就把一顆糖綁好了。

錦雲臉頰微紅，這些人怎麼突然就進來了，也沒點兒腳步聲！

錦雲的那些丫鬟個個也臉紅，想著少奶奶說在衣服裡放花生，讓二少爺找出來，她們就羞赧，心道：什麼怪書上竟然這麼寫，這不是教壞人嘛！

夏侯沂走過來，笑問錦雲。「那本介紹各地婚俗的書上還說了怎樣鬧洞房嗎？」

趙琤汗顏道：「枉我等讀書萬卷，這樣的妙書竟然都沒見過，不過既然別處有這樣的習俗，今兒可得見識一下。」

然後屋子裡起鬨了起來，推搡著蘇猛揭蓋頭，蘇猛被趕鴨子上架了，喝過交杯酒後，真的玩起了咬糖果的遊戲，不管蘇猛怎麼用眼睛轟人，他們就是不動，窘得蘇猛放狠話，等他們成親的時候，他也鬧洞房去。

幾個男子挑釁地看著他。「等你來鬧洞房。」

一句話就讓蘇猛愕然無語。

一顆糖果懸掛在床榻上，一群人盯著兩個新人，讓他們一起去咬，夏侯安兒差點要哭出來了，瞅著錦雲的眼睛裡有小火苗。

錦雲撓著額頭望著天花板。「不就是吃半顆糖嘛，沒什麼大不了的，下次我帶妳去鬧他們的洞房，讓他們啃寒瓜，不削皮……」

夏侯沂差點吐血，心下微安，還好還好，他過兩個月就成親了，那時候沒寒瓜。

夏侯安兒又羞又氣，加上一堆湊熱鬧的，她和蘇猛一起吃糖果，兩人咬了半天都沒吃上，卻弄得臉紅得發紫。

最後夏侯安兒咬住糖，要吃下去，夏侯沂立馬道：「全吃不算，妹妹啊，妳得分妹夫一半……」

夏侯安兒恨不得衝過去揍自個兒的大哥一拳才好。

蘇猛瞅著一屋子的人，看著夏侯安兒那嬌美的紅唇中夾著一顆糖，慢慢地湊了過去，才親上，兩人俱是一陣激靈，夏侯安兒驚慌地張開嘴，那顆糖就掉蘇猛口裡去了，即便如此蘇猛也不許吃下去，最後不得不豁出去，喀嚓一下咬碎，吻上夏侯安兒，把糖果分她一半。

這幕看得一屋子的人個個睜圓了眼睛，什麼非禮勿視全丟腦後了，三位將軍嘆息道：「原來鬧洞房這麼有趣，我也想娶媳婦了……」

夏侯沂拍著他的肩膀道：「你明年夏天成親吧，一個大寒瓜夠你和新娘子啃一晚上了……」

「去你的……我才不夏天成親！」

「糖果過關了，還有花生呢！早生貴子啊，來來來，你們幾個轉過去，讓丫鬟藏花生……」

幾個男子把蘇猛抓起來，背過身去，丫鬟拿著一盤子花生米看著夏侯安兒，她還沒往人家身上藏過東西呢，不知道怎麼辦好，只得把眼睛瞥向錦雲。

錦雲無視夏侯安兒的瞪眼，鬧洞房從古代流傳下來，是有其存在的必要，尤其是這樣父母之命、媒妁之言的情況下，新郎、新娘第一次見面就是洞房花燭，不尷尬、不相對無言嗎？讓人出來鬧一鬧，只要不超過，反而可以增加夫妻間的親密感，至少接下來相處不會很尷尬。

錦雲抓了一把花生米，往夏侯安兒的衣服裡塞，夏侯安兒鼓著嘴，瞋怨地看著錦雲。「我都沒法鬧妳的洞房，妳欺負人！」

錦雲手一抖，好幾粒花生米從夏侯安兒的脖子裡滑了下去，夏侯安兒的臉頓時紅得發紫。

錦雲大汗。「意外，完全是意外，我發誓……」

藏好了花生米，錦雲才道：「二哥，可以吃花生了。」

蘇猛這才轉身，走到夏侯安兒身側坐下，夏侯沂就拿出一塊紅綢，笑得怪異，親自去給蘇猛蒙上。

「二哥，有十五粒花生哦……」

夏侯安兒低著頭穩穩地坐在那裡，如坐針氈，蘇猛一雙手四處亂摸，弄得她渾身瘙痳難耐，有時候碰到她的癢處，還不許她笑出來。

很快地，蘇猛就找到了十顆花生，還有幾顆花生他摸到了，可是沒臉當著眾人的面拿出來，而且細細一數，似乎不止十五顆，摸了半天，蘇猛搖頭道：「找不到了。」

趙琤拿了酒罈過來。「少吃一粒花生，罰酒一杯，五粒就是五杯。」

蘇猛甘願認罰，五杯酒下肚，幾個人目光全望著錦雲，意思很明顯，有啥好玩的，繼續啊……

錦雲瞅著蘇猛投過來求饒的眼神，輕咳一聲，青竹就過來推她出去了。「時辰不早了，我們該回國公府了。」

錦雲走了，幾個男子一時想不出來有什麼好玩的，便都出去了，留下一對新人在屋子裡，即便方才那麼一鬧，兩人還是有些尷尬。

半晌，蘇猛輕咳一聲道：「還有其餘幾粒，我幫妳拿出來？」

夏侯安兒紅著臉，輕點了下頭，蘇猛的手就環住夏侯安兒的腰，緩緩地，兩人倒在了床榻上。

再說另一廂，青竹幾個丫鬟跟在錦雲身後出來，都在談論鬧洞房的事。

珠雲道：「啃寒瓜不好，寒瓜太多汁，肯定會滴到床上，還怎麼睡啊，要我說，還是冬瓜好……」

南香不贊同。「冬瓜是不滴汁，可太硬了，也聽說過有人生吃冬瓜的，還是蘋果最好，大小合適。」

谷竹笑道：「可得記下了，回頭南香成親，咱們就讓她啃蘋果……」

南香臉一紅，跺著腳追著谷竹打。「回頭妳成親，我肯定吊大白菜讓妳啃！」

青竹點點頭，又搖搖頭。「新鮮的大白菜肯定不行，酸的可以生吃，咱們吊酸白菜……」

然後，四個丫鬟就打在一起，最離譜的是珠雲說的吊核桃，結果被圍毆。

夏侯沂他們幾人跟在後面，笑得肚子疼，她們前面說，他們腦子裡自動補上場景，差點笑抽過去。

五個男子中的一個人，感慨道：「原來鬧洞房是這樣鬧的，虧我當年差點被打死。」

其中一人大笑。「今兒雖然有些失禮，可也不算太過分，哪像你，往新房裡扔鞭炮，沒打死你，是你命大……」

幾個人再次笑崩。

傍晚，葉連暮從軍營回來，看錦雲慵懶地躺在床上，妖魅的鳳眸閃過笑意。「妳今天在右相府鬧洞房了？」

錦雲慵懶地看著他。「你不是忙著鐵騎的事嗎，怎麼連這事你都知道了？」

葉連暮抓了把花生米過來。「為夫覺得有趣，可以試一試。」

錦雲微微一愣，抬眸就見葉連暮眼神熾熱地看著她，忙搖頭。「我不要，我怕癢。」

可是，某男根本不給她拒絕的機會。

窗外，夜色溫涼，屋內，旖旎無限。

一大早，錦雲從疼痛中醒過來，低聲咒罵了某男好幾聲，她繼續躺在床上，直到肚子餓極了才起來。

正吃著早飯，春兒從外面進來稟告道：「少奶奶，太皇太后宣召您進宮。」

錦雲正喝著粥，聞言，猛然一咳。「太皇太后宣召我進宮？可說了是什麼事？」

「奴婢不知道，宣旨公公還等著您呢。」

錦雲擦拭嘴角，又換了身衣裳，打扮一番，才跟著宣旨公公去了皇宮。

一到太皇太后的寢宮，還沒請安，錦雲就聽到了譏諷聲，是蘇貴妃。「等妳這麼大半天，還以為妳會擺架子不來呢！」

錦雲恭敬地給太皇太后行禮，請罪道：「姍姍來遲，還請太皇太后恕罪。」

太皇太后擺手，一臉溫和的笑。「哀家整日閒在宮裡，就是時間多。」

蘇貴妃見錦雲沒接她的話，無視她，氣得臉都青了，再看對面沐賢妃有些幸災樂禍的笑，她臉色就越發難看了，直接朝錦雲發難。「昨天有個證人被暗殺，是死是活？」

太皇太后和沐賢妃也投來詢問的眼神，錦雲感慨道：「真是好險，差一點點就死了，不知道怎麼就洩漏了消息，惹來刺客。」

「沒死?!」沐賢妃驚訝不已。

說完，沐賢妃覺得自己表現得太過震驚，忙坐直了，太皇太后臉色變得有些難看。

沐賢妃臉上擠出來一絲笑意。「不是說死了嗎？怎麼還活著呢？」

錦雲聳肩道：「是那證人命大，來的路上遇到了一個同鄉，就坐了一輛馬車，沒想到替她挨了一劍，她只是胳膊受了些傷，不礙事。」

沐賢妃嘴角的笑有些冷，直說命大。

太皇太后問道：「刺客抓住了，可查出來是誰派去的？」

錦雲搖頭。「具體是誰派去的沒有查出來，這段時間相公忙，沒有確鑿證據，錦雲又不敢進宮，這是刺客身上帶著的腰牌。」

說著，錦雲從懷裡拿出一根權杖，青色的，上面明晃晃一個「內」字，毫無疑問，刺客是皇宮裡的人！

看著權杖，太皇太后的臉色沈如墨，長年居於高位的鳳威讓兩位妃子都有些膽怯，太皇太后把手裡的權杖往地上一砸。「去把皇上找過來！」

御書房內，葉容痕看著一份密奏，眉頭攏緊，墨黑的瞳仁寒氣密布，底下是位大臣，正跪在那裡。

「皇上，沐大將軍購買大量兵器，還私下調兵進京，雖然數量不多，可次數一多，也不少了，恐有反叛之心，我們該早做防範才是啊！」

葉容痕端起茶啜著，眼裡的寒芒盡數消去，為了鐵騎的事，右相把駐守京都的兵力調了一半進鐵騎，幾次進言要從兩位將軍手裡調動五千兵馬補充，這兩日，他能覺察到朝廷的不安，沒想到沐大將軍竟然私底下調兵進京！

葉容痕正要說話，就聽常安湊上前道：「皇上，太皇太后找您去一趟，葉大少奶奶也在。」

雖然葉連暮已經是祁國公了，可是許多人還是習慣稱呼他葉大少爺，將錦雲稱作葉大少奶奶。葉容痕放下茶盞，起身便出了御書房，去了永寧宮。

邁步進大殿，葉容痕就見到地上的權杖，還有太皇太后陰冷的臉色，他先是掃了錦雲一眼，等錦雲請安後，葉容痕才給太皇太后請安。

「皇祖母，誰惹您生這麼大的氣？」

太皇太后指著地上的權杖，常安立馬撿起來，遞給葉容痕看了一眼。「皇上，這是內宮侍衛的權杖。」

太皇太后冷聲道：「費盡千辛萬苦才找到證人，竟然會有人去滅口？給哀家查清楚，這根權杖是內宮哪個侍衛的，哀家倒要問問，清歡哪裡對不住她了！」

現在宮裡見過葉清歡且還活著的，根本沒有幾個，尤其是還有能力調動內宮侍衛的更是沒幾個，太皇太后、皇上除外，只有太后了！

沐賢妃坐在那裡，心底一陣發慌。哪個笨蛋出去暗殺還把權杖帶在身上的，這不是給人話柄嗎！

太皇太后之前就懷疑是沐太后，現在就更加確定了，恨不得殺了她替長公主報仇，只是沐太后手裡握著兵權，若是動她，恐怕會引起朝廷動亂，不過太皇太后實在是忍不住了，女兒這輩子就毀在沐太后手裡了，太皇太后豈會甘心？

葉容痕握著權杖，對太皇太后道：「皇祖母，這事朕會處理的，定會給皇姑討個公道。」

接下來沒錦雲的事，她便出宮回了祁國公府。

葉容痕一回到御書房，葉連暮正好前來稟告鐵騎的事。

葉容痕問道：「找到證人了，怎麼不告訴我一聲？」

葉連暮不解地看著他。「什麼證人？」

「當初綁架皇姑的綁匪，不是找到見過綁匪的人嗎？」

葉連暮扯了下嘴角。「哪有什麼證人，那是錦雲說出來騙人的，只是沒想到太后信以為真了。」

葉容痕無言。常安站在一旁直擦汗，沒有證人，葉大少奶奶還說得一本正經，連太后都給騙過去了，這太離譜了吧？

葉容痕無話可說了，看著龍案上的奏摺，有些明白是怎麼回事了，不由得揉太陽穴。

「謀害長公主是誅九族的大罪，她這一招打草驚蛇太驚人了。」

一切都是秘密進行，連證人這樣的大事都一本正經地告訴妍香郡主，太后又是派人偷聽到的，怎麼會不信以為真，太后怎麼可能想到錦雲會欺騙妍香郡主？

同在宮裡，太后豈會不知道太皇太后對長公主的思念和愧疚，若是找出誰謀害了長公主，只怕誅九族都是輕的，太后不敢掉以輕心，可惜中了錦雲的圈套。

此刻，坤寧宮內，亂作一團，一個宮女顫巍巍地跪在地上求饒，額頭上豆大的汗珠冒出來，若是細細看，會發現她是跪在茶盞上的。

沐太后一臉冷沈，沒有一絲的心軟，「拖出去，杖斃！」

宮女當即面如死灰，哀號地求饒，可惜沒人同情她，寢殿內其餘的丫鬟都哆嗦著身子，太后正在氣頭上，這關頭上去求情是找死。

杖斃的宮女不過就是端了杯茶，有些熱了，沐太后一時失神，伸手去拿才燙了手，壓抑的怒氣才忍不住，徹底發洩在這個宮女身上，說白了，太后是把這宮女當成錦雲，恨不得活活打死。

沐賢妃邁步進來，先是請安後，方才道：「姑母，太皇太后懷疑是您害了長公主，現在怎麼辦？」

沐太后冷哼。「懷疑有什麼用？就算證據確鑿，她也拿哀家沒辦法，哀家小看了皇上，沒想到竟然被他給算計了！」

從比試場回來，沐太后就派人去查了錦雲問話時，第一個說效忠皇上和推舉葉連暮做將軍的人，正是皇上的人！

事到如今，她怎麼會不知道這一切全是皇上設計好的，皇上要兵權！

沐太后眼底滿是寒芒，想起當日錦雲說後宮不得干政，就恨不得凌遲了錦雲，若不是她，整個大朔朝哪會被他們蘇家霸占了！

沐太后掃了沐賢妃的肚子一眼。「這些日子憔悴了不少，回頭找個太醫來瞧瞧，別有了身孕都不知道。」

沐賢妃微微一愣。

這一天，三萬鐵騎出發去邊關，錦雲一個人待在內屋，心裡空落落的，左一聲嘆氣，右一聲嘆息，聽得幾個丫鬟眼皮直跳。

外面，十王爺搖著玉扇大搖大擺地進來，直接坐到錦雲對面，用玉扇拍著桌子。「喂，連暮表哥出征這麼大的事，妳只讓人送一車鞋襪去就完事了？」

錦雲沒好氣地白了葉容頃一眼。「我倒是想把自己送去，哼，是他自己不要！」

葉容頃頓時無語，想到葉連暮臨走前的吩咐，便轉移話題道：「連暮表哥說妳要建連雲堡，怎麼建？」

錦雲撐著下顎，眼睛眨巴了兩下，總算沒再嘆息了。「不用這麼急吧，回頭你先畫份圖紙，看看合不合適。」

「我畫圖紙？」葉容頃拔高了聲音道。

「不是你畫誰畫？」

「當然是妳畫了！」

「馬場是誰的？」

「我的，可我……」

「是你的，當然你來畫了，我畫了你也不一定喜歡，回家畫圖去吧。」

葉容頃臭著一張臉，讓他養馬不算，還要他畫圖，比皇宮裡的太傅還狠毒！

青竹掀了簾子從外面進來，表情有些怪異地稟告道：「少奶奶，賢妃娘娘懷孕了，太后高興，要皇上大赦京都呢。」

錦雲一口茶直接噴了出去，好巧不巧噴得葉容頃一臉都是，氣得他跳起來。「妳幹麼，賢妃懷孕關妳什麼事！」

青竹忙給葉容頃擦拭茶水。

錦雲能說什麼呢？只有無語而已，當初右相讓她幫著皇上絆倒太后，就說暫時不要有子嗣，不要有儲位之爭，結果李皇后懷孕了，後來葉連暮就跟葉容痕提了下，為了掩人耳目，他還特地找錦雲要了些藥。

錦雲親自配的藥，藥效如何，沒人比她更清楚，服用一粒，半年之內不會懷孕，半年之後就跟尋常人一樣了，對身體無害，這才過去多少天，賢妃就懷孕了？

皇宮內，葉容痕也很納悶。當初那藥丸是他親眼看見賢妃吃下去的，錦雲特地把藥丸做得漂亮，外面裹著糖，賢妃還說很好吃，皇后沒嚐到還吃了好一陣子醋，難道吃的真的是糖？

葉容痕找了好幾位太醫來，都說賢妃有一個月的身孕，胎象很穩，但還是要多加小心，切忌動怒受驚。

葉容痕皺緊眉頭回到御書房，真想把錦雲找來詢問一番，只是不好開口，半個時辰過去，就是沒批閱一本奏摺。

葉容頃進去就見到他望著紙鎮發呆，不由得扯了下嘴角。那女人發呆可以理解，畢竟連暮表哥去了邊關，要許久時間才能見到，王兄發什麼呆，難道也是記掛連暮表哥？

葉容頃把袖子裡一個紫玉瓶遞到葉容痕跟前。

葉容痕望著他。「這是什麼？」

葉容頃努嘴哼道：「不清楚，不過表嫂說是解毒良藥，除了砒霜、鶴頂紅之外，其餘的毒只要及時服下這藥，就算不能解毒，也能撐兩天，還說特地給王兄你量身準備的，這不是成心咒王兄你被人害嗎？」

葉容痕伸手拿過紫玉瓶，葉容頃又加了一句。「一粒要一萬兩銀子。」

葉容痕差點吐血，本來還有點感動，那些感動頓時灰飛煙滅了，不提錢會死啊，他把紫玉瓶打開，聞了聞，一陣清香。

他攢緊拳頭，這顆藥是告訴他，太后和賢妃的陰謀，她對自己配製的藥有十足把握。看來要不了多久，他就該病了，皇后和賢妃同時懷孕，若賢妃是假懷孕，那肯定生的是皇子！

到時候他一病死，剛出生的皇子繼位，太后垂簾聽政，沐大將軍成為輔國將軍，整個大朔都是他們沐家囊中之物，幸好早有防備，錦雲配製的藥就連太醫都檢查不出來，不然他怎麼知道太后真會這麼做？

局勢瞬息萬變，以前只有李皇后一人懷孕，如今賢妃也懷孕了，誰先生下兒子幾乎就可以確定誰為太子了。

李皇后雖然先懷孕，可並沒有十足把握懷的是龍子，因此聽到賢妃懷孕的消息，她心情很差，吃什麼都沒有胃口，差一點動了胎氣。要說最鬱悶的肯定是蘇貴妃了，皇后和賢妃都懷了身孕，為什麼她就沒有動靜？蘇貴妃甚至懷疑自己是不是有問題，找了太醫來把脈，開了一堆受孕的藥方。

後宮裡只有三大寵妃，李皇后和沐賢妃懷孕後，皇上只能去蘇貴妃那裡，這一點蘇錦妤還是比較滿意的，可惜啊，李皇后怕日子久了，皇上會專寵蘇貴妃，提出再選秀。

朝中大臣也覺得後宮嬪妃太少，很贊同選秀。

葉容痕頭疼不已，邊關還在打仗，這些人不管朝廷大事，卻把眼睛盯著他的後宮，都想插手進來，他莫名地想起錦雲唱的那首歌，後宮佳麗三千，沒有一個是相好……

難道古往今來，所有的皇帝都如此嗎？

這些事，錦雲自然有所耳聞，可不歸她管，不過就是聽聽了事，她忙著呢，因為之前噴了葉容頃一臉，激怒了他，惹得葉容頃擺起了王爺架子，要是錦雲不把馬場設計好，他就依照大朔國法懲治她，錦雲氣得牙癢癢。

他偏還諸多挑剔，吹毛求疵，三天兩頭來監督錦雲圖紙畫得怎麼樣，有一點不合他心意，就臭臉問錦雲是不是想嚐嚐鞭子的滋味，大朔國法，侮辱皇親國戚，處以鞭刑。

光是往他臉上噴茶，就要打五十鞭子！

錦雲一忍再忍，沒差點成忍者神龜，半個月後，一座低調而不失華貴奢侈的馬場圖紙才大功告成，前前後後，錦雲畫廢了一百多張圖紙不止，尤其是很敬業的某王爺怕錦雲不懂養馬，特地派御用馬夫來給錦雲上了三天課。

圖紙交差之後，錦雲就徹底放鬆了，趴在小榻上裝死，看著幾個丫鬟笑得合不攏嘴，錦雲忍不住白眼道：「至於嗎？都高興這麼多天了，還沒冷靜下來呢。」

青竹哼著小曲子擦著桌子，回錦雲道：「那是自然了，奴婢幾個作夢也沒想過有一天能掙這麼多的銀子，才幾天呢，就抵得上奴婢們幹幾輩子丫鬟了，奴婢還算好的，聽珠雲說，晚上南香都高興得唱歌呢。」

南香在一旁噘嘴。「才沒有，我才沒有唱歌，我沒有說夢話的習慣，肯定是珠雲誣衊我的！」

珠雲昂著脖子，扠腰。「誰誣衊妳了！明明就是妳說夢話，妳還說要找到妳家人呢，妳現在能養活他們了，這不是我誣衊妳的吧？」

南香徹底傻了。「我真的說夢話？」

「不但說夢話，妳還磨牙呢！」

南香臉頰緋紅，青竹幾個人都笑她，晚上夢到什麼好吃的了。

錦雲搖頭，前幾天，青竹她們四個丫鬟的第一間鋪子開張了，第一天就掙了二千兩銀子，打那天起生意就沒消停過，她們晚上熬夜畫圖紙、學畫畫，連春兒那些丫鬟也向錦雲抱怨不公平，她們也想要開鋪子賣衣服，錦雲一擺手，讓她們自己琢磨去，她不管了。

春兒那幾個丫鬟這些日子沈迷製香，錦雲也賞了她們不少的錢，一合計，打算也開間鋪子，少奶奶開的是最頂級的鋪子，賣的衣服價格昂貴如天價，而她們的衣服便宜了許多，算中等價位，她們想做庶民生意，於是把想法跟錦雲提了一下，錦雲又借給她們二千兩銀子，鋪子目前正在籌備中，估計下個月就能開張了。

日子一天天地過，很是無聊，錦雲每天都會去寧壽院陪葉老夫人搓兩圈麻將，然後陪她逛花園，十天半個月才會去街上逛一圈，其餘的時間，則是在小院調香、製藥丸。

這一天，錦雲在屋子裡調香，自己聞了聞，覺得有些怪怪的，便把香遞給了幾個丫鬟。「總覺得哪裡不對勁，妳們聞聞。」

谷竹聞了聞，沈思了半天才道：「開始聞的時候覺得清香，可是聞久了覺得有股酸味，似乎越來越酸。」

錦雲睜大眼睛，又接過聞了聞。「泛酸嗎？妳們四個都聞到酸味了？」

南香怔怔地看著錦雲。「少奶奶鼻子最靈了，聞不出來嗎？」

錦雲嗅著香，扯著嘴角道：「這兩天不知道怎麼回事，鼻子有些失靈。」

四個丫鬟嚇住了，對一個調香的人來說，鼻子何等重要，好好的少奶奶嗅覺怎麼會失靈？應該沒人敢在少奶奶吃食裡下毒吧，就算下毒了，少奶奶也會察覺到的，怎麼會這樣？

錦雲又調了兩回香，似乎都偏酸，她自己也嚇住了，別葉連暮沒了味覺，她沒了嗅覺。

漸漸地，丫鬟也發覺錦雲不對勁了，喜歡吃酸的，尤其喜歡吃醃菜，一頓沒醃菜，錦雲都吃不了幾口。

當錦雲在屋子裡繡針線，青竹急急忙忙地奔進屋來，手裡端著一盤子酸梅糕，欣喜道：「少奶奶，奴婢知道妳為什麼嗅覺失靈了，廚房的婆子見妳喜歡吃酸菜，都在懷疑妳是不是懷了身孕，而且懷了身孕的人嗅覺會有些偏差。」

錦雲的心微微一驚，南香高興地瞅著錦雲的肚子。「可是別人家少奶奶懷孕了都會嘔吐，還會嗜睡，少奶奶並沒有這些症狀啊！」

珠雲也點頭認同，谷竹翻了翻白眼。「那是人家少奶奶沒午睡的習慣，咱們少奶奶每天都午睡，若再嗜睡，一天都躺小榻上了！」

幾個丫鬟連連點頭，然後齊齊地看著錦雲，青竹已經在算錦雲有多久沒來月信了，這些天高興得把這事給忘記了，一算，可不是有一個半月了?!

錦雲根本沒往那方面想，便替自己把脈，不知道是不是因為激動，心撲通亂跳，她深呼一口氣，把胳膊伸著，讓青竹來把脈，青竹把脈象說了一說，錦雲基本上可以斷定，她真的懷孕了！

青竹笑得見牙不見眼，擺手吩咐道：「趕緊派人去告訴老夫人，還有相府蘇老夫人、安府和溫府，另外再寫信通知少爺，讓他也高興高興。」

錦雲聽得滿臉黑線，連連擺手。「打住，告訴別人也就算了，告訴那混蛋就不必了，一個月了，就送了張破紙來，誰要敢把這消息告訴他，我就不要她了，包括外面那些暗衛！」

青竹抿唇，乖乖地應下，還特地去叮囑了暗衛，不許把少奶奶懷了身孕的消息告訴少爺，暗衛敢不答應嗎？

爺也真是的，多派人送兩封書信回來怎麼了，惹怒了少奶奶可不能怨他們，不過這些暗衛怕葉連暮回來秋後算帳，還是很委婉地告訴葉連暮，少奶奶這些天有些嗜睡，喜怒無常，喜歡吃酸的、辣的，活脫脫一個標準懷孕婦人的形象，偏偏葉連暮不懂，在軍帳裡對著暗衛傳來的消息直皺眉，喜怒無常？誰惹她了？

因心裡擔憂，葉連暮遞回一個命令，不論誰惹少奶奶生氣了，不得輕饒。

暗衛聽得直望天，誰能惹少奶奶生氣啊？還不是他自個兒唄，不得輕饒，難不成他們還要衝到邊關去，拎著爺的脖子爆揍兩拳？

錦雲懷了身孕的消息傳遍祁國公府，葉老夫人高興得眼淚都流出來了，送了一堆補身子的藥材過來，還有右相府蘇老夫人，也是餽贈一堆物品，安府更是送了不少。

前些時候安若漣出嫁了，安府現正籌備安若溪的親事，安若溪本該在府裡繡嫁妝，如今都丟了手裡的活兒跑來找錦雲了。

安若溪盯著錦雲的肚子，雙眼發光。「表姊妳真厲害，不聲不響地就懷上了，還要八個多月才生下來，我都等不及想抱了。」

錦雲瞋瞪了她一眼。「妳急什麼，不就快出嫁了，到時候自己生。」

安若溪滿臉通紅地拽著錦雲，一定要錦雲答應別去鬧什麼洞房。

錦雲滿臉黑線，青竹在一旁憋笑道：「表小姐放心，少奶奶懷了身孕，老夫人不許她隨意出門的，就怕磕著、碰著呢。」

安若溪鬆了一口氣，可惜啊，她搞定了錦雲，沒搞定夏侯安兒和夏侯沂等人，當初蘇猛和夏侯安兒這對新人是怎麼樣被鬧洞房折騰的，之後她和趙琤成親時也受同等待遇，被鬧得滿臉窘紅。

轉眼又兩個月過去了，時節轉寒，錦雲的肚子也慢慢顯懷了，大概就跟尋常吃撐了走不動時差不多，每日就在府裡閒逛，教丫鬟調香、製藥、修剪花枝、搓搓麻將、看看書，倒也愜意，尤其是原本長公主綁架一案，葉連暮領兵出征後，她就負責調查，後來葉容痕聽說她懷了身孕，就讓葉容軒接手這事了。

錦雲也樂得逍遙，如今誰是凶手已經了然，只差個機會逮到她，但是錦雲還有別的事忙，比如雲暮閣的帳冊，趙擴可以處理一大半，可是有些東西還是得錦雲簽字蓋印才成，雲暮閣倒還好說，有間錢莊的事比較麻煩，京都重地，權貴縱橫，想開錢莊可不是件易事。

這一天，錦雲正在屋子裡烤火，青竹在外頭抖著衣服上的雪，然後掀了簾子進來道：「少奶奶，趙大哥派人傳話來，說沐大將軍要借三十萬兩銀子。」

錦雲微微一愣，隨即蹙眉，竟然要借三十萬兩？「不借會如何？」

「趙大哥的意思好像是有間錢莊會開不下去。」

錦雲的嘴角彎起一抹冷意。「什麼時候沐大將軍去借錢，拿著權杖去，我借二十萬兩。」

青竹應下，轉身出去了，春兒對著手邊哈氣邊走進來。「這天真冷。少奶奶，少爺傳了信回來給您。」

錦雲正要起身，又冷著臉穩穩地坐在那裡，不冷不熱地道：「拿來吧。」

春兒聳了下肩膀，把信送過去，錦雲接過瞄了兩眼，那張臉臭得很。「就知道不是給我的信，竟然讓我去安府給他買酒！」

屋子裡幾個丫鬟面面相覷。少爺真是找罵，也不知道先說些好聽的話，好歹讓少奶奶看著高興些再說吧？

錦雲冷哼，她知道南舜邊關因地形關係而時常驟冷，甚至比京都冷上不少，沒有什麼炭火取暖，大多都是喝酒暖身子，安府的酒濃度高，最適合用來暖身子了，之前送過去一批，看來是效果不錯。

錦雲那個氣憋得很。這廝都不知道問下孩子，開口就是要買酒水！

她早忘了不許人把懷了身孕的事告訴葉連暮。

那廂，某男真冤枉，在軍帳內連打噴嚏。

蘇猛將一個酒囊遞過去。「喝兩口吧，這天實在是太冷了，都有好幾個官兵凍死了，你可別凍壞了。」

葉連暮灌了一口酒，看著圖紙。「若是能從這邊的小路繞到敵軍身後，兩邊夾擊，我軍定可取勝，只是這方法之前有將軍試過，這邊根本下不去，尤其是大雪，極其容易發生雪崩，一個弄不好，我軍先全軍覆沒。」

蘇猛點頭。「先看看有沒別的辦法，若是沒有，咱們不妨一試，只是這天越來越冷，恐怕很難挨過去。」

葉連暮沈著臉。「一個月前就該送來的棉衣、棉鞋到現在還沒有送來，看來是有人故意拖著。」

蘇猛挑眉。「你不是給錦雲送了信嗎？她有什麼好辦法沒有？」

正說著，外面有個小兵進來，一臉曖昧地看著蘇猛，把一封信往前一遞。「蘇將軍，您的家信，蘇少奶奶派人送來的。」

蘇猛臉一紅，瞪了那小兵一眼，接過信，他朝葉連暮得意地一瞥，讓葉連暮氣得很啊。

不就兩封家書，得瑟什麼！

葉連暮甚少給錦雲寫信，裡面還有一部分原因就是錦雲不給他寫信，看人家娘子，才成親不久，半個月就送封信來，她呢？到邊關兩個月了，沒見一封信，某男吃味了。

蘇猛看過信後，大喜，對著葉連暮就道：「我要做爹了！我要做爹了！」

某男的臉頓時黑如鍋底。「來人，蘇副將軍有失穩重，杖責五下，以示懲戒！」

蘇猛嘴角猛抽。「不至於吧，安兒懷了身孕，我高興兩下還是允許的吧？」

「拖出去！」

「……」

再說京都，錦雲正烤著火，嗅著鼻子，幾個丫鬟也嚥口水，屋子裡飄著一股烤番薯的味道。

張嬤嬤掀了簾子從外面進來，手裡拎著個大包袱，看到幾個饞鬼，忍不住搖了搖頭。「少奶奶，製衣坊送來的衣服。」

錦雲搓了搓手，青竹已經去接包袱了，打開一看，裡面是一件古裝改良版的棉衣，樣式有幾分像是現代的羽絨衣。

錦雲把身上的棉衣脫了，穿上衣服。「還行。」

南香湊到錦雲身上嗅了嗅。「聞不到鴨子身上的怪味，真的比棉花暖和嗎？」

珠雲戳南香的腦門道：「少奶奶想出來的，若是不好怎麼行呢？跟著少奶奶準沒錯，過兩日，等雲暮閣賣了，我們鋪子也就可以賣了，到時候又是一大筆進項呢。」

南香笑得合不攏嘴，錦雲摸了摸身上的衣服，轉身去了書房，翻看帳冊，沒多久，趙擴就來了，錦雲問道：「讓你收的鴨毛、鵝毛共收了多少？」

趙擴回道：「足夠做一萬件了，少奶奶，妳要這麼多做什麼用？」

錦雲蹙眉道：「還能為了什麼，是你那個混蛋爺要的，半個月之內，製好三萬件衣服，送邊關去。」

趙擴忙應下，錦雲又問：「同安府的生意談得如何了？」

趙擴回道：「安府一時拿不出來十萬斤酒水，目前只送了三萬斤去，餘下的估計要和衣服一起送了，酒水是以雲暮閣的名義買的，七王爺進宮找皇上商議了，絕對不會讓雲暮閣吃虧的。」

二十多天後，酒水和棉衣送至邊關，鐵騎都轟動了，邊關不止鐵騎一支軍隊，可待遇沒有鐵騎好，軍需物資遲遲不到，不少將軍都抱怨，皇上偏袒葉連暮，偏袒鐵騎，幾乎是怨聲載道。

最後還是蘇猛站出來道：「幾位將軍也派人回京催過，京都根本沒人送來，鐵騎的這批物資是葉將軍找葉大少奶奶想辦法，我承認有失公允，可這麼短的時間，葉大少奶奶也籌集不了太多，還得靠朝廷才是，幾位將軍再送份奏摺進京，要不再多派些官兵回京，酒水分一半給你們。」

這才平息了一部分的怨聲。

等奏摺呈到了龍案上，葉容痕勃然大怒，每年都撥那麼多錢給兵部，怎麼會缺乏棉衣？於是找了兵部的人來問，結果竟然是軍需物資在送去邊關的路上被人燒了！

葉容痕氣得差點拍爛龍案，當即派人去徹查此案。

兵部尚書是皇上的舅舅——溫大老爺，請奏道：「皇上，棉衣被燒，邊關酷寒，沒了禦寒之物該怎麼辦？」

葉容痕直覺得腦疼，最後不得已只好張口找錦雲借錢。

由於錦雲懷有身孕，不便出府，葉容痕打算要親自去見她，把常安給嚇得跪下道：「皇上，您可不能去祁國公府找葉大少奶奶談生意啊，這不合禮數，大少奶奶不方便進宮，不如讓七王爺和十王爺去吧，他們兩個與大少奶奶相熟，說話借錢也方便些。」

葉容痕想了想，也就只能這樣了。

彼時，葉容軒和葉容頃上門的時候，錦雲正在招待沐大將軍麾下一個副將軍，雖然早就知道沐大將軍一黨會上門借錢，可還得裝出來一副訝異驚嘆、不可思議的表情來，甚至很激動，激動得連手裡的茶盞都差點潑了。

「沐大將軍找我借錢？」

這位副將軍姓程。聞言，黝黑的臉色微窘，上門借錢可不是什麼好事，雖然他是代表將士們來借的，可畢竟錦雲是女人，與女人談錢的事，程副將軍除了自個兒的娘親外，錦雲是第一個，至於他後院那些妻妾在他跟前提錢，從來不是借，是撒嬌要，給不給完全看他心情，所以極度缺乏經驗，一看到錦雲驚訝咋舌的表情，程副將軍一時不知道說什麼話好。

錦雲說完，看著程副將軍坐在那裡有些不安，可就是沒下文，她心裡急啊！

你倒是開口啊，你這樣傻坐著算什麼，別以為你坐著不走，我就會鬆口了，那是不可能的！

那麼多間雲暮閣，從開張到現在也掙了不少錢，可就是沒見到錢，明明是邊關在打仗，花錢如流水的卻是她，打仗的是朝廷，可不是她！

錦雲很不滿，可也沒辦法，畢竟葉容痕是熟人，國庫空虛那也是沒辦法的事，再者三萬鐵騎是由葉連暮和蘇猛掌管的，若是吃不好、穿不暖，上了戰場，死傷肯定要多一些，有損鐵騎威名，也有損葉連暮的將軍威名，錦雲只能咬牙往裡砸錢了，到時候再讓葉容痕慢慢還。錦雲怕的是朝廷欠錢久了，會心生不滿，畢竟上位者沒有誰願意有一個富可敵國的商人在眼皮子底下存在。

錦雲端茶輕啜，青竹又給程副將軍添了些茶水，程副將軍這才開口。「葉大少奶奶也知道國庫空虛，已經欠了三個月的軍餉未發了，那些將士們也有家眷要養，再不發，軍心渙散，對朝廷不利啊，沐大將軍派屬下來借錢，也實屬無奈，還望葉大少奶奶海涵。」

「國庫空虛的事我也聽說了，可也不至於三個月未發軍餉吧，我手裡雖然還有些錢，可那也只是杯水車薪，幫不了你們。」

程副將軍微微一愣，起身行禮道：「不是找葉大少奶奶借錢，是請葉大少奶奶讓出有間錢莊的權杖，有間錢莊答應只要葉大少奶奶鬆口，就會借銀子給沐大將軍。」

錦雲搖頭如波浪鼓。「那不行，這筆錢是替相公借的，為了借這筆錢，我可是豁出臉面去嚇唬有間錢莊，副將軍就別為難我了。」

「誰敢為難妳？」葉容頃邁步進去，問道。

錦雲起身行禮。「這麼冷的天，兩位王爺怎麼來了？」

葉容頃坐下來，手裡還有一團雪球，玩得很溜，一點也不覺得冷，嘴裡抱怨著。「還不是王兄的命令，讓我們來找妳，兵部給邊關士兵的軍需物資被人給燒了，不知道怎麼辦好呢，找妳，應該是借錢。」

錦雲撫額，看了看兩位王爺，又看了眼程副將軍，嘴角猛抽。

程副將軍乾脆不坐了，連兩位王爺也惦記那三十萬兩，看來是輪不到他了，還是儘早回去稟告大將軍，讓他定奪才是。

錦雲身子不便，外面又下著雪，便請葉容頃幫著送送。

葉容頃眼睛睜得圓圓的，有沒有搞錯啊，讓他一個堂堂王爺在冰天雪地中送一個副將軍，那不是丫鬟該幹的事嗎？

他瞇起小眼睛瞪著錦雲，那邊程副將軍忙道：「不用送，留步留步。」

「程副將軍，一路走好，」葉容頃揮著小手，一臉「你很識相」的笑。「路滑，小心點走。」

那句一路走好聽得錦雲毛骨悚然，偏大家還沒事似的，尤其是程副將軍連著行告退禮。

等程副將軍一走，錦雲把眼睛瞟向葉容軒，火花四射。「不會真是找我借錢的吧？」

葉容軒在錦雲那晶亮的眸光注視下，額頭布滿一層汗珠，忍不住擦拭了下，心裡嘀咕，這大冷天不應該啊，難道冷到極致便是熱？

葉容軒假咳了一聲。「這大冷天，也不適合串門子啊！」

無事不登三寶殿，這是說她多此一問，錦雲沒好氣地剜了他一眼。

「告訴皇上，我沒錢借給他。」

葉容頃玩著冰球，瞥了葉容軒一眼，又看了看錦雲，吩咐青竹道：「拿兩床被子來。」

青竹一愣，茫然地看著葉容頃。「被子？要被子做什麼？」

葉容頃小眉頭一挑，指著葉容軒道：「王兄說了，若是七王兄借不回銀子，就不許他出國公府，晚上可不得住這裡嗎？」

青竹臉色一窘，望著錦雲。錦雲無語，問葉容頃。「七王爺住這裡，你呢？」

葉容頃耳根一紅，指著葉容軒道：「七王兄皮厚，住正屋凍不死，我是要住內屋的！」

葉容軒差點要過來掐死葉容頃，什麼叫他皮厚？有這麼說他的嗎！

錦雲撫額，要她說，十個七王爺的臉皮加起來也沒他十王爺厚，虧他好意思說得出口。她吩咐青竹。「多準備幾床被褥，再添幾個炭盆，住這裡應該不冷。」說著，便起身了。

谷竹忙過來扶她，錦雲要回屋了，內屋可比正屋暖和。

兩位王爺面面相覷，真打算讓他們住這裡啊？這不合禮數好不好……

葉容頃推搡著葉容軒。「七王兄，你要是敢住這裡，連暮表哥知道了，肯定會剝你皮的。」

葉容頃說完，跑錦雲前面，攔住她，指著書房道：「去那裡談啊，借錢一事，王兄是認真的，妳那麼多錢，隨便借一點點好了。」

錦雲伸手捏著葉容頃的小臉。「你這小屁孩，你這是借錢還是打劫啊？」

「事關我大朔安危，不論是借還是打劫，錢都必須拿到手，這是本王爺的職責所在……」

想不到啊，小小年紀竟然如此憂國憂民，錦雲拍著他的肩膀。「我爹手裡也有不少錢，你去打劫他吧。」

「……打劫右相？喂！妳是怎麼做人家女兒的，竟然挑唆我去打劫妳爹，妳有沒有良心啊！百善孝為先，妳太讓妳爹失望了，有這麼不孝的女兒，本來就可憐了，妳還讓我去打劫他，妳讓本王爺於心何忍，我就打劫妳！」某小王爺說得臉不紅氣不喘，讓他去打劫右相，肯定是走著進去，被扔著出來的，估計還不給他衣服穿！

她爹可憐？這小屁孩沒膽子去直說就是了，有必要這麼數落她嗎？

錦雲轉頭看著漫天的雪花。

葉容頃也看著雪花，咕噥道：「有什麼好看的，前兩日還覺得下雪很好，可是街頭死了不少難民了，邊關更是有不少士兵凍死，王兄都急得要親自來找妳了，妳錢留在那裡真的會長蟲子，妳借給王兄吧，我知道妳喜歡土地，我讓王兄封妳一塊很大很大的地怎麼樣？」

錦雲在心底嘆息一聲，浪漫果然是要付出慘重的代價，想到前些時候沒下雪，她還盼著下雪，真是心裡愧疚。

青竹幾個丫鬟也都心裡難受，少爺在邊關受凍，窮苦百姓在外面受凍，她們住在暖和的屋子裡，看著漫天雪花，吟詩作對，真是該打！

錦雲轉身去了書房，葉容頃大鬆了一口氣，就知道她心地善良。

葉容頃睨了葉容軒一眼，對葉容軒豎起的大拇指完全無視，他是憂國憂民，不是為了那屁感覺都沒有的誇獎，當即昂首闊步進了書房。

錦雲翻著帳冊，她都有心理準備了，這幾個月雲暮閣就當作沒有掙錢吧，好在有間錢莊這些日子的收益不錯，前些時候，京都有戶人家夜裡估計是燒炭，不小心燒著了屋子，所有家當都化為灰燼，幸好人沒事，本來那戶人家家底還算殷實，一場火全給燒沒了，哭得那戶人家差點撞牆自盡。

後來有間錢莊知道了這事，掌櫃的特地來問錦雲，這樣的情況該如何處理，錢莊存取錢依靠的是存根，那存根在大火裡燒沒了，按理是沒法再取錢的。掌櫃的覺得有間錢莊不會如此沒有人情，所以在人家上門時，沒有第一時間回絕他，而是來找錦雲。

錦雲自然不贊同沒有存根就不給人家取錢的做法了，存根丟失的事雖然極少發生，也難保不會發生，但不給人家錢，豈不是意味著這錢就自個兒吞下了？

錦雲只能嘆息，這裡不像前世那樣可以補辦，也難怪有些錢莊規定沒有存根就不給取錢，萬一誰都這樣，到時候錢莊只怕會亂成一團，畢竟這個朝代要證明錢是你的，只有存根。

她想了想，還是在沒有存根的情況下，想辦法核實存錢人的身分，把錢取給他，但前提是收取存取金額百分之五的手續費，以防大家不把存根放在眼裡。

不過就算如此，有間錢莊還是獲得了極大的名聲，畢竟沒有存根也能取錢，有間錢莊算是第一家了，雖然那家人存的錢不多，只有一百兩，而且還是那家婦人的私房錢，原本打算偷偷存了給女兒將來做嫁妝的，沒想到這一百兩卻救了他們一家。

打那以後，大家有錢都往有間錢莊存放，借錢也從有間錢莊借。雖然後來不少錢莊也把錢送還給那戶人家，可惜，人家錢是拿了，卻對其他家錢莊再沒有好感了，當初他們要從錢莊拿回自己的錢，是被轟出來的，如今沒人去存錢了，又巴望他們說句公道話，這事他們才不會做！

如此一來，有間錢莊這些時候也給她掙了不少錢，不過錢莊是細水長流的生意，急不得。

錦雲核對了帳冊，看了看手頭上還有多少可用的銀錢，然後望著葉容軒。「皇上要借多少？」

「最少二十萬兩。」

錦雲微蹙了下眉頭，最近一、兩個月，雲暮閣每月也就二萬多兩的收益，加上她又買了酒水和衣服布料，手裡頭還餘下十萬兩不到，難道真的要去有間錢莊借錢？

錦雲手揉著太陽穴，外面敲門聲傳來，青竹忙去開門了。

瞧見是趙擴，青竹先是一愣，反應過來，喚了一聲。「趙大哥，你怎麼來了？快請進。」

趙擴手裡拎著一個大包袱，邁步進書房，見葉容頃和葉容軒都在，忙請安。

錦雲納悶地看著趙擴。「出什麼事了？」

趙擴忙搖頭。「沒出什麼事，十六家雲暮閣分鋪昨兒把這幾個月的盈利都送來了，屬下整理了一下，給少奶奶帶來了。」

錦雲臉上閃過一抹笑意。「真是來得太及時了。」

十六家分鋪，這幾個月來都掙了不少錢，最少的也有十萬兩，這可是一筆驚人的數字了。

十六家，加起來差不多二百萬兩，之前說好的，葉容痕占兩成股，按理錦雲該分給他四十萬兩，不過葉容痕欠雲暮閣的錢太多了，她還打算做抵押，如今看來是不成了。

錦雲打開裝著銀票的錦盒，裡面都是大額銀票，十萬兩和五萬兩的，錦雲數了二十張出來，遞給葉容軒。「這些錢你拿去給皇上。」

葉容軒是看著錦雲數二十張，心想二十萬兩正好，可是一拿到手上，入眼那十萬兩面額時，差點晃瞎他雙眼，忙數了一遍，不可思議地看著錦雲。「一百萬兩？」

錦雲輕嗯了一聲。「之前運送給邊關的物資被燒，不知道這次怎麼樣，錢雖然給了皇上，我不希望這些錢打了水漂兒，我不是開錢莊的，有無窮無盡的錢給皇上借，懂不懂？」

葉容頃拍著胸脯道：「這點妳大可以放心，王兄大怒，派溫舅舅去徹查此事了，這次護送物資也是他，肯定不會有事的。」

如此，錦雲這才放心，又說了幾句，看著錦盒裡剩下的一百萬兩，錦雲想了想，又拿出幾張給了葉容軒。

第三十五章　凜冬晚晴

御書房內，沐大將軍和李大將軍還有幾位將軍正在商議軍事，商議的正是士兵過冬這件大事。

李大將軍奏請葉容痕道：「皇上，今年天氣實在太冷，士兵日常訓練都無法進行，這幾天已經有三十多個士兵凍死了，臣向安府購買酒水，安府拒不售賣，皇上，這事您可得為數萬士兵作主啊；還有，臣聽說邊關鐵騎除了棉衣、棉被、鞋子之外，還有酒水，其他將士就受凍挨餓，皇上如此偏頗，恐怕會軍心不穩。」

邊關的事，葉容痕早知道了，這能怨誰呢？將軍負責自己的軍隊這是規矩，朝廷並沒有多給鐵騎多少錢，全是葉連暮找錦雲購買的，也沒有從朝廷國庫拿一個銅板，雖然錦雲說是欠著，可外人不知道，只會說朝廷偏頗鐵騎，若是心生不滿，被有心人利用，邊關危矣。

除了邊關，還有各地駐守的官兵都會不滿，鐵騎是保家衛國的士兵，他們普通士兵照樣殺敵，就該一視同仁！

外面，有小公公急急忙忙地進來，手裡是六百里加急信函。

葉容痕的臉色變了，右相上前，接過葉容痕手裡的奏摺看了兩眼，表情也沈了。

幾位將軍的心提起來。「出什麼大事了？」

「北烈往邊關調了三萬大軍。」
幾位將軍的臉色徹底難看了，今年大朔既是旱災又逢水澇，如今又下著大雪，還不知道災情會有多嚴重，南舜開戰，勝負還未定，若是北烈也開戰，大朔真就危險了。
李大將軍跪道：「臣願掛帥出兵。」
右相沈眉道：「這場仗不能打。」
沐大將軍氣憤道：「難道右相想求和不成?!早聽說南舜和北烈有所勾結，如今同向我大朔開戰，肯定是要平分我大朔，我等寧可馬革裹屍，絕不俯首就縛！」
葉容痕瞥了沐大將軍一眼，眸底閃過一絲寒芒，就聽右相道：「沐大將軍如此忠心為國，老夫倒要問問，這場仗怎麼打，錢、糧食，從何而來？」
沐大將軍語塞，望著右相，毫不退縮。「沒有錢糧，這場仗就不打了？」
方說完，他身後就有一位將軍站出來。「我大朔從未有過未戰求和的先例，沒有錢糧可以借，安府借糧，雲暮閣借錢，國難當頭，若是他們囤積居奇，乃犯國法，抄家之罪！」
常安聽得心驚，為這事要抄了安府和雲暮閣，拿那些錢去打仗，這些人真說得出來。雲暮閣有錢那是雲暮閣的事，也幫過朝廷不少了，難道就因為人家有錢就該為了朝廷犧牲嗎？這樣的將軍，常安不屑，想抄葉大少奶奶的鋪子，小心他自個兒的項上人頭吧！
可御書房內不少將軍都贊同這提議，這場仗必須要打，非常時期用非常手段，為了大朔，犧牲一個小小雲暮閣又算得了什麼，再者也沒一定要抄家，只是借錢而已，身為大朔朝民，就該為了大朔有所犧牲。

葉容痕面色陰沈，朝廷竟然有如此齷齪的思想，這不是借錢了，這是威逼，是強迫，難怪之前錦雲一而再、再而三不想借錢給朝廷，這先例果然開不得。

他看向右相。「右相認為呢？」

右相站在那裡，瞥了那將軍一眼，點頭道：「錢將軍提議不錯，非常時期就要用非常手段，錢將軍如此愛護將士，忠君為國，臣想他應該願意毀家紓難，捐出一大半的家財支持打仗，錢將軍是吧？」

右相問得一本正經，錢將軍的臉都白了，一時不知道如何回話。

葉容痕拍手道：「有錢愛卿這等忠臣，何愁我大朔江山不保？」

皇上都這麼說了，錢將軍不答應也得答應了，一咬牙，錢將軍望著右相。「微臣都捐了家財，右相家財萬貫，也該表示一番吧？」

右相沈思了幾秒。「錢將軍如此慷慨，老夫若是不表示一番，也難當百官之首，老夫就捐一萬兩！」

左相也站出來。「錢將軍愛護將士，本相欽佩，也跟著捐八千兩！」

幾位老國公也站出來了。「錢將軍毀家紓難，臣也捐五千兩！」

錢將軍這下徹底站不住了，背脊一陣陣發涼，右相這招狠毒至極，竟然把他拖下水，誰願意無緣無故往外掏銀子，還一掏幾千兩，只怕京都大小官員都把他記恨上了。

御書房內，幾位將軍都表示了一番，願意拿出錢來支持戰爭，葉容痕深感欣慰，多看了右相兩眼，右相應該是知道雲暮閣是錦雲的，所以才會把錢將軍拖下水吧？想抄了雲暮閣和安府，一個是他女兒的，一個是他岳丈家，錢將軍不是找死是什麼？沒開口要了他全家已經是網開一面了。

外面有公公進來。「皇上，安府給了答覆，酒雖然能取暖，可釀製費事，還費糧食，如今糧價飛漲，釀酒划不來，安府最多還能供應十萬斤酒，再多，只能朝廷出糧，安府幫著釀造了。」

御書房內繼續商議戰事，到底是求和好還是開戰好，吵得是不可開交，葉容頃和葉容軒兩個站在御書房外，聽得直皺眉頭。

兩人邁步進去，御書房內一瞬間安靜了下來，幾位將軍都臉色不豫，連帶看兩位王爺都不高興了，尤其是葉容頃。

「十王爺，皇上正和臣等商議大事，你們先出去玩吧。」

葉容頃瞬間炸毛。「你什麼意思，是不是認為本王爺年紀小，來找王兄只是玩?!」

這不是肯定的嗎？你一個乳臭未乾的小毛孩能幹什麼事？

御書房幾位大臣都用這樣的眼神看著葉容頃，葉容頃氣得直瞪眼。「要是本王爺來找王兄是正事，你是不是甘願領一百責罰?!」

這個將軍正是方才被坑了一大半家財的錢將軍，正無處發火，見到葉容頃進來，就把火苗燒到他身上來了，活該他倒楣，錢將軍點頭。「若十王爺找皇上是天大的急事，臣願意領一百責罰，若不是……」

葉容軒笑道：「錢將軍不瞭解我十王弟啊，這板子你是挨定了。」

葉容頃從懷裡拿出來兩張銀票，直接遞到龍案上。「王兄，這是我借回來的。」

葉容痕看著兩張銀票，微微蹙眉。「只有二十萬兩？」

葉容頃掃了錢將軍一眼。「我人小，借二十萬兩已經不錯了，我若是借回來一百萬兩，錢將軍還不得羞愧地撞死在御書房內。錢將軍，你說是吧？」

錢將軍臉色一白，沒想到葉容頃真的是有正事，當即跪了下來，葉容痕嘆息地看著錢將軍。

「愛卿，這回朕可護不住你了。」

葉容頃哼了哼鼻子。「敢小瞧本王爺，不打得你屁股開花，本王爺有何顏面再來御書房，來人，拖出去給我打！」

錢將軍臉色刷白，一百棍子，不脫兩層皮才怪。

「皇上、十王爺，錢將軍才毀家紓難，可否網開一面？」沐大將軍站出來道。

葉容頃微微眯起眼睛，他雖然小，但也懂毀家紓難什麼意思，乃大善之舉啊，沒想到這破將軍還有這樣的胸襟，不過蔑視他也太可惡了。「看在你做了好事的分上，我就打你四十大板！」

常安抿了抿唇瓣，要不要告訴十王爺，錢將軍提議要抄了雲暮閣的事？他想，要是十王爺知道了，肯定恨不得打他兩百大板。

葉容痕想了想，這頓板子不能打，畢竟才做了好事，便擺手道：「這頓板子就免了，幾位愛卿也站久了，去偏殿歇會兒。」

等大臣一走，葉容痕看著兩張銀票。「只有這麼多嗎？」

葉容頃鼓著嘴，淡淡地來了一句。「再多有什麼用，她怕半道兒上又被人給燒了。」

葉容痕的臉青了，葉容軒上前，一巴掌拍在葉容頃的後腦勺上。「沒見王兄著急嗎？還不趕緊拿出來。」

葉容頃心火一竄，惡狠狠地踩在葉容軒的腳上，疼得他齜牙咧嘴，然後才從懷裡掏出一疊銀票，遞到龍案上。「王兄，你可得省著點用，她的老本都挖出來給你了。」

葉容痕看著那一疊銀票，心裡一驚，接過翻看了一番，目露驚訝。「一百六十萬兩？怎麼會這麼多？」

葉容頃拍著小胸脯。「王弟出馬，一個頂倆！」

常安大喜。「有了這筆錢，就算真跟北烈開戰，不管輸贏，至少也能支撐到葉大少爺打敗南舜了。」

葉容痕看著手裡的銀票，心裡有說不出的感覺，他以為能借三十萬兩已經不錯了，沒想到是一百六十萬兩。「算上這筆，朕欠她多少了？」

常安算了算。「差不多兩百三十萬兩。」

葉容軒在一旁道：「這回的不算，這筆錢她說不用還了。」

葉容痕一愣，心撲通跳了一下，猛然站起來。「你再說一遍。」

「這筆錢不用還了。」

葉容軒得意地重複了一遍，想到他和十王弟在祁國公府書房出醜，再看葉容痕的震驚表情，心裡舒坦多了。

方才兩人出了祁國公府書房，急急忙忙趕回來覆命，走在雪地裡，錦雲說了一句。「這筆錢不用皇上還了，算我和相公捐給那些將士們的。」

兩人一驚，腳下不穩，直接栽雪地裡了，惹得不少丫鬟、婆子大笑不止，丟臉丟到姥姥家了。

也不怪他們心驚了，誰會一出手就捐一百六十萬兩銀子？

兩位王爺坐在馬車裡，數著銀票，恨不得把錢分了好啊，這麼多銀子，竟然說不要就不要了，這氣魄肚量，讓兩位王爺淚流滿面，怎麼不給他們，隨便丟一張也好啊……

常安的下巴差點驚掉。「奴才沒有聽錯吧，一百六十萬兩，葉大少奶奶不要了？」

葉容頃連著點頭。「本來她是不打算借錢的，可是我一說不少人凍死、餓死街頭，她就借錢了，臨走前，還說這錢不用還了，算她和連暮表哥捐的，她還說取之於民、用之於民，為肚子裡的孩子祈福。」

葉容痕緊握手裡的銀票，如此女子，真叫人慚愧。

葉容頃感慨啊，祈福大家都是去拜菩薩、求平安符，最多添點香油錢，可沒誰像她一樣，一出手就是一百六十萬兩銀子，王兄雖然貴為皇上，可在她跟前，怎麼感覺不夠瞧呢？

外面，有個小公公急急忙忙進來。「皇上，賢妃的宮女和貴妃的宮女在御膳房打起來了！」

葉容痕眉頭一皺。「怎麼會打起來？」

公公忙回道：「御膳房燉了血燕窩，原本兩位娘娘都有，可是廚房不小心打碎了一碗，兩位娘娘的宮女就為了一碗燕窩爭起來，最後打起來了……」

葉容頃哼了下鼻子，臉色閃過一抹鄙夷。「少吃一碗會死啊，還打起來，是怕別人不知道她們是飯桶嗎？滾出去，邊關大事本來就煩人了，為了屁大點事也來煩王兄，你有幾顆腦袋！」

常安也無話可說，那邊葉大少奶奶慷慨解囊，一出手就是一百六十萬兩，這邊兩位妃子的宮女為了一碗燕窩爭吵起來，不用說，最後兩位妃子肯定要來找皇上訴苦。

常安正想著呢，外面蘇貴妃就邁步進來了，跪下就道：「皇上，你可得為臣妾作主啊！」

外面有宮女經過通傳，奔進來稟告。「皇上，賢妃娘娘動了胎氣。」

葉容頃氣得兩眼直翻，眼睛望著葉容痕，他知道王兄這回真生氣了。

葉容痕盯著蘇貴妃。「貴妃非吃血燕窩不可？」

蘇貴妃輕點了下頭。「皇后和賢妃都懷了身孕，就臣妾沒有，臣妾想把身子調養好，儘早幫皇上開枝散葉。」

葉容痕點了點頭，望著宮女。「賢妃因為什麼動了胎氣？」

宮女忙回道：「主子這兩日胃口不好，奴婢特地吩咐御書房準備了血燕窩，就怕娘娘餓著了小皇子，賢妃聽貴妃的宮女搶了燕窩，一時激動，這才動了胎氣。」

葉容痕深呼吸。「就非得吃燕窩不可？」

宮女重重一點頭。

葉容痕一拍龍案，怒不可抑。「混帳！邊關將士餓死、冷死，妳們竟然為了一碗血燕窩就鬧成這樣？常安，讓御膳房一人燉一斤血燕窩，看著她們，必須全部給朕吃下去！」

蘇貴妃臉色一變。「皇上……」

葉容頃摸著肚子。「吃一斤燕窩，絕對能幫王兄生個大胖皇子。」

領旨去御膳房吩咐的公公一愣。「兩斤血燕窩，御膳房恐怕沒有那麼多。」

常安一擺手。「吃了也是白吃，就用尋常燕窩。」

兩位妃子是搬石頭砸自己的腳，沐賢妃是占著自己懷孕了，有恃無恐，身邊的宮女也氣焰囂張，蘇貴妃這些日子火氣很大，日日盼著懷孕，可就是沒有影兒，身邊的宮女都氣呢，再看賢妃的宮女如此囂張跋扈，就爭搶起來，連著兩位後妃都爭上了，沒想到卻踢到了鐵板。

一斤燕窩，常安特地讓親信公公送去，務必看著兩人全部吃下去，兩位妃子不吃也得吃。

蘇貴妃氣得差點咬碎一口銀牙，而沐賢妃說胃口不適，吃不下去，她肚子裡懷著龍種，公公不敢拿她怎麼樣。

「賢妃娘娘，您莫要為難奴才，是皇上下旨賜的燕窩，您不吃，奴才沒法交代，您肚子裡懷的是皇上的龍種，皇上怎麼會不放在心上？一斤燕窩而已，吃下去，小皇子定能長大個兒，您該多吃點才是。」

沐太后從外面進來，一臉青沈。「皇上不知道燕窩不能一次吃太多，你們也不提醒點兒，萬一吃壞了小皇子，這事誰擔待！」

沐賢妃哭紅了眼睛。「肯定是貴妃惹怒了皇上，牽連了我！」

另一廂的皇后宮裡，李皇后正在提筆作畫，畫的是窗花寒梅，丫鬟興高采烈地進去。「皇后娘娘，貴妃和賢妃因為一碗燕窩粥鬧上，被皇上罰吃一斤燕窩呢，這會兒連太后娘娘都驚動了，咱們要不要去湊個熱鬧？」

李皇后微微一愣，筆尖一滴墨悄無聲息地滴下，毀了整幅畫，她沒有生氣，嘴角一抹笑。「隨她們鬧去。」

她身為皇后，若是去了，堅持站在皇上這邊懲罰她們，那是招人恨；若是幫著求情，她豈不是吃飽了撐著，還會惹皇上不快？若是尋常時候，她必須得去，可是她懷有身孕，不去，皇上不會責怪她，賢妃和貴妃都不希望她把孩子生下來，誰知道出門會出什麼事。

因為沐太后橫插一腳，公公不知道怎麼辦，又回去稟告葉容痕了，葉容痕陰沈著一張臉，此時右相和沐大將軍都知道這事了。

沐大將軍數落右相教女無方，不知道謙讓，後宮龍種為重，一碗燕窩，自然要先緊著龍種先了。右相站在那裡，不說話，眸底是一抹寒芒，帶著些失望，但更多的是不解，兩碗血燕窩，什麼時候不打碎，偏偏在兩個宮女去的時候打碎，還爭搶了起來。

右相道：「御膳房打碎了燕窩，還阻止不了兩個宮女搶燕窩，該好好懲治了。邊關情況緊急，後妃不知道幫皇上分憂，還添亂，該罰！至於賢妃懷了身孕，懷了身孕就能有恃無恐了？更應該重罰，以儆效尤！」

沐大將軍臉色一變。「萬一龍種出了什麼事，這事誰擔待?!」

右相哼笑一聲。「還沒聽說吃一斤燕窩就把人吃死的，賢妃不能吃，沐大將軍替她吃吧！」

常安忙派人去賢妃宮中宣旨，把燕窩送到御書房給沐大將軍，另外下旨，沐賢妃以後都不要吃燕窩了，氣得沐賢妃大發脾氣。

沐太后沈臉訓斥她。「邊關戰亂，皇上正在氣頭上，妳為了點兒燕窩就讓宮女去煩他，他不罰妳罰誰？」

沐賢妃委屈得紅著眼睛，沐太后盛了碗燕窩給她，自己也端了一碗，剩餘的讓公公端去給沐大將軍。

至於蘇貴妃，右相可沒有幫她吃，為了點兒吃的爭吵，簡直丟盡右相府顏面，右相沒懲治她就不錯了，他一甩袖子，直接出宮了。

常安瞅著皇上。「右相竟然沒有護著貴妃，太奇怪了。」

葉容痕也不明白，右相不但不護著，還認為他罰得對，貴妃不是他女兒嗎？當初錦雲被逼著還錢，右相還派人送了銀票去幫錦雲解圍，今兒竟然沒有幫貴妃，太奇怪了。

賢妃和貴妃被罰的事傳到錦雲耳裡，錦雲正站在門口，伸手接著落雪，南香忍不住道：「又不是沒吃過燕窩，至於為了一碗燕窩吵起來嗎？被罰真活該，皇上該罰她們吃兩斤才對！」

錦雲瞥了南香一眼。「那是血燕窩，一兩就要不少錢了，一斤都能買多少饅頭，救濟多少災民，皇上這麼做也太浪費了。」

珠雲連著點頭。「就是，要罰也該罰她們吃饅頭才對！那個費不了多少銀子。」

谷竹望著錦雲，心裡忍不住嘀咕，少奶奶今兒把一百六十萬兩給了皇上，皇宮裡兩位妃子竟然為了一碗血燕窩吵起來，這也太讓人傷心了，少奶奶都沒吃多少血燕窩呢！

正說著，外面總管領著一位公公進來，錦雲微微一愣，那公公恭敬行禮。「給國公夫人請安。」

錦雲輕笑一聲。「不知道公公來是？」

公公忙回道：「皇上聽十王爺說國公夫人喜歡吃燕窩，讓奴才給您送了些來。」說著，後面兩個公公拎著個箱子，青竹忙招呼他們進來，錦雲笑道：「莫不是賢妃和貴妃以後都不吃燕窩了，皇后一個人也吃不了多少，就送給我了吧？還請公公代我謝謝皇上，改日我再進宮謝恩。」

公公走後，青竹迫不及待地打開箱子，看著那一大包上等血燕窩，笑得合不攏嘴。「正好給少奶奶補身子，這麼多，夠吃到少奶奶生下小少爺了。」

錦雲失笑。「這麼多全吃下去，往後我見了燕窩也該吐了，分成十份，給寧壽院老夫人、右相府蘇老夫人，還有安兒、清容郡主她們送去。」

屋內，錦雲百無聊賴，手裡抱著暖手枕，張嬷嬷拎了個大包袱從外面進來。「少奶奶，妳要的棉線送來了。」

閒得無聊，錦雲就想起了前世冬天幹什麼打發時間，織毛線！

錦雲想給肚子裡的孩子織件毛衣，可是動手的時候，腦子裡莫名地就想起了葉連暮，想起她給孩子穿衣時，他一副哀怨指責的眼神，他爹都沒呢，怎麼能輪到孩子先？

錦雲扯了下嘴角，又加了十幾針，把毛衣改成葉連暮穿得下的尺寸。

看到錦雲織毛線，幾個丫鬟也想學，她便教她們。

幾個丫鬟比較機靈，沒一會兒就學會了，青竹雙眼發光。「少奶奶，這個好，這天冷手凍的，可以讓院子裡的丫鬟、婆子跟著織，放在雲暮閣或是奴婢們的鋪子裡賣也能掙兩個錢。」

錦雲笑看了青竹一眼，讓她去書房拿圖紙來。「這個叫手套，裡面裝的是棉花，做起來也方便，讓她們做這個吧，家裡有妯娌的都做，一起送邊關去。」

很快的，府裡的丫鬟都做起手套，一晚上能做好幾雙，青竹還讓人出去找人，這冷天，不少人家沒活兒幹，幾乎是坐吃山空，做一雙手套給兩個銅板，一天能做十套，那就是二十個銅板，京都都哄搶了起來。

不到十天的時間，就做好了十萬雙手套，錦雲讓人找了葉容軒來，讓他進宮跟皇上說一聲，派人送邊關去。

至於雲暮閣裡賣的手套，都是繡著精緻圖案的，暖和程度也要高不少，更是大受京都大家閨秀的歡迎。

十天後，這批手套和一些被褥送到邊關時，葉連暮正和蘇猛在帳篷裡烤火，帳篷裡還有其餘三個將軍搓著手，抱怨道：「這雪下一天停一天，又繼續下，斷斷續續的也沒個停的時候，咱們鐵騎還好說，有暖和的衣服，可趙將軍麾下，這些天又凍死了不少人，四處怨聲載道，這仗沒法打了。」

蘇猛喝了一口酒，把酒囊扔給另外一位將軍。「前些時候派人去查了，那批物資真的被燒了，可是那批物資若是真的送到邊關來，也頂不了什麼用，劣質的冬衣，根本禦不了寒。」

「國庫本來就空虛，還被人貪墨，中飽私囊，待查清是誰，定滅他全家！」有將軍忿恨道。

外面帳簾被掀開，一陣雪花飄進來，凍得幾位將軍打寒顫，官兵喜道：「將軍，朝廷派人送物資來了！」

幾位將軍忙出去，看著一輛輛馬車被牽進來，有酒水、用油紙層層包裹的棉衣，整個軍營都鬧哄哄了起來！

葉連暮看到兵部尚書時，有些怔住。「舅舅，怎麼是你運送貨物來？」

溫尚書拍著他的肩膀，幾位將軍看著他手上的手套眼睛都亮了起來。

「別羨慕我，這回帶了不少來，去領吧。」溫尚書大笑。

葉連暮請溫尚書進大帳說話。

溫尚書烤著火道：「我這次奉皇上之命送物資來，順帶查是誰燒了上批物資，另外，這場戰要儘早結束，不然打得越久，北烈就越無所顧忌。」

葉連暮也知道北烈有對大朔出兵的想法，不過這些天沒真的開戰，不知道在顧忌什麼。

「北烈沒有開戰，是出什麼事了？」

溫尚書喝著酒，搖頭道：「好像是北烈皇上突然病倒，北烈朝廷出現分歧，一時半刻顧不了打仗，不過病總有治好的時候，那時……」

帳篷再度被掀開，蘇猛拍著手進來，嘖嘖讚嘆。「真暖和，戴著手套也能拿刀殺敵，著實不錯。溫大人，這是誰想出來的主意？」

「除了錦雲還能有誰？我來之前，整個京都都在做手套，短短十天就做了十萬套，這回沒人爭了，一人一套。」

蘇猛拍著手。「我這二妹妹還真與眾不同，送了棉衣、棉鞋和酒來，又送了手套來。」

溫尚書這才想起來，錦雲讓他帶給葉連暮的東西，便吩咐士兵拿過來。

蘇猛迫不及待地打開，映入眼簾的就是手套，很明顯比他們的高級得多，共有四雙，全指的、半截的，各是兩套，他掃了葉連暮一眼。「肯定有一套是我的。」

蘇猛說著，拿了兩雙，葉連暮去搶，蘇猛不滿。「不是還有兩雙嗎？我二妹妹做的，怎麼會沒我這個做二哥的一份？」

葉連暮搶過包袱，裡面還有兩個小包袱，打開其中一個，是雙長筒靴子，鞋裡面是上等羊毛，摸上去就很暖和，葉連暮當即就穿上了，很合腳；另外一個包袱，裝的得是件沒見過的衣服，很漂亮，還有一條圍巾。

蘇猛看著衣服，吃味道：「那衣服雖然怪了點，應該是給你穿的，這長長的是做什麼的，怎麼有點像披帛？」

另一個將軍也不懂。「這也太長了，倒像是……」

這將軍說不出來，總不能說是上吊的吧，葉連暮看著圍巾裡的紙條，上面寫著——

保護脖子的，圍起來暖和。

葉連暮眸底閃過一絲笑意。

蘇猛吃味道：「得瑟什麼，過兩日安兒就會給我送一份來！」說完，又拿木棍戳著炭火道：「算算日子，我媳婦也有四個月的身子了，二妹夫啊，回去你可得加油了，我兒子一個人多孤單，得要幾個表兄弟陪著玩才好。」

葉連暮的臉當即黑了下來，恨不得踹蘇猛兩腳，一旁的將軍大笑。「小心將軍又打你板子。」

「不就十板子，我高興呢，可不像某些將軍，想挨打都沒有機會，是不是啊，二妹夫？」

溫尚書瞅著姪子那青黑的臉色，有些納悶。暮兒怎麼瞧著像是吃醋，錦雲懷了身子，都有五個月了，他怎麼吃蘇猛的醋？難道錦雲沒寫信告訴暮兒？

溫尚書輕咳一聲，問道：「錦雲給你寫過家書沒有？」

蘇猛撿起地上的紙條。「這估計是唯一的一張家書了，二妹夫啊，你是不是得罪我二妹了？出征也沒送你，也不給你寫家書。」

溫尚書撫額，想著要不要告訴葉連暮，他怕錦雲想給他一個驚喜，想想也就沒說了，正好葉連暮問：「舅舅，這些日子錦雲沒闖禍吧？」

溫尚書喝茶道：「沒闖禍，老夫人不許她出門。」

祖母不許錦雲出門，她就真的沒出去？她幾時變得這麼聽話了，還是在祁國公府裡闖禍被祖母給罰了？葉連暮心裡閃過無數揣測。

正在這時候，有士兵進來稟告道：「發現南舜官兵正往邊關運送糧草，已經到達咚雲山。」

葉連暮眼睛一亮，走到懸掛的地圖旁，蘇猛和另外三位將軍臉色都閃過一抹喜色。「是不是依照原定計劃，火燒糧草？」

葉連暮指著地圖。「蘇猛，你帶領兩百個官兵，偷偷潛進這裡，務必燒光敵人的糧草！」

「領命！」雖然蘇猛和葉連暮兩個時不時地你氣我、我打你，要說到正事，還是很守規矩。

葉連暮看著地圖，眸底閃過一絲笑意，有錦雲提純的高濃度酒，燒光敵人的糧草不是難事，只要敵軍糧草不濟，這場仗，我軍必勝，若是乘勝追擊，在南舜投降之前，就能打下這一片江山。

三個月，南舜必降無疑！

冬雪消融，春暖花開，到處生機勃勃，連空氣都格外的清新，帶著一股花香。

這一天，錦雲挺著個大肚子，四個丫鬟跟著，護送錦雲去寧壽院。

錦雲看她們那小心翼翼的勁兒，忍不住翻了個白眼。「用不著這樣謹慎吧？」

青竹連著點頭。「要的、要的，萬一地上有個小石子，不小心打滑了怎麼辦？奴婢幾個可不想被活活打死，少奶奶妳忍忍。」

錦雲真拿幾個丫鬟沒辦法，她只是覺得太誇張了點兒，等進了寧壽院的屋子，葉老夫人責怪地看著錦雲。「不是免了妳請安嗎？怎麼還來，往後祖母想瞧妳了，就自己去，妳好好待在屋子裡養胎，祖母就很高興了。」

錦雲嘟著嘴。「都在院子裡待了一個冬天，差點憋死，再不出來走走，估計都得把路給忘記了。」

葉老夫人拿錦雲沒轍，讓錦雲坐下，笑道：「孩子還乖吧？六、七個月的身子了，會鬧騰了。」

錦雲摸著肚子，心底柔軟一片。「一天不踹我，兩腳都不安生。」

葉老夫人輕笑了笑，伸手摸著錦雲的肚子，正在跟乖曾孫說話時，外面丫鬟進來稟告。「老夫人，二少奶奶有喜了。」

葉老夫人臉上閃過喜色，錦雲恭喜道：「祖母，恭喜您又要抱曾孫了。」

葉老夫人連著點頭。「可算是懷上了，我也算安心了。」

錦雲懷孕這半年來，雖然沒怎麼出門，可是府裡的事也知道不少，瑞寧郡主嫁入門三個月沒懷孕，葉大夫人就急了，葉老夫人還把當初錦雲吃的藥抓了好幾帖給瑞寧郡主送去，如今懷上了，葉老夫人也鬆了一口氣。

四個月前，葉姒瑤訂了親，是安平侯世子，安平侯原本不在京都，前些時候調任，舉薦歸京，來拜訪葉老夫人和老國公，老國公看中安平侯世子，恰好那會兒葉姒瑤就陪著老夫人打麻將，偷偷瞄了安平侯世子一眼，安平侯世子長得俊俏，才情不凡，當即芳心暗許了，老國公就訂下了這門親事，說好了開春嫁過去，不過前些時候安平侯夫人頭風症發作，延期了，估計要不了多久就該出嫁了。

葉文瑤和葉觀瑤也都訂了親，由於葉文瑤是庶出，訂的是個三品大員家二少爺，前幾天還聽說送了請期禮來，估計也快出嫁了。葉觀瑤訂下的是從二品大員家大少爺，聽說她有些不滿意，想透過葉二老爺進宮選秀，可是邊關禍亂，皇上壓根兒沒選秀的打算，說三年後再選，三年後葉觀瑤都十八歲了，她等不了那麼久。

錦雲一神遊，葉老夫人已經吩咐王嬤嬤準備了禮物，一會兒要親自去看看瑞寧郡主，她拍著錦雲的手道：「妳就好生在屋子裡歇養著。」

雖然錦雲懷有身孕不用前往，卻還是讓丫鬟準備了一些道喜的禮物去，畢竟當初她懷孕時，瑞寧郡主也送了禮物來。

屋子裡，錦雲正在修剪花枝，青竹氣呼呼地邁步進來，錦雲詫異地看著她。「怎麼了？」

谷竹看著青竹。「妳去給瑞寧郡主送賀禮，誰給妳氣受了？」

青竹氣得頂上生煙。「我是去送賀禮，沒想到遇上了瑞王妃和世子妃，她們一見奴婢就不給好臉色，還當著奴婢的面叮囑瑞寧郡主別什麼東西都吃，指不定裡面加了什麼亂七八糟的東西，這不是說我們少奶奶下毒暗害瑞寧郡主是什麼?!瑞王妃還向老夫人求情說，二少奶奶懷了身孕，沒空再打理內院，請老夫人開恩，讓大夫人從佛堂出來，老夫人一時高興，就答應了！」

喀嚓一聲，錦雲剪斷了一朵花，臉上冷笑。懷孕了無法打理內院？她不也懷孕了，不照樣把內院管理得妥妥當當。幾個丫鬟照顧她，收拾屋子，看帳冊，晚上看鋪子的帳冊和畫圖紙，忙得不亦樂乎，不也沒耽誤事，偏她身子矜貴些。

谷竹端了茶過來，勸道：「少奶奶，妳別生氣，大房已經分出去了，大夫人就是放出來，也沒法再寒磣妳。」

都說兒子不如孫子重要，孫子不如曾孫子重要，看來還真有理，為了曾孫子，葉老夫人都願意放葉大夫人一馬了。錦雲有些氣，可也沒辦法，瑞王妃都幫著求情，葉老夫人能不答應嗎？萬一累著了瑞寧郡主，讓她和肚子裡的孩子有個什麼萬一，如何跟瑞王府交代？葉老夫人是覺得虧欠了瑞寧郡主，畢竟她一個郡主嫁進門沒多久，國公府就分家了。

錦雲繼續修剪花枝，心想，大夫人出來了，看來國公府又有熱鬧可以看了。嘴角一勾，她倒是要看看她怎麼蹦躂。

錦雲心神一動，一隻手捂著肚子，眼神溫柔了許多，南香問道：「可是小少爺又踢少奶奶了？」

「調皮著呢！」錦雲輕點了下頭，撫著肚子道：「再踹娘肚子，等你出來了，看娘不打你屁屁。」

張嬤嬤端了茶水進來，聞言，瞪著錦雲。「孩子那麼小，妳就嚇唬他。」

錦雲撫額，還沒出生就慣上了，那還得了。她接了茶盞，輕輕地撥了兩下，愜意地啜了一口。「春暖花開，再沒法攔著我不給我出門了吧？」

張嬤嬤又拿了糕點過來，瞋著錦雲。「肚子這麼大還想著出去閒逛，妳要什麼，讓丫鬟去買回來便是了。」

錦雲無語至極，從她懷了身孕起，身邊的人就恨不得把她綁在床上，不許她動，直到把孩子生下來才好。錦雲說了許多遍，多走走對孩子有好處，她們就是不許她出去，只要地上有一點兒濕的，就不許她下台階，讓錦雲近乎抓狂。

青竹笑道：「今兒去了一趟寧壽院，走了不少路，要不，奴婢幾個陪妳打麻將？」

南香把麻將拿出來，錦雲扯了扯嘴角。「好吧，打麻將。」

青竹一揚眉，還是她們瞭解少奶奶。

但上了麻將桌不久後，青竹就哭了。「少奶奶，別這樣，奴婢沒錢啊……」

錦雲把牌打出去。「妳會沒錢？我瞧妳那鋪子掙了不少，荷包鼓鼓的，還有妳們幾個，家人找得怎麼樣了？」

幾個丫鬟搖頭，找了幾個月，依然沒什麼消息，錦雲也沒再提這事，繼續打牌。

外面春兒拿了帖子來。「少奶奶，左相府桓大少爺六天後成親，送帖子來了。」

錦雲接過帖子看了一眼，祁國公府分家之後，正院就她和葉老夫人兩個，葉老夫人年紀大了，肯定不會出去送賀禮的，她又懷有身孕，平常送賀禮自然都是交由總管去送。

青竹看了看帖子。「少奶奶，桓大少爺娶的是清河郡主，據說他們是打小訂的親，三年前，清河王妃去世，清河郡主守孝三年，一個月前才出孝期呢！」

清河王是異姓王爺，當初同安國公一樣涉嫌謀反，被先皇貶去了清河郡，不過沒有撤銷封號，只是不在朝為官了。

南香好奇道：「那柳飄香呢，不是說她也進左相府了嗎？」

谷竹笑道：「那只是一個小妾而已，哪能跟清河郡主比，不過清河王以前權勢據說比祁國公還大呢，現在沒落了，只是個閒散王爺罷了，那些王爺的勢力好像都被老爺和太后他們分了個乾淨。」

錦雲打著麻將，聽著南香的話，微微挑眉，因為懷孕的緣故，張嬤嬤不許她們把外面無關的消息告訴錦雲，怕引起錦雲好奇，想出去，像柳飄香進左相府的事，錦雲就不知道，她記得葉連暮說過，左相府也有一塊羊皮。

「記得準備一份厚禮送去。」

青竹應下，繼續打麻將，一圈過後，丫鬟夏兒急急忙忙地從外面進來。「少奶奶，暗衛傳話來，窯廠附近的別院被人偷偷潛進去了，而且在大晚上燒紙錢，被逮到了。」

錦雲蹙眉。「在別院裡燒紙錢？」

夏兒連著點頭。「傳話的人是這麼說的，好像是祭拜什麼人，那人說自己不是小偷，別院原來是他家的，暗衛不知道是放了他還是殺了他好。」

別院一直很隱密，裡面主要在製香和製藥，有不少的秘方，若是洩漏出去，此事非同小可，可若人家說得是真的，這樣殺了他，豈不是濫殺無辜？

錦雲忽然想起來，別院之前似乎是安國公府的產業，安國公府七年前被抄家，難道那人是安國公府的後人？

錦雲停了手，看看天色，吩咐道：「查清楚被抓之人是誰，如果是安國公府的後人，帶來見我。」

夏兒應聲退出去，臨走前忍不住多瞧了青竹她們幾眼，羨慕地嘟嘴，因為她也喜歡玩麻將。

青竹拉住她。「我錢輸光了，妳陪少奶奶打，我去吩咐。」

夏兒搓手。「贏了我兩分，輸了算我的。」

青竹拍拍她的肩膀。「夏老闆的氣度果然不凡，可得贏錢啊！」

張嬤嬤端著燕窩粥，忍不住笑道：「一屋子全是老闆。」

谷竹笑道：「張嬤嬤有張泉大哥孝順呢，哪用得著我們幾個，前些時候就聽張嬤嬤說張泉大哥有了意中人，相中了沒有？」

張嬤嬤笑得合不攏嘴。「我去打探了一番，姑娘還不錯，過兩日我就去把親事訂下。」

幾個丫鬟圍著張嬤嬤問姑娘長什麼模樣、家住哪裡，問得張嬤嬤不知道回答誰好，連著道：「回頭我把秋花叫進府，讓妳們好好打量一番。」

一屋子人都說好。傍晚吃過飯後，錦雲在院子裡散步，青竹走到她身邊，回道：「少奶奶，事情打聽清楚了，半夜燒紙錢的真的是安國公府的少爺，還是嫡出的少爺呢，叫安景成。」

「安景成？這名字怎這麼耳熟？」錦雲皺眉。「我以前聽過這個名字嗎？」

青竹搖頭，她們是第一次聽到，那邊的張嬤嬤一聽到安景成，再聽錦雲說耳熟，恍然大悟道：「是安國公府二少爺，少奶奶，妳認識他的。」

錦雲更納悶了，張嬤嬤拍頭道：「許是忘記了，那會兒少奶奶還小，我記得妳那時才七歲，有一次在府裡，被大小姐欺負，躲在花園子裡哭，安二少爺給過妳一塊玉珮逗妳開心，後來被四小姐看見了，要妳給她，最後摔地上碎了。」

那時要不是錦雲愛哭、膽小，安國公大夫人看不上，蘇大夫人又從中作梗，錦雲和安國公府二少爺早訂親了；後來，安國公府被抄家，全家砍頭的砍頭，發配的發配，安二少爺都過世七年了，要是還活著，今年也有十七歲了！

幾個丫鬟一聽張嬤嬤說安景成死了，臉色都變了，有種渾身冒冷汗的感覺，膽小的南香還四下瞄瞄。「大晚上的燒紙錢，還說是二少爺，不會是鬼吧？」

錦雲一巴掌拍南香的腦門上。「胡說八道，世上哪有鬼，當初他也算幫過我，讓暗衛明天帶他來見我。」

第三十六章　舊事翻案

第二天，臨近中午的時候，總管才領著安景成進來，起初總管以為是錦雲哪位表親，畢竟安府一堆姓安的，安國公府被查抄多年，大家早淡忘了。

錦雲是在正屋見到安景成的，他穿得雖樸素，但是很乾淨，眼神犀利，有種深寒的感覺，英俊的臉上帶著疏離，有種拒人於千里之外的淡漠，聽說他還會些功夫，如果不是燒紙的煙，暗衛還發現不了他。

見到錦雲之後，他的表情有一絲鬆動，只一秒就恢復了淡漠，冷冷地行禮。「我不是賊，什麼時候放了我？」

錦雲上下打量過安景成之後，不愧是安國公的後人，氣度不凡，即便家族沒落了，背脊依然挺得很直。

「不管你是不是賊，別院現在歸我，不給我一個合理的理由，我有權把你當賊處理了。」

安景成臉色一變，拳頭握緊，哼道：「要打要殺，隨妳便，但不許侮辱我！」

錦雲實在坐不住了，青竹扶她起來，走到安景成身前。「看來你還記得我。」

安景成面無表情的臉僵硬了一秒。「堂堂嫡女被人欺負到哭，妳是我這輩子見到的第一個，想忘都忘不了。」

錦雲氣得磨牙，卻無話可說，從來都是嫡子、嫡女欺負庶子、庶女，到她這裡卻相反了，能不印象深刻才怪，她也不跟他一般見識。「七年前你命大逃過一劫，你膽子很大，還敢回來。」

安景成望著錦雲，他實在想不到，當年那個愛哭的小女孩現在竟然是國公夫人，京都關於她的傳言數不勝數，與他印象中的錦雲完全相反。

想起七年前安國公府被抄家，父母兄弟全部入獄，帶人去抄他家的正是右相，他還記得那日，自己在外面打架，渾身髒亂地回府，正在沐浴，官兵就闖了進來。

他嚇得躲在浴桶裡，右相親自檢查浴桶，他看見右相，右相也看見了他，但不知為何，沒有抓他，還把衣服扔在浴桶裡，隨後帶人走了。

那一天，爹娘被斬殺，也是右相監斬的。

都說斬草除根，卻因為右相放了他一馬，他分不清是不是右相害了他全家，七年過去了，他總算查到了一點蛛絲馬跡，當年誣陷安國公府的竟然是永國公府！

「放心，別院裡在做些什麼，我不會告訴任何人。」

錦雲淡然一笑。「看來你不光是來燒紙錢那麼簡單，我還在想要不要殺人滅口呢，免得將來被你要脅。」

安景成不說話，錦雲端起茶盞，嘴角一勾，果然被抓不是意外，是故意為之，他擺明了知道雲暮閣是她的，想透過燒紙錢引起她的注意。錦雲能感覺到他武功不錯，就算打不過暗衛，逃命絕對沒問題。

錦雲耐不住性子，問道：「你找我有何事？」

「我聽說妳與永國公府有些恩怨，想驗證一下。」

安景成說得雲淡風輕，錦雲卻差點吐血，就為了這事？鬼才相信！

「別跟我耍花樣，說實……」

錦雲的話還沒有說完，外面丫鬟急急忙忙地奔進來。「少奶奶，永國公府大少爺帶著官兵來了，說見到昨天晚上在永國公府偷竊的賊，要抓他回去。」

安景成一臉果然是這樣的表情，錦雲恨不得把茶盞砸過去。「還不趕緊走！」

見他坐著不動，張嬤嬤先急了。「安二少爺還是快走吧，萬一被抓住了怎麼辦？」

錦雲聽到外面的動靜，再看安景成，半點兒沒有要走的意思，她擺擺手。「讓他坐那裡吧。」

此時，永國公府大少爺上官牧邁步進院，帶著刑部官兵把正屋圍得嚴嚴實實，上官牧站在門前，把屋子裡的光線遮了一半。

看這架勢，錦雲倒是好奇了，永國公府丟了什麼了不起的東西，竟然急得他們連祁國公府都敢硬闖，還帶著刀直接闖到她的院子裡來，未免太不將她放在眼裡了。

上官牧走到錦雲面前，作揖道：「打擾夫人休息了，此人乃朝廷欽犯，我等也是奉命捉拿他歸案，還望夫人海涵。」

錦雲輕笑道：「這人昨晚在我的別院燒紙錢，被我抓住了，我還沒審問清楚。」

上官牧看屋子裡都是丫鬟，安景成也坐在那裡，哪有審問的樣子？蹙眉道：「我會帶他回去，並查清楚原因給夫人一個交代。」

「不用了，我會自己查。」

刑部官兵不悅道：「夫人是什麼意思，要包庇欽犯？」

錦雲嘴角一勾。「這頂帽子我還戴不起，不知道他是什麼欽犯？」

刑部官員回道：「安國公府七年前謀逆，皇上下旨抄家，嫡系全部斬殺，當初讓此子逃了，沒想到他還有膽子進京，刑部有義務逮捕他歸案！」

外面，老國公邁步進來，神情不悅地問：「出什麼事了？」

上官牧和刑部官員向老國公行禮，先是一番告罪，貿然闖進來，是怕安景成跑了，不得已而為之，還請老國公諒解。

既然是辦公，又是抓賊，老國公也不好說什麼，眼睛望向安景成，當即就是一震，這人跟安國公年輕的時候長得真像，再聽刑部官員說他是安國公府嫡次子，老國公心裡就有數了。

老國公看向錦雲。「他怎麼進府了？」

錦雲微微福身，然後回道：「他昨晚在我的別院燒紙錢，錦雲就讓人把他帶了過來。」

刑部官員再次作揖。「還望老國公和夫人諒解，微臣要抓他歸案。」

錦雲掃了安景成兩眼，有些無語，之前見面的時候還以為是個冷冰冰的木頭不近人情，沒想到竟然是個無賴，坐在那裡翹著二郎腿，彷彿人家要抓的不是他一般，該喝茶喝茶，該吃糕點吃糕點，弄得她直撫額。

「你們確定他是安國公府少爺，當初不是被殺了嗎？」

刑部官員當即一怔，安景成也站了起來。「你有何證據我是安國公府少爺？若是無法證明，按大朔律法我可以控訴你誣衊！」

上官牧眼裡閃過一抹殺意。「昨晚在永國公府偷竊的是你，偷竊之罪足以抓你入獄了！」

安景成冷笑。「我昨晚在她別院燒紙錢，怎麼又跑你家偷竊了？」

上官牧握緊拳頭，老國公蹙眉。「到底在永國公府行竊的是不是他？」

安景成瞥了上官牧一眼。「若行竊的是我，我會坐在這裡給你抓嗎？我很好奇府上丟了什麼寶貝，要不要搜一下？」

上官牧深吸兩口氣，朝老國公作揖。「許是我弄錯了，先行告退。」

刑部官員惡狠狠地看了安景成一眼，然後才退出去，等一屋子人走光了，老國公看著安景成，又看了看錦雲，想說什麼，最後沒說出口，直接走了。

等老國公走了，安景成掏出懷裡的帳冊。「都說了讓他搜，是他自個兒不要的。」

安景成把帳冊扔錦雲桌子上。「妳看看，或許妳會感興趣。」

錦雲瞥了他一眼，拿起帳冊翻看兩眼，錦雲越翻越蹙眉，帳冊記載這些年有誰給永國公府送過禮，第一件就是李大將軍，送的是尊玉佛，還有沐大將軍送的，光是這帳冊上，所有東西加起來就不下十萬兩。

錦雲翻完，看著安景成。「不過就是收受賄賂，朝堂上官員私下勾結，不算什麼大事，我不感興趣。」

安景成拍了拍衣袍。「第四頁，妳看懂是誰送的了？」

錦雲挑眉，又翻了下第四頁，上面只寫了一個北字，她驀然抬眸。「你別告訴我是北烈送的！」

安景成勾唇。「妳很聰明，若是大朔有人與北烈勾結，如今北烈已經與大朔開戰了，到時候葉大少爺肯定會帶兵去攻打北烈，若是被人洩密了什麼消息，戰場之上，刀劍無眼……」

因為奸細喪命戰場的人有許多，錦雲聽得心驚，隨即又鎮定了下來。「一本不明不白的帳冊根本說明不了什麼，來點實質的證據。」

安景成從袖子裡拿出一封信，青竹接過來給錦雲，錦雲打開一看，竟然是北烈寫給永國公府的密信，裡面要求永國公府準備一份詳細的大朔軍事布陣圖，尤其是邊關的兵力，以及朝廷有多少可用兵力。

錦雲看著安景成。「你從何處得來的？」

「驛站，一個官兵身上。」安景成說得平靜，可錦雲不知道他在六百里之外的驛站裡當店小二有四年了。

錦雲又看了看信件。「有這封信件，就算你扳不倒永國公府，也能讓皇上對他起疑心，你為何交給我？」

「妳買了我家的別院。」

「……若是永國公府買你家別院，你也會把信件交給他？」

錦雲沒好氣地反問，看著安景成那憋紫的臉，青竹忍不住捂了下嘴。跟我們少奶奶鬥嘴，從來沒人贏過呢，甘拜下風吧！

安景成端茶猛灌，錦雲翻看著帳冊，心裡明白安景成這麼做的用意，是想替安國公府翻案，如今針對永國公府，擺明是懷疑永國公府是當初誣衊安國公府的始作俑者。至於選上她，一來是她與永國公府有些糾葛，就憑她搶了葉連暮，關係就好不了；再者錦雲有個姊姊是貴妃，夫君是皇上的表兄，與皇上情同手足，還有個權傾天下的爹。

難道當初安國公府是被冤枉的？錦雲微挑了下眉頭，把信件夾在帳冊裡。

「你可以走了。」錦雲淡淡地道。

安景成站起來。「我就住小院，有事可以找我。」

說完，安景成就邁步離開了，青竹追出去送他，可是出去的時候半個人影也沒瞧見，反倒見到葉容頃悠悠地進來。

葉容頃看見青竹，問道：「聽說刑部來抓人了，妳們家少奶奶又犯什麼錯了？」

青竹福身行禮。「見過十王爺，勞十王爺掛念，我們少奶奶沒犯錯。」

葉容頃很小大人似地邁步上台階。「連王兄都聽聞她窩藏朝廷欽犯的消息了，妳就別替她瞞著了……咦，那個欽犯呢？」

葉容頃的眼睛在屋子裡掃了一圈，然後落在錦雲身上，看到她沒瞧見他似的，自顧自地翻著帳冊，葉容頃心底生出一抹怨氣。

一本破帳冊而已，比本王爺的面子還大！

葉容頃走過去，一巴掌拍在帳冊上。「跟妳說話呢，那欽犯呢？」

「你來晚了一步，他剛剛走。」錦雲淡淡回道，眼睛微閃，抬眸看著葉容頃。「麻煩小王爺一件事，你能幫我拿到七年前安國公府一案的刑部卷宗嗎？」

葉容頃聽得一愣。「安國公府一案的刑部卷宗？妳要它做什麼？」

「幫不幫？」

「……妳就不能回答我，要它做什麼嗎？」

「我懷疑安國公府當年是被冤枉的，想看看是不是真的而已。」

「被冤枉？怎麼可能呢，下令抄安國公全家的是父皇，除非證據確鑿，否則翻案哪是那麼容易的，王兄很容易揹上不孝的罵名。」

錦雲扯了下嘴角，的確不好翻案，畢竟下令的是先皇，若是翻案了，先皇可就是愧對一個對大朔有功的臣子，那是有眼無珠，做兒子的哪能輕易讓父親背負罵名呢？可總不能就這樣算了吧！

是不是冤枉的，錦雲要看過卷宗，心裡才有底，她瞥了眼帳冊，腦子浮現原主小時候的記憶，安景成給她玉珮讓她別哭的場景，就憑那塊玉珮，這忙也得幫啊！再說，永國公府二小姐上官凌之前還多次待她刻薄，錦雲還記著這仇呢，反正她對永國公府沒好感。

「先皇只有一雙眼睛，兩隻耳朵，總有看不到、聽不到的地方，犯錯也在所難免，人非聖賢，孰能無過？我就是看看那卷宗，可不可以？」錦雲望著葉容頃，張口就是先賢名言，聽得他眉頭一皺一皺的。

他揉了揉耳朵。「我試試看，我一個閒王爺，不一定能拿到刑部卷宗啊！」

於是，離開祁國公府後，葉容頃直奔刑部。

果不其然，在刑部碰了釘子，葉容頃怒氣沖天地進宮了，直奔御書房。

「王兄、王兄，你可得給我作主！」葉容頃站在龍案前，噘嘴不滿，氣得差點拍桌子。

「錦雲欺負你了？」葉容痕知道他找錦雲的事，下意識認為是錦雲欺負他了。

葉容頃扯了下嘴角，真不知道她是怎麼混的，在王兄心裡就是一個只知道欺負人的人了。

「是刑部，我剛剛去了一趟刑部，不過就是想看一下七年前安國公府一案的卷宗，他們都不給！」

「你去刑部找此案卷宗做什麼？」葉容痕把奏摺合上，拿起另外一本，隨口問道。

葉容頃見他滿腹心思都在奏摺上，拔高了聲音道：「王兄，不是我要卷宗，是她要，我還不是替她跑腿的！」

聽到是錦雲要的，葉容痕這才重視起來。「她要卷宗做什麼？」

「她說安國公府可能是冤枉的，要看看此案卷宗，估計是想替安國公府翻案。」

「她不是在家養胎嗎，怎麼管起這事來了？」

「估計是閒得慌。王兄，我都答應替她拿了，現在拿不到怎麼辦？她肯定要笑話我了！」葉容頃滿臉愁容。

葉容痕暗自搖了搖頭，轉頭要吩咐常安，突然一陣頭暈目眩，嚇得常安臉一白。「皇上，您沒事吧？」

葉容痕擺擺手。「沒事，就是突然有些頭暈，看不見東西。」

葉容頃擔憂地看著他。「王兄，你真的沒事嗎？是不是有人給你下毒了？」

常安想起錦雲給的藥，恨不得現在就拿來給葉容痕服下，可是葉容痕沒放在心上，常安也不認為是中了毒，從賢妃懷孕起，他就非常小心皇上的吃食，沒發現不對的地方。

葉容痕晃了晃腦袋，覺得不暈了才吩咐道：「去刑部調安國公府謀逆一案的卷宗。」

這卷宗不是那麼好拿的，當年安國公一案牽連甚廣，當年與安國公府走得近的大小官員，抄家的抄家，貶謫的貶謫，少說也有十幾家，安國公府一案可以說是大朔建朝以來最大的案件了，轟動一時。

再說安國公府，可謂權勢一時，畢竟是開國公爺，征戰沙場，手握重兵，為人又豪爽，在朝中頗有威望，雖然不能與現在的右相相比，可人家是以德服人，這樣一家子最後竟然落得滿門抄斬，的確是令人唏噓。只是常安不明白，葉大少奶奶懷有身孕，在府裡安心養胎，皇上有事找她都不敢宣她進宮，就怕她坐馬車、坐轎子路上顛簸了，她怎麼管起這檔子事了？

常安是葉容痕身邊的人，又十分敬重葉連暮，錦雲為皇上、為大朔辦的那些事，常安打心眼裡欽佩，只要是她的吩咐，別說是皇后了，就是太后找他也得緩緩啊。由於怕手底下的公公辦事不力，常安便親自領人去刑部拿卷宗。

刑部一眾官員見常安親自來，猛怔了一回，皇上的貼身公公，沒有天大的事，是不會輕易離開皇上半步的，這會兒來刑部，不知道是為了何事？

刑部右侍郎忙上前，客氣問道：「不知道公公來刑部是？」

「咱家奉皇上口諭調看安國公府謀逆一案的卷宗，與當年一案有關的全部給咱家整理好，一會兒就帶走。」

刑部官員全部怔住，刑部左侍郎親自端茶過來，遞上一個荷包。「煩勞問公公一句，皇上是想替安國公府翻案嗎？」

常安大大方方地接過荷包，笑看著刑部左侍郎。「賀大人認為安國公府一案是被冤枉的？」

賀大人當即額頭冒冷汗，謀逆一罪，只要沾上，那就不是小罪，貶官降級都是輕的，動不動就發配邊疆，他身在刑部，又怎麼會不知道？當即搖頭。「一時好奇、一時好奇。」

賀大人嘴上說著，心裡卻納悶不已，皇上若不是想替安國公府翻案，那調看卷宗做什麼？都已經結案了，該殺的也殺得差不多了，難道是……賀大人眼睛一亮，今天刑部許大人曾帶著人要去祁國公府緝捕一名朝廷欽犯，難道與此事有關？

可祁國公府的事，怎麼就捅到皇上跟前了，這才過去多久，也太快了些吧？難道祁國公要給安國公翻案，找到什麼證據了？

賀大人心裡激動啊，當年大哥一家正是因為這事牽連，被發配邊疆了。他用心營救，也不過是讓大哥在邊疆少吃些苦頭，讓大嫂、姪女能免受禍害，又不敢多做些什麼，以免被打上同夥的名頭，那就得不償失了。

常安親自領人來取卷宗，又坐在那裡等候，刑部官員哪裡敢怠慢，上等茶水伺候，精緻糕點端上來，不消一刻鐘，就把卷宗全部找到了，陳年積案，少有人收拾，積了不少灰塵，清理乾淨了才敢交給常安手邊的人。

常安放下茶盞，起身道：「回頭沒事再找找，有什麼遺漏的找到了拿給咱家，皇上隨時會要。」

眾官員連連點頭，常安出門，瞧見永國公邁步進來，常安規矩行禮，永國公任職刑部尚書，他一聽聞皇上要查七年前的安國公一案，特地趕來的。

「邊關事亂，皇上憂心不已，怎麼想起安國公府一案了？莫不是有人在皇上跟前吹了什麼風吧？」

常安瞧著永國公，笑道：「咱家整日跟在皇上跟前，可沒人吹什麼風，還不是十王爺來了興致，結果被刑部官員給擋了回來，他就求到皇上跟前了，皇上才讓咱家跑這一趟。」

十王爺？永國公也聽說了十王爺來刑部鬧的事，只是沒放在心上，十王爺愛胡鬧，六部都知道，好吃好喝地哄著，把人哄走了便是，沒想到竟然告到皇上跟前了。

永國公蹙眉。「十王爺年紀小，怎麼想看此案卷宗了？方才聽說有人要替安國公府翻案，我來拿卷宗，若不是皇上要的，這卷宗公公可否留下？至於十王爺那兒，我去跟他說。」

常安無奈笑道：「國公爺就莫要為難咱家了，咱家奉皇上口諭拿此案卷宗，拿回去交差才是正事，至於國公爺要查安國公府一案，可以去找皇上，咱家告辭。」

永國公親自送常安出刑部，路上又多問了幾句，常安一股腦兒全推到十王爺身上。至於錦雲嘛，他可不敢招出來，她一個女子要看刑部卷宗，不合規矩。

御書房。

看著一大摞卷宗，葉容痕的眉頭微微皺緊。「這麼多？」

常安點頭。「這不是葉大少奶奶要的嗎？不知道要哪一部分，那一年發生的那件，有點關係的都在這裡了。」

葉容頃啃著糕點走過來。「管她呢，她閒得在家天天打麻將，最好再多來一點，夠她看十天半個月才好。」

葉容痕輕笑搖頭。「之前不是說要教你醫術，好給馬治病，怎麼也沒見她教你？」

葉容頃的臉唰得一下黑了，怒氣沖沖地說：「王兄，她笑話我，你也笑話我！好歹我也是王爺，讓我給人看病已經勉為其難了，還讓我去給馬治病，我是沒告訴御史臺，不然御史臺肯定用奏摺埋了她！」

給馬看病已經成了葉容頃的心病，一點就著，因此他在御書房大聲說話，葉容痕倒覺得沒什麼，可是門外的公公眉頭皺了，直伸脖子往裡看，蘇貴妃也不悅了，邁步就進去。

看見葉容頃說得臉紅脖子粗的，蘇貴妃沒好氣地道：「十王爺，御書房重地，豈是你能大吼大叫的，驚嚇了皇上，你擔當得起嗎？」

葉容頃回頭看著蘇貴妃，兩人因為烏龜的事結怨，每回見面都會嗆兩句，他可不會顧忌她是貴妃而給面子，當下道：「王兄，御書房重地，她一個嬪妃不經通傳也敢貿然進來，該打她十大板子以儆效尤！」

蘇貴妃臉色一變，氣得直咬牙，見葉容痕的臉色同樣不善，她立馬跪下。「是臣妾失禮了，臣妾在書房外聽到有人大吼，情急之下就衝了進來，還望皇上恕罪。」

葉容痕擺擺手，讓她起來，蘇貴妃暗瞪了葉容頃一眼，把宮女拎著的食盒端上來，遞到葉容痕跟前。「皇上，這些日子您日夜憂愁，都消瘦了，這是臣妾親自熬的蓮子羹，皇上吃了再看奏摺不遲。」

蘇貴妃說著，拿了勺子餵給葉容痕吃，葉容頃想到葉容痕突然暈眩的事，忙道：「常安，用銀針試試有沒有毒。」

蘇貴妃臉色頓時變了。「十王爺，你懷疑我給皇上下毒？」

常安還沒那個膽子敢過來試針，倒是葉容頃拿了銀針，踮起腳尖把銀針往裡面試了試，沒有變黑，這才滿意道：「這是例行公事，歷朝歷代被后妃害死的皇上、王爺不計其數，本王爺也是為了王兄的安全考慮，妳又沒下毒，怕什麼？常安啊，以後無論是誰送吃的，都得試毒！」

蘇貴妃親自熬蓮子羹是為了討葉容痕的歡心，好讓葉容痕去她寢宮，皇后和賢妃都快生孩子了，就她一個，肚子平平的，走在御花園裡，聽到人家說不下蛋的母雞，她都能發狂，要再懷不上孩子，真要瘋了！

蘇貴妃委屈地看著葉容痕。「皇上，十王爺他太過分了，他這麼欺負臣妾，您也不幫著臣妾！」

葉容痕揉著太陽穴。「十王弟也是為了朕的安全考慮，沒事就先回宮吧，朕改日去看妳。」

改日，又是改日，還不知道改到什麼時候去！蘇錦妤氣得咬牙，紅著眼眶就走了，宮女緊緊跟著。

等蘇貴妃一走，葉容頃重重哼了一聲。「還想欺負本王爺，本王爺是那麼好欺負的嗎？王兄，沒事我也先走了啊，再不出宮，回來就晚了。哦，還有一件事，王兄，你看我都八歲了，我能不能搬出宮住啊，每天跑進跑出的，你看我胖嘟嘟的小腿都細兩圈了，王兄……」

常安一個沒忍住噗哧一聲笑了出來，看到葉容頃瞇起眼睛，常安忙道：「十王爺還小，該學的都還沒學完呢，最少也得到十王爺十二歲才可出宮。」

「還有四年啊，就不能提前嗎？我一個大老爺整天在後宮裡蹓躂，多不合規矩，王兄……」

「你有多少天沒逛御花園了？」

「……王兄，你幹麼問這個，好像兩個月了吧？上次在御書房摔了一跤，就沒去了，王兄啊，有沒有什麼去疤痕的藥，雪痕膏有沒有？」

常安抖肩膀，葉容痕揉太陽穴，擺擺手。「等馬場建好了，你每月可以去住七天，其餘時間還是在皇宮裡住，沒事的話，就拿著此案卷宗出宮。」

葉容頃屁顛顛地揹著常安準備的包袱出了御書房，今天說什麼也不回宮了，他騎馬出宮，身後跟著個護衛貼身保護。

可這保護還真不管用，出宮沒多久，就殺出兩個拿刀的黑衣蒙面人，擋住葉容頃的去路，那是一條沒什麼人煙的小道，因此騎馬的速度就快了不少，葉容頃又有些神遊，一時間沒反應過來，一下子把一個黑衣人給撞飛了。

葉容頃這才勒住韁繩，回頭看著兩個黑衣人，關懷地問道：「喂，你們兩個腦子沒病吧，大白天的穿黑衣打劫？」

兩個黑衣人一看就是初犯，有些膽怯，揮著刀道：「把包袱留下！」

「包你個頭，給我打得他滿頭是包！」葉容頃哼著鼻子道，跟在他身後的護衛一躍馬背，腳橫劈過去，兩個黑衣人頓時被踢暈了。

「太過分了！這是在侮辱本王爺，竟然被這兩個笨蛋打劫，堂堂天子腳下，王兄是怎麼治理的，回頭我一定要……」

「王爺，小心！」

葉容頃話還沒說完，護衛一聲驚叫，他還沒反應過來，後背一疼，人就從馬背上栽了下來。

另外兩個黑衣人出現，這回可是真的刺殺，出手狠辣，招招致命，護衛武功雖然不錯，對付一般的地痞流氓綽綽有餘，但是對付他們還真有困難，幾招過後，就被劃破了胳膊，倒在葉容頃的身邊了。

兩個黑衣人拿了葉容頃身後的包袱，又探了探葉容頃的鼻息，準備要走，只是才一轉身，一道亮晃的劍光劃過，兩個暗衛的喉嚨就被割破了倒在地上。

安景成拿了包袱，趕緊抱著葉容頃上馬，直奔祁國公府。

這下可不得了，十王爺被人抱著進祁國公府，守門的小廝急急忙忙地奔去稟告老國公和葉老夫人，老國公聽到這消息，嚇得臉都白了，二話不說，直奔逐雲軒。

彼時，錦雲正艱難地坐在床邊給葉容頃把脈，護衛捂著流血的胳膊，焦急地問：「王爺沒什麼大礙吧？」

錦雲臉色陰沈，清冽的水眸有陰霾之色，老國公也忍不住問：「十王爺他……」

「從馬背上摔下來，十王爺右腿骨折了。」

老國公看著葉容頃，臉色難看得要命。十王爺可是來祁國公府的路上被刺殺的，國公府難辭其咎。

錦雲瞪著安景成。「你不是很厲害嗎?就不能早出現一會兒!」

安景成抿著唇瓣沒說話。錦雲罵完，也沒說什麼，她還要給葉容頃治腿，讓青竹準備固定架和藥材後，她把其他人轟了出去。

老國公和安景成站在外面，安景成正式拜見老國公，因之前有刑部官員在，他不能拜見。

老國公拍拍他的肩膀。「你還活著，活著就好!」

安景成的眼睛微微濕潤，嘴角一抹笑，他以前也常來祁國公府，他大哥安景冗與葉連暮同歲，經常在一起玩，他沒少跟在後面，當年大哥被殺，連暮大哥還去祭拜過，那時候連暮大哥就知道他還活著，把身上值錢的東西都給了他，讓他逃出京都。

此次回京，他本想找葉連暮，可是他不在，恰好錦雲他也認得，這才……

忽然，屋子裡傳來一陣歇斯底里的慘叫聲，聽得滿院子的丫鬟、婆子都毛骨悚然，可是一下之後就沒聲了，大家更是好奇。

房內的青竹手裡拿著麻醉包，怯懦地看著錦雲。「少奶奶，十王爺回頭要是醒了，妳可得幫著奴婢啊！」

錦雲白了青竹一眼。「還不過來幫忙！」

一刻鐘後，錦雲擦拭額頭上的汗珠，又去開了藥方，讓青竹去抓藥，葉容頃醒來差不多就能喝了。

另一廂的御書房內，葉容痕聽到葉容頃被刺殺的事，大發雷霆，龍案險些拍爛。

常安勸道：「皇上，您別擔心，太醫能治骨折，葉大少奶奶的醫術斷然沒有問題，您且放心，只是這卷宗擺在刑部多年也無人問津，今兒十王爺一要，怎麼就有人來行刺了？刑部官員之前還問我是不是要給安國公府翻案，莫不是當年安國公府一案真的是被人給冤枉的吧？」

「不管是不是冤枉的，就憑行刺十王弟，這事也得查清！」

夜色降臨，華燈初上，葉容頃這才醒來，看到自己右腿上綁著東西，一動就疼得他齜牙咧嘴，青竹還在一旁勸道：「十王爺別亂動，錯位了就麻煩大了。」

「我不要做瘸子王爺！」葉容頃眼眶微紅，很想哭，但他是王爺，年有八歲了，再疼也得忍著。

青竹端了藥來，安慰道：「我們少奶奶親自醫治的，王爺要是成了瘸子，不是砸我們少奶奶的招牌嗎？放一百個心吧，把這藥喝了好得快。」

葉容頃喝了藥，覺得苦，讓錦雲給他製藥丸，又發覺自己睡的是錦雲的內屋，覺得不合規矩。

錦雲沒放在心上，他才八歲，一個八歲大的孩子，知道什麼？去青樓都是喝花茶的小屁孩一個，再加上他腿受傷了，安景成一時情急就把他抱了進來，錦雲也不好讓他住客房，畢竟他是因為她才被刺客給盯上的。

錦雲讓他住這裡，可是葉容頃不願意，一定要去偏院，錦雲只好讓安景成來抱他，並讓他專門保護葉容頃，寸步不離地跟著，直到他腿好為止。

這時，葉容頃才知道他是安國公府二少爺，火氣突地往上漲，就是因為他，表嫂才要他進宮拿那勞什子卷宗，結果摔斷了腿！不整死他，他就不是十王爺！

葉容頃想下床，他那性子能老實待在床上才怪，可是現在，不得不待著了，氣得直拿眼睛剜安景成。

安景成沒想過會牽連到十王爺，別說瞪他了，就是踹他也得認啊！

錦雲看著記載安國公府一案的卷宗，上面寫了安國公府的來歷，什麼時候封爵位，建立了多少功勛，這些估計是保護安國公的人寫的，為的是讓先皇顧念舊情，從輕發落。可謀逆之罪，何來舊情之說？你都要搶我的皇位了，若是搶到了，你會饒過我嗎？

七年前，安國公府謀逆一案，一天之內殺了九十七人，其中還有三歲大的孩子，真是慘絕人寰，而那些伺候在安國公府的下人，也都受到懲罰，被罰去邊疆的有三百七十二人，這還沒算上抄家時，碰到下人逃竄，隨手就是一刀殺害的人，粗略估計，至少也有近千人。

至於所謂的罪證，就是從安國公書房內搜出來的兩封通敵信件，以及兩個北烈人出面作證，在大朔建朝之初時，安國公曾經在戰場上放過北烈一位大將，好巧不巧，當年先皇差點死在那位大將刀下。

錦雲覺得安國公府的罪證，最主要的原因就是這個，一個曾經差點殺死皇上的敵將，卻被安國公給放了，這事有他麾下親信作證，安國公也簽字畫押了。

這一點，錦雲也很頭疼。這案子怎麼翻？

錦雲繼續看，最後眼睛落在那兩封信上，她想看看信件上的印章是不是被人偽造，可惜她沒見過真的印章是怎麼樣的，無從下手。

錦雲花了一個時辰把卷宗看完，洗漱了一番便睡下了。

因為睡得稍微晚了，錦雲第二天就起得晚了些，起床時，就聽青竹道：「少奶奶，妳總算醒了，十王爺都找妳兩回了，外面刑部派了人來，要拿回卷宗，妳睡著，刑部無人敢闖逐雲軒。」

幾個丫鬟幫她穿衣服，錦雲蹙眉。「怎麼又要拿回卷宗了？」

青竹輕嘆道：「今兒早朝，大家都說安國公府一案證據確鑿，沒有冤枉之處，十王爺摔斷腿，許是被先皇給懲罰了……」

錦雲一口老血差點憋死過去。「被先皇懲罰的？先皇什麼時候投胎做刺客了？」

青竹一張臉漲得通紅。「刑部來人是這麼說的，奴婢也不知道。」

洗漱一番後，錦雲又慢悠悠地吃了早飯，這才出門，一群刑部官兵守在逐雲軒外。錦雲走過去，刑部左侍郎賀大人便上前行禮。「葉大少奶奶，屬下奉命拿回安國公府謀逆一案的卷宗。」

錦雲揉著脖子。「不好意思啊，十王爺腿受了傷，我得把卷宗讀給他聽，等十王爺看完了，肯定會還回去的。」

賀大人頓時無語，十王爺會看卷宗，除非太陽打西邊出來還差不多，可她這麼說，他也無法反駁，十王爺要是不看，他辛苦去找皇上要做什麼？

「葉大少奶奶，您就別為難我們了，滿朝文武都知道十王爺是替妳拿卷宗。」

錦雲翻白眼，也不否認。「反正這卷宗放在你們刑部不過就是一堆廢紙，十王爺一拿就成寶貝了？皇上日理萬機，會盯著這一個卷宗不放？回去告訴皇上，看完……」

錦雲話還沒說完，那邊十王爺的貼身小廝過來，怒氣沖沖地說：「十王爺發怒了，他費盡心思才拿回來的卷宗，就這樣被拿回去，他不是白搭進去一條腿？你們要是能讓他的腿馬上復原，這卷宗你們就是拿回去做草紙他都不管，但是現在有多遠給我們王爺滾多遠。」

賀大人抹著額頭上的汗珠，只得帶著一群官兵回去。

錦雲去了葉容頃的屋子，見他在捶桌子。「王兄在做什麼，不就幾張破紙，拿回去墊龍椅呢，不還，我就不還！」

葉容頃轉過頭看著錦雲。「安國公是真謀反還是被人誣衊的啊，他要不是冤枉的，那本王爺就冤枉了！」

錦雲撓了下額頭。「事情我還不是很清楚。放心，為了讓十王爺你這條腿傷得不冤枉，我一定查清楚謀逆案。」

安景成從外面進來，錦雲問道：「當年安國公真的放了敵將？」

當年事出突然，不過安景成還是知道一些，點點頭。「的確放了。」

葉容頃的臉色頓時鐵青。「安國公怎麼能這麼糊塗，這不是找死是什麼，抓住了還放他，一刀結束了他不就行了，害得一家人給他陪葬，有毛病！」

錦雲也語塞了。「那你還翻案？」

安景成臉色不善。「祖父是放過敵將，可絕對沒有謀反，那兩封通敵信件是被人捏造的！」

「你說是被捏造的，有證據嗎？」

安景成沒有說話，證據他沒有，但是祖父敢作敢當，他承認放了敵將，但是那兩封信祖父是抵死不認的。

錦雲揉太陽穴，看來是沒有實質的證據，一切都是猜測為主。不過錦雲很好奇啊，這通敵信件，一般人不是看完就燒掉嗎？安國公謀逆一案來得突然，可總有點蛛絲馬跡，燒掉兩封信能費什麼力氣，這不是放在那裡等著被人查嗎？唯一的解釋，就是安國公自己也不知道有這兩封信的存在，不知道又怎麼燒？

這案子不好翻啊，僅憑猜測根本不足以使人信服。

錦雲去了書房，翻看著那兩封信，又看著信封。

谷竹端了茶水進來。「少奶奶，您先喝口茶吧。」

「把安景成給我的帳冊拿來。」

谷竹去了內屋把帳冊拿來，錦雲拿出那封信，這封信來自北烈，錦雲比對了一下，忽然皺了一下眉頭，這兩封信有些不同，這封信是七年前的，紙張有些泛黃，可比這封信要白一點，可見紙張品質要好一些，她摸了摸紙張，觸感也不同。

錦雲嘴角一勾。「找一個善於做古字畫贗品的人來。」

一個時辰後，一位頭髮半白的老者被請進來，錦雲在正屋接見了他，老者有些忐忑地問：「不知道少奶奶找老夫來是？」

錦雲笑道：「不是什麼大事，你擅長做古字畫贗品，應該瞭解各種紙張經過多少年會有些什麼變化吧？」

老者一聽是這事，點頭道：「不知年分，就不能以假亂真。」

青竹拿著一封信遞到老者手裡。「還請先生看看這信封和紙張的出處、年分。」

老者看了看信封，準確地說出紙張出處，這信紙出處是溫州孫家製造的，京都有好幾家在賣。

錦雲滿意地點點頭。「先生可知道孫家紙張生意做到北烈去沒有？」

老者搖搖頭。「據老朽所知，該是沒有，紙張不值什麼錢，很少有人把信紙運到北烈的，倒是瓷器、玉器比較多。」

錦雲讓青竹送老者出去，老者走了兩步回頭看著錦雲。「夫人，安國公當年謀逆一案，老朽也有所耳聞，老朽不知道事情始末，但安國公是個好人。」

辨認信紙，肯定會看到信上的內容，再加上最近坊間流傳出為安國公府翻案的風聲，因此老者推測出她正在調查安國公府一案。

錦雲聽他這麼說，微微一怔，再次請他入座。「七年前安國公府一案，我那時還小，根本不知道，老先生知道多少，跟我說說可行？」

老者的兒子當過兵，而且就在安國公——安景成祖父的麾下，那會兒他兒子是個小兵，不過一個人的威望如何，私底下大家也會傳的，他兒子曾說過安將軍是個怎麼樣的好人，深受人愛戴，還曾把自己的饅頭分給士兵吃，雖然他分到的只是一小塊，可在危難之下，一小塊沒準兒就能救命了，後來他兒子被人砍了一條胳膊，就退伍回家休養了。七年前安國公滿門抄斬，他還聽自己兒子感慨過，所以這會兒看見錦雲懷疑信件作假，他忍不住就多說了一句。

錦雲聽得眼睛睜圓，手都攢緊了，牙齒咬得喀吱響。「你確定安國公私放敵將是在先皇被敵將刺殺之前？」

老者連著點頭。「我兒子告訴我的，應該不是假的，如果不是丟了一隻胳膊，他也許是位將軍……」

也就是說老者的兒子曾經是安國公麾下的親兵，這麼說倒是有三分可信，錦雲又問了些敵將和安國公的事，可惜老者知道的不多。

送走老者後，錦雲坐在那裡沈思，稍晚，讓丫鬟扶著她去院子裡走走時，外面有公公進來宣旨。「葉大少奶奶，皇上讓您即刻進宮。」

錦雲蹙眉，谷竹塞了個大荷包過去，問道：「可知道是什麼事？」

公公不著痕跡地把荷包揣袖子裡，笑道：「還不是安國公府謀逆一案的事，也不知道怎麼驚動了太后。哦，當年負責處理安國公府一案的是右相，沒想到竟然有漏網之魚，讓欽犯給逃了，右相辦事不力，再說，當年右相與安國公府走得很近……」

當年走得近，如今要給安國公府翻案，安景成又是從右相手底下逃掉的，這是要把右相也扣上謀逆的罪名？

此時，御書房內，不下十位大臣站在那裡，看到錦雲挺著個大肚子進來，都忍不住扯了下嘴角，肚子都大成這樣了，還不安分待產，弄出安國公府的事，她可真是閒得慌。

看到錦雲那肚子，葉容痕的心裡微微酸澀。

「妳怎麼插手安國公府一案了，還把疑似朝廷欽犯的人留在了府裡？」右相問道。

錦雲給皇上行過禮後，才回道：「還不是女兒小時候欠了安二少爺一份情嘛，他求上門來，女兒也不好坐視不理，就請十王爺幫忙調查看看是否真的是冤枉的。」

如今皇上有欲查證的心思，在皇上面前她若是不承認此事，就是欺君之罪，錦雲不怕抖出安景成的身分，再說，朝廷現在要抓他，首先得過十王爺和皇上那一關，把刺殺十王爺的罪魁禍首交出來。眼下就是把事情說清楚了，說服皇上同意翻案一事。

錦雲想當初右相能放安景成一馬，她現在又跟安景成在一條船上，右相十有八九會贊同她翻案的，有了她爹的幫忙，葉容痕那兒就不是問題，能陷害安國公府的，勢力能小的了？

「我怎麼不知道他幫過妳？」右相蹙眉。

錦雲撫著肚子。「一點小事而已，爹哪會知道，不過大姊姊和四妹妹都知道。俗話說滴水之恩當湧泉相報，我總不能忘恩負義吧。只是我不能只聽信一面之詞，所以想要調查安國公府謀逆一案，女兒看不到卷宗，所以才請託十王爺幫忙查看，只是沒想到因為這卷宗會有人要刺殺十王爺，原本我只是懷疑安國公府謀逆一案有冤屈，這下幾乎可以斷定了。十王爺下了命令，若是我查不出來安國公府是冤枉的，他要我賠他一條腿，女兒也只能趕鴨子上架了。」

左相聽到錦雲這麼說，道：「可是安國公謀逆一案是先皇下的旨，當年有人要翻案，最後惹怒先皇，被杖斃在御書房外。」

錦雲搖頭道：「我想那應該不是翻案吧，被打的人應該是死諫，才會惹怒先皇，若是證據確鑿，先皇怎麼會坐視不理，罔顧開國功臣，是不是？」

左相退回去，不再說話。戶部尚書蘇大人此時也站出來。「錦雲，安國公府一案都過去那麼久了，妳理會它做什麼？連累妳爹也被指責辦事不力，何況下旨的是先皇，若真的翻案了，那豈不是說先皇錯了？」

錦雲嘴角一勾。「二叔，雖然下令的是先皇，可查案的不是先皇啊，先皇被人蒙蔽下錯了旨，這有什麼？若是知錯不改，豈不是讓先皇九泉之下都心愧難安？若說我爹當年抓欽犯，讓人逃了，是有辦事不力之嫌疑，可抄家的罪行本來就重，若安國公府是冤枉的，那麼多人豈不是白死了？」

刑部尚書永國公站了出來。「謀逆之罪當誅九族，先皇已經念在安國公的面子上饒了不少人了，還不夠嗎？」

錦雲好笑地看著他。「若是饒了不少人，那嫡出的兒子、孫子怎麼都被殺絕了？建功立業，蔭子封妻，憑兩封信就葬送了一家老小？」

永國公一甩袖子。「祁國公夫人是對律法有意見了？」

錦雲嫣然一笑。「我是沒什麼意見，只是覺得同情罷了，一人做錯，家裡嗷嗷待哺的孩子都跟著受罰。祁國公府和相公不做錯事，刑罰再重與我何干？倒是你們這些朝臣，執行律法起來，恨不得嚴厲再嚴厲，有沒有想過有一天這些律法用在你們身上，誅九族、挖你祖墳、五馬分屍、千刀萬剮；尤其是那些貪墨了不少錢財的人，世上沒有不透風的牆，誰知道你什麼時候就得罪了什麼人，只要想害你，貪墨三千兩就足以讓你丟了腦袋，甚至是你妻兒、老母的腦袋，那時候，你再覺得刑罰重，要改革的時候已經晚了！」

錦雲雲淡風輕地說完，兵部尚書溫大人笑道：「說得不錯，身陷牢獄，穿上囚衣，恨不得牢飯是錦衣玉食，住的是黃金殿。」

錦雲說得很直白，世上有幾個官員是清白的，她一說誅九族、五馬分屍用在他們身上時，這些官員背脊都發涼。

葉容痕聽得心裡也頗有感觸，五馬分屍、千刀萬剮這樣的刑罰的確重了，可是對於謀逆之臣，誅九族是為了斬草除根，葉容痕覺得並無不妥，但若是冤枉的……那就太重了！

「妳查出什麼？」葉容痕問道。

錦雲伸手，谷竹就把兩封信遞給她。「我查過，這兩封信用的是溫州孫家製造的紙，這樣的紙在京都很常見，不足為奇，可是這樣的紙張出現在北烈，可能性就小得多，再加上這信封，也不是北烈人常用的信封，兩個微乎其微的巧合加在一起就不是巧合了。」

御書房內其餘大臣身子一怔，昨天拿去的卷宗，今天就找出了不合理之處，這祁國公夫人真不簡單！

有大臣出來道：「雖然可能性是小了些，可也不能排除有這個可能！」

錦雲看著兩封信，嘴角一勾。「的確不能排除，可是與安國公勾結的是北烈齊王，這個人以前錦雲沒聽過，但是一打聽，就知道他有些什麼喜好，不喜歡咱們大朔的吃食，十分反對咱們大朔商人和北烈通商，換取他們的貨物，就這樣一個人，你覺得他會用咱們大朔造的紙嗎？而他喜歡用什麼樣的紙，我想只要派人去北烈打聽一下，不難知曉吧？」

雲暮閣分鋪開到北烈時，第一個上門找碴兒的就是齊王的人，不許雲暮閣存在的也是齊王，若不是雲暮閣的東西深受那些夫人們喜愛，只怕很難經營下去。

右相點點頭。「這算是個疑點，還有呢？」

錦雲聳肩。「一天時間，我能查出這些已經不錯了，連紙張都有不合理之處，這筆跡和印章，我若是想要，給我一天時間，可以造出來幾千份！這樣兩封致命的信件，看過也該燒了，安國公留在那裡做什麼？欣賞嗎？」

溫大人點頭道：「這麼說的確不合理，可是安國公私放敵將這點是證據確鑿。」

錦雲有些站不住了，肚子太大，腿好瘦，可她還是站著。「據我所知，安國公私放北烈百里將軍，是在百里將軍差點殺了先皇之前，足足早了半個月！私放敵將的確有錯，但應該罪不至死，更何況安國公是一個將軍，還是個愛護下屬的好將軍，會容忍敵將活著嗎？他會放了百里將軍，就沒點兒別的原因？

「凡事不能只看外表，若是情有可原，也理應查清再論懲處，再說了，當時的安國公能預測到百里將軍會差點殺了先皇嗎？對於一件未知的事，你們這些事後諸葛亮自然可以指責了，可有沒有想過安國公也後悔自責過？這件事發生在建朝之初，已過去多久了，當時先皇受傷時怎麼不說？私放敵將的時候，安國公身邊都是親信，所以沒多少人知道，應該是這些人之中有人後來背叛安國公，所以才在這事上作文章，這樣一個背主之人的話，我不信！」

右相蹙眉。「妳確定安國公私放百里將軍，是在先皇差點遇害之前？」

錦雲有些茫然。「爹不知道嗎？我是來之前聽個老者說的，他兒子就在安國公麾下，除了他之外，我想應該還有人知道。」

右相看著葉容痕。「當年只問過安國公是否放過敵將，沒人說過是在先皇遇害之前，行刑前，我曾去大牢探望過安國公，知道他為何會放百里將軍一馬。當年潛山一戰，我軍慘敗，安國公就曾被俘虜了，被抓進敵營，當時有人提議六千名俘虜全部活埋，是百里將軍不同意活埋之刑，讓我大朔用兵器錢財去換，凡是落入百里將軍手裡的俘虜從來沒受過鞭刑。安國公敬重他是一位好將軍，不曾後悔放他一馬，何況當時他是主將，副將軍心狠手辣，視我軍如草芥，他一死，我軍對抗的就是那位副將軍，所以即便是敵將，為了大局考慮，也必須放了。」

錦雲聽得咋舌。「沒查清就下旨了？」

有大臣站出來。「既然抓住敵將，就不該放了，不然也不會讓先皇差點命喪他手！」

錦雲冷哼了一聲。「我還說我現在懷疑你有謀逆之心，我若是現在沒殺了你，將來你拿刀架著皇上脖子，皇上是不是要殺了我？」

那大臣氣得臉一白，跪下來就表明忠心。「皇上，臣絕無不忠之心，皇上明鑒！」

葉容痕擺擺手，那大臣抹著汗站到一旁，再不開口了，錦雲說話可以不顧及，他不能不顧及，萬一皇上信以為真了呢？

錦雲哼了下鼻子。「真是站著說話不腰疼的一群人，敢情殺的不是你們一家，冤枉了就冤枉了，當年安國公府沒落了之後，誰受益最大，那些兵權都被誰接手了？沒有利益就沒有這些殺害，若安國公一案真是誣衊，誰誣衊的？其目的何在？昨天刺殺十王爺的是否就是當年誣衊安國公府的人？」

錦雲一出口就是一連串反問，問得御書房裡的人愣愣的，尤其是那句，沒有利益就沒有這些殺害。

當年安國公府沒落，兵權幾乎全部落入太后之手，李大將軍也乘機撈了不少，那時候右相還屬於韜光養晦的階段。之後右相扶搖直上，很快取得先皇信任，也是在那兩年間，右相搶了不少的兵權，最後把溫太傅一家逼離京都，讓太后扶持葉容痕上位，右相才真正的權傾天下。

錦雲幾乎一下子就把矛頭指向了太后一黨，雖然沒有說明，可就是那個意思，大家心裡都清楚。

葉容痕坐在那裡，手指輕輕敲了一下，若這真的是誣衊，真的是因為覬覦安國公府的兵權，真的是太后一黨做的……

葉容痕嘴角一翹，他望著右相。「當年安國公府謀逆一案，交由右相你去查，務必儘早查清，若安國公府一案實乃冤枉，朕定恢復安國公爵位！」

右相府與安國公府私交不錯，又和太后一黨互為眼中釘、肉中刺，交給他去查再合適不過了。

很快的，安國公府要翻案，可能恢復爵位的事就傳遍了京都，當年牽扯的那些大臣，也都開始活動起來了。

錦雲沈寂了幾個月，終於再次名響京都，更甚者，還有人跪在祁國公府前面要向錦雲伸冤，錦雲聽到這消息時，正在給葉容頃削蘋果和講故事，差點把手指給割破了。

葉容頃扯著嘴角。「真沒看出來妳有這麼厲害。」

錦雲滿臉黑線。「我是比較倒楣好不好，一個懷了身孕的人去插手陳年舊案，還讓人稱頌，這不是打那些大臣的臉是什麼？用他們的話就是牝雞司晨，御史臺不彈劾我就不錯了。」

錦雲猜測得不錯，她真的被彈劾了，沐太后一直因為那句「後宮不得干政」耿耿於懷，錦雲不許她插手朝政，自己卻插手安國公府一案，這是典型的只許州官放火，不許百姓點燈。錦雲只是一個國公夫人，她是太后，竟然被人這麼指著鼻子罵，還把安國公府一事的矛頭直指她身上！

太后氣啊，那天晚上就氣病了，連夜召集了太醫，這事太醫署上下都驚動了。太后與葉大少奶奶的矛盾他們怎麼會沒有耳聞？以前也有嫌脖子太硬、仕途太順暢的老頑固彈劾過太后，不是被貶、抄家，或是最後迫於壓力投誠示好，成了太后忠實黨中的一員。這幾年，就連右相的人都很少把矛頭直接對著太后，而是對著她手底下的人，沒想到右相的女兒會直接說太后的不是。

這些太醫也覺得錦雲有些蠻橫了，憑什麼她就可以替雲暮閣對著鐵騎將軍之位指手畫腳，就不許太后插手奪帥印了？這不是蠻橫是什麼？這不是存心挑釁太后又是什麼？他們私下閒聊時就猜測太后什麼時候會神不知、鬼不覺地把葉大少奶奶弄死，沒想到葉大少奶奶懷孕了，還甚少出門，太后的爪子再長，能伸得進國公府，也伸不進她住的地方啊！

據說葉大少奶奶對自己院子裡的丫鬟、婆子格外看重，不許她們有二心，國公府裡的人想收買都難呢，若院內丫鬟洩漏消息，都會直接被賣掉或是受到更重的懲罰。

葉大少奶奶一看就是個強悍的人，想想那天在比試場，葉大少爺不過就是沒給她拿包子就記恨上，不支持自家夫君做將軍了。這等胸襟氣量，針眼估計都比她大。

太后執掌後宮這麼多年，除了一個太皇太后雷打不動外，幾乎無人敢惹，被葉大少奶奶這麼挑釁，不報仇這顏面上也過不去，這兩人掐起來是遲早的事，就是不知道誰勝誰負，畢竟葉大少奶奶後頭站著的是右相，夫君又是皇上的左膀右臂，這一場熱鬧有看頭，甚至還有做莊的，只是幾個月過去了，兩人就是沒對上，錢還押在莊家的手裡。

不過沐太后氣暈過去，雖然與葉大少奶奶沒有直接關係，可明眼人都知道是因為她，於是御史臺又開始上奏摺了，雖然這件案子最後交給了右相處理，可是源頭還在錦雲這裡，十王爺就是因為她多管閒事被刺殺，摔斷了腿，這樣的女子，就該好好數落，免得京都大家閨秀們有樣學樣，懷了身孕還這樣折騰，不知道何謂相夫教子嗎？百姓還請她伸冤，置官衙於何地！

錦雲把削好的水果給了葉容頃，跟他說故事。外面，南香捧著個錦盒進來，打開遞到錦雲跟前。「少奶奶，您看看這藥丸行不行？」

錦雲拿出一粒，細細聞了聞，點點頭。「不錯，大小分量都很合適，記得告訴安少爺一聲，讓他按時給十王爺服藥。」

葉容頃坐在那裡，很是不豫，為什麼是安景成督促他，他還想藉著吃藥提兩個要求呢！每天只說那麼點故事，根本不夠聽。他有些後悔當初嫌藥苦口而要求製藥丸了，這藥丸看著就色香味俱全，不知道的還以為是糖果，實在不好意思不吃。

要說葉容頃最恨的是什麼，絕對是「預知後事如何，且聽下回分解」這十二個字莫屬了。

從葉容頃的屋子出來後，就有客人登門了，是刑部左侍郎府賀夫人和前任撫遠大將軍夫人，不外乎是聽說了安國公府翻案的事。撫遠大將軍當初就是受了牽連被貶，若是翻案了，他們是不是也能官復原職？

等她們一走，谷竹指著那一大箱子看著錦雲。「少奶奶，這個怎麼辦？不好還回去，拿著又怕御史臺一群人彈劾，奴婢聽說國公府門前有御史臺的暗哨。」

木箱子裡放著一件玉雕，除此之外就是一些藥材，都是給孕婦補身子的，錦雲想起那御史臺，也是恨得咬牙。

不給點兒教訓怎麼行？

第三十七章　錦雲效應

一刻鐘後，兩個小廝抬著個大箱子，和青竹氣勢洶洶地去了御史臺。

御史臺，七、八位御史正在商議事情，有些事一位御史彈劾即可，有些需要大家聯名上奏，才能達到效果，這回談論的正是葉容痕把他們的奏摺扔茅廁的事。

幾位御史大人憤憤不平，他們嘔心瀝血寫出來的奏摺，皇上不看就算了，竟然扔茅廁了，這樣的奇恥大辱，這些清貴名流怎麼能容忍？

正憤憤不平之際，就聽說青竹奉命來拜訪的事。

一群御史大人都心慌了，額頭冒汗的都有，那可是個連太后都敢數落的人，昨天才上了奏摺，她今兒就來了，為何？

可是說不給進又不行，好在來的只是個丫鬟，他們還怕個丫鬟不成？當下鎮定道：「我倒要看看她來做什麼，讓他們進來！」

片刻之後，就見一身天藍色丫鬟裝扮的青竹邁步進來，面色溫和，模樣清秀，不像是來找麻煩的，當下放了心。

青竹看到他們個個緊張還故作鎮定的樣子，忍不住腹誹，明明沒那個膽子，還偏偏針對少奶奶，有冤屈了，平反有錯嗎？只因為少奶奶是女子，就不許她插手，要她看，這些御史們沒一個比得上她們少奶奶，皇上會因為幾份破奏摺就罰少奶奶才怪呢！再說了，現今明面上少奶奶是幫十王爺查清，是聽十王爺的吩咐做事，他們無從置喙！

待御史問起青竹前來是為了什麼事，青竹讓小廝把箱子擱下，御史們忐忑的心當即就鎮定了下來，瞧見沒有，被彈劾怕了，特地來賄賂他們了，這表明什麼，表明了她知道錯了啊！

御史個個挺直了腰板，面色繃了起來，一甩袖子。「國公夫人這麼做是在侮辱我等，彈劾監督百官，肅正國風是我等的職責！」

這個說完，那個又站出來，青竹是錦雲的貼身丫鬟，說給她聽就是說給錦雲聽，這麼好的機會，一肚子窩囊氣還不好好抒發一下，沒法跟太后交代啊！

青竹和兩個小廝站在那裡，滿臉黑線，連插嘴的機會都沒有，剛要開口就被御史揮手阻止了，她只是個丫鬟，不許她說話，她還能說什麼？

整整說了一盞茶時間後，青竹都忍不住要掉頭走了，御史們卻停了，怕說得太多，青竹記不住，他們也口渴了。

常御史正色道：「這些東西，妳還是帶回去給國公夫人吧。」

終於輪到她說話了，青竹正要開口，那邊李御史接話道：「我瞧還是交給皇上定奪吧？」

幾位御史一對眼，此計策甚妙，皇上扔他們奏摺不是說他們做得不對嗎？現在國公夫人都來賄賂他們了，看皇上還有什麼話可說！

青竹聽得手腳無力，看著他們無視她，拎著東西就要進宮，青竹正要說不是給他們的，兩名小廝就拉住她。「青竹姑娘，妳別說啊，妳時常跟著少奶奶進宮，我們也想去皇宮見識一番，回去也好得瑟兩天……」

「就讓我們跟著進宮吧，錯過了這次機會，可就沒下次了。」

青竹被兩個小廝拉著求，眼看箱子都上馬車了，不跟去也不行了，於是兩個小廝喜孜孜地跟在後頭，一路進宮。

御史大人還有些納悶，這幾個下人東西送來了，不及時回去覆命，還跟著他們進宮做什麼？不過進宮也好，這可是人證。

就這樣，一群御史大人去了御書房，青竹帶著兩個小廝走在後面。「看見沒有，就是這條路，往那邊走半盞茶的工夫拐彎，再走半盞茶的工夫，右邊一條路就是去太皇太后的寢殿，那邊一直走，過好多院門，就是貴妃娘娘的寢宮，還有那邊是御花園……」

兩個小廝聽得是津津有味，兩眼冒精光，對青竹除了羨慕還是羨慕，跟著少奶奶就是好，長見識。

兩名小公公在後面跟著，就怕他們亂跑驚擾了貴人們，可是聽青竹介紹皇宮，兩人臉色變了又變，這不對啊，皇宮是他們的地盤，怎麼輪到個丫鬟介紹了，這不是本末倒置了嗎？

兩個小公公身子一凜搶過話權，除了跟青竹他們介紹地方，還解說什麼時候發生了什麼事，比如半夜哭聲啊、井裡出現宮女啊、御書房蓮池裡淹死了太監啊……

聽得青竹和兩個小廝毛骨悚然，直問：「好嚇人，你們不怕嗎？」

兩個小公公嘆息。「哪裡不怕啊，怕得要死，可死人有什麼好怕的，那都是活人害死的，能被害死的不是善良的，就是作惡被人滅口的，冤有頭，債有主，不做虧心事怕什麼？得注意那些活著的人才是，不然怎麼死的都不知道。」

「可不是，太后、貴妃、賢妃身邊的公公看著風光，可是死的時候也很慘，前兒個賢妃宮裡就死了個宮女，是在屋子裡上吊死的呢！我偷偷告訴你們，我以前聽過那宮女說，她最怕的就是上吊死了，沒想到她最後吊死了，那死狀，我嚇得一宿沒合上眼。」

另一個公公感慨。「要說當差，還是在皇上跟前最好，百官趕著巴結不說，還沒幾個人敢害，除了皇上，就數太皇太后了，只是太皇太后宮裡的管事嬤嬤很厲害，不許亂嚼舌根，不過性命至少安全，沒人敢害，什麼時候我們兩個能去皇上和太皇太后跟前當差就好了。」

兩個小廝是連著點頭，有個好主子太重要了，兩人慶幸能有錦雲這麼個好主子，不欺負他們不說，有什麼困難，少奶奶和底下的人還幫他們，有個名喚小同的小廝，前些時候娘親病重，不夠錢抓藥，找青竹問能不能預支兩個月的月錢。青竹一聽，這哪行啊！一家子老老小小都指望他，預支了錢，能挨過眼下，下回呢？於是二話不說，掏出五兩銀子塞給他，但也不是白給，小同家裡還有個小妹，等家裡安頓好了，讓她去府上做工，這算是提前給的工錢，喜得小同差點給青竹跪下。

兩個太監羨慕啊，只恨沒長眼，進宮混飯吃，殘了身體不說，還性命堪憂。

青竹同情他們，邊走邊說話就到御書房了，這些小公公是不許靠近御書房的，只能遠遠地看著，流露羨慕之色。

常安出來就見到青竹他們三人和兩個小公公告別，看到他們那麼熟絡，常安擺手道：「以後你們兩個就跟著我。」

兩個小公公一愣，隨即大喜，跪下就道謝，常安掃了兩人一眼。「真是不知道規矩，我又不是主子，跪什麼，起來吧。」

接著，常安看著青竹。「少奶奶真的賄賂御史大人們了？」

青竹扯了下嘴角。「我們少奶奶什麼性子，您還不知道嗎？」

常安一笑。「我瞧著也不像，皇上還等著呢，進去吧。」

青竹進去了，兩個小廝不許進，就在門外跟兩個公公待在一起，繼續聽皇宮的事。

進了御書房後，常御史就指著箱子問青竹。「這是妳奉命送去御史臺的吧？」

青竹點點頭，常御史就望著皇上了。「皇上，這可是人證、物證俱在。」

葉容痕端起茶啜著，青竹上前一步，有些膽怯道：「御史大人怕是弄錯了，這些是奴婢奉少奶奶之命送去御史臺的，但不是賄賂御史大人的，這裡面大多都是養胎的藥，你們吃也不合適啊！」

幾位御史的臉頓時窘紅，怒氣橫生。「那這玉雕呢？」

青竹有些無辜，怯怯地退後一步。「這些東西是刑部左侍郎府的賀夫人送給我們少奶奶的，感謝我們少奶奶替安國公府查案，你們時常彈劾少奶奶，少奶奶怕了，怕再多一條收受賄賂之罪，又不好把東西還回去，這不是就讓奴婢送御史臺，先問問你們，要是能收，她就收，不能收再還回去。」

幾位御史的臉色青紅紫輪換著變，她收東西還送御史臺給他們看一遍！他們又不是她的管家，氣煞人了！

葉容痕難得看到御史臺一群老頑固色變，他們職責就是找人家的錯處，科舉殿試授予官職，這群御史像是約好似的，一人監督幾個，三個月期限一到，硬是彈劾了七、八個進士，還是證據確鑿的，葉容痕真是服了他們，這會兒嘴角也忍不住劃過一絲笑意。「除了查看這些禮物之外，還說了什麼？」

青竹忙回道：「少奶奶說了，這些東西她應該可以收，只是不大放心，等御史臺給個明話，再讓奴婢去當鋪把這些東西當了，換了銀子找十幾個小廝，專門守在幾位御史大人府上的大、小門處，無論是拎著食盒還是包袱進去，都記下來，我們少奶奶想看看幾位御史是不是也兩袖清風……」

錦雲的性子，葉容痕和常安都知道，這麼正大光明地有仇必報，還真的讓人忍俊不禁，心底都忍不住大喝一聲好，十幾個小廝，花不了幾個錢，卻能給這些御史添堵，只怕今兒一過，沒人敢彈劾她了。

幾個御史滿心憤懣卻不敢說出來，不敢在葉容痕跟前說錦雲做得不對，若是兩袖清風，怕什麼？

「這些東西能收嗎？」青竹就想得到個準確答覆。

常安直在心底搖頭，葉大少奶奶一出手就是一百六十萬兩，能買多少玉雕、補品了，又豈會把這些東西放在眼裡？只是礙於情面不得不收啊，還得擔心被彈劾，這日子過得他都覺得憋屈，這些個老頑固必須看緊了！

常御史咬牙說可以，青竹就朝皇上告辭了。「那奴婢就出宮換銀子找人了。」

幾位御史險些吐血，青竹又加了兩句。「小廝會搬凳子坐在御史大人府上對面，應該不妨礙幾位大人，希望別出現被打殘、打死的事，殺人要償命……」

幾位御史差點站不穩，咬牙認了。

等他們各自回府的時候，常御史就見到一個小廝擺了一張凳子坐在府上大門外五、六米處，搖著一把扇子，怕太陽曬，還撐著把傘，對面還有個婦人拎著個食盒過來。

「二根，你這孩子，吃飯也不知道回去，也不知道你走了什麼狗屎運，竟然揀了這麼份好差事，回頭忙了，讓你小弟來替你看兩天，趕緊吃吧，飯菜還熱著。」

二根接了碗，迫不及待地吃起來，含糊不清道：「娘，人家給了我一兩銀子呢，比起大哥給人做工，我的活兒輕鬆多了，我可得盯仔細了，晚上我要不要拿鋪蓋來住下？」

「東家讓你盯到什麼時候？」

「什麼時候關門，我們什麼時候下工，偶爾要出來巡一回……」
「你這孩子，真是有福氣，大戶人家關門早……」
常御史聽得差點吐血，幸好管家扶住了，管家一臉無奈。「奴才剛剛打聽了，他什麼也不瞞著奴才，東家給了他三兩銀子，讓他先盯三個月，表現好，再加工錢，這得盯到什麼時候去？」
常御史聽得直擺手，進了內院，就被夫人和女兒一陣抱怨。「被人盯著大門和小門算怎麼回事，欺人太甚了！老爺，你繼續彈劾她！」
常御史坐下喝茶平復心情，嘴角苦笑。「我哪裡還敢彈劾她？丫鬟說盯著我們幾個的府邸，皇上一句話都沒說，這不是認同了又是什麼？吩咐下去，別想著給人家苦頭吃，就當他們不存在吧。」
常御史的夫人扭著手裡的帕子。「這口氣我嚥不下去，我進宮見太后去！」
錦雲派人盯著諸位御史大門的事，像一陣風颳遍京都，酒樓街道都笑談，全豎起大拇指，讚道國公夫人葉大少奶奶好氣魄，先是要替安國公府翻案，又惹上一群御史，從來都是大家巴結御史，請他們網開一面，沒想到還可以這樣，你彈劾我，我就努力抓你小辮子，看誰狠。
但是，錦雲有仇必報的性子也傳遍京都了。
老國公又怎麼會不知道？無奈地搖了搖頭，對葉老夫人道：「她這性子倒是像足了右相，天不怕，地不怕，只是得罪的人太多了，還得收斂點才好。」

葉老夫人這些日子高興呢，對錦雲是寶貝得不行，聽老國公這麼說，她都不高興了。

「要說這事還得怪御史臺，安國公府的案子過去七年了，都沒有平反，錦雲有心伸冤，這是好事，自己沒本事還不許別人做，這是哪門子的理，他們彈劾錦雲和暮兒也不是一次、兩次了，錦雲又是懷了身子的人，脾氣總會怪一點。」

老國公頓時無語，瞅著那輪椅，這東西的威力真這麼大嗎？自從有輪椅後，自家夫人都這麼護著錦雲了。

「還是謹慎點好，再這麼下去，往後看誰還敢跟她往來。」

王嬤嬤笑道：「少奶奶也不是處處針對人的，別人要是不尋她錯處，少奶奶很好說話的，逐雲軒上下對少奶奶是讚不絕口，心服口服，就連奴婢要問句話，那些個丫鬟都拐彎抹角地繞著，對少奶奶忠心著呢！」

葉老夫人和藹地笑著。「該提醒她兩聲了，如今國公府是她當家，丫鬟可不只是逐雲軒一個了，日子久了，肯定會不滿的。」

夏荷去的時候，錦雲正吃著酸果，一邊翻看著書籍，看得津津有味。

青竹在屋子裡擦桌子，見到夏荷進來，忙放下抹布迎了上去。「夏荷姊姊怎麼來了，可是老夫人有什麼吩咐？」

夏荷給錦雲行禮，然後道：「奴婢來不是什麼大事，只是老夫人讓奴婢來提醒少奶奶一聲，少奶奶如今是國公府當家主母，丫鬟不止逐雲軒這麼些人，如今倒還好，沒出什麼事，老夫人怕日子久了，會出矛盾。」

南香走了過來。「哪裡沒有，前兒在花園裡採花就聽丫鬟抱怨了，說工錢比不上逐雲軒的。」

谷竹也點頭，她出門就會遇到丫鬟求她想進逐雲軒幹活，聽得谷竹心裡很不是滋味，她現在每個月少說也有百兩銀子分紅，雖然不大手大腳，可也沒忘記以前沒錢的苦日子，有心想幫幫她們的，只是這話不好開口，總不能讓少奶奶拿私房錢去貼補吧，雖然那只是九牛一毛。

夏荷見錦雲把這事放在心上，便回去了。

之後，錦雲讓春兒幾個人出去轉了一圈，等她們回來稟告後，錦雲就冷笑了，還真是不死心。

挑起這事的不是別人，正是葉大夫人，從佛堂放出來又開始蹦躂了，這第一個下馬威就是挑撥丫鬟內訌，既然是當家主母就得一碗水端平，逐雲軒的丫鬟是丫鬟，逐雲軒外的丫鬟就不是了？既然都是她的丫鬟，就應該依照逐雲軒的工錢給，不然大家怎麼安心替她辦差？

張嬤嬤看著錦雲。「少奶奶是有不少私房錢，可也不是這麼揮霍的，逐雲軒的月例比外面高，這一旦起頭，可就不好回頭了。」

錦雲自然知道是這個理，可是矛盾已經出來了，不解決只會像雪球一樣越滾越大，最後還真不好收拾。
錦雲翻看了帳冊，讓幾個丫鬟算清楚，這月例該怎麼訂好，若是全依照逐雲軒的標準，這月例每月要多花上二、三百兩。
錦雲合上帳冊，吩咐了青竹幾句，青竹便去了寧壽院，把她的安排告訴葉老夫人一聲。
葉老夫人聽得愣住，王嬤嬤道：「主意是不錯，可是每年多給兩個月的月例是不是太多了？」
青竹回道：「不是每個人都會有多兩個月的月例，得看她平時幹活認真程度，評分高的才有兩個月月例，評分中等的只獎勵一個月的月例，若是犯了大錯，那就沒有獎勵。」
「可是每個月多一天假，這個就不用了吧？」王嬤嬤道。
葉老夫人笑道：「多一天不礙什麼事，就這樣執行吧。」
這消息一傳出來，祁國公府上下都沸騰了，少奶奶這標準好，幹活還能多得兩個月的月錢，每個月還多一天假，以前是兩天，現在就是三天了，大朔的朝廷官員「十日一休沐」，她們的待遇都快趕得上那些官老爺了，可是整個京都獨享的待遇呢！
努力幹活，多兩個月工錢能買不少東西呢，而且還是過年前評比發放，正好拿這筆錢讓一家子過個好年。逐雲軒外面的丫鬟已經盤算多拿兩個月的月錢買什麼好，得買一身新衣裳，多秤十斤肉，給小弟、小妹買糖果，還得給爹爹、娘親做雙好鞋。
至於逐雲軒內有些丫鬟不高興，畢竟月錢跟之前比起來少了，雖然辛勞工作，年底發放後得到的錢還是跟以前一樣多，可是跟外面丫鬟就沒什麼區別了。

青竹知道有人不高興，直道：「如今少奶奶不同以往了，她掌管的是整個國公府，心不可能只向著逐雲軒，不然也難以服眾，若妳們因為待遇跟外面丫鬟一樣就心生慢待了，妳們的月錢可能還沒有外面的丫鬟多，每人皆比照這個標準，至於其他，妳們畢竟是逐雲軒的丫鬟，是少奶奶的心腹，外面的丫鬟可比不了，多勞多得，用心辦差的丫鬟，少奶奶不會虧待妳們。」

至於這個不會虧待，就是錦雲每個月會有十兩銀子的打賞，專門打賞給廚房和院子裡忙活的丫鬟，若是當月少奶奶沒有打賞完，會在月底平均賞，也比外面的丫鬟多了不少。

再者，青竹幾個也有別的打算，她們這些丫鬟忙活之餘，閒暇時間多，可以做做荷包、繡繡帕子，她們的鋪子和春兒她們的鋪子都可以收購，工錢比外面的多一、兩個銅板，前提是必須在閒暇時做，不然因為忙私活就耽誤了幹活，以後都不用在逐雲軒待了。

那些丫鬟算了下，每天花一個時辰繡荷包，能繡兩個，每個月就是六十多個，比外面至少多六十文錢呢，好的話就是一百多個，就有一百文錢，這是多出來的部分，再除去成本，每月能掙至少三、四百文錢銀子，那些丫鬟高興不已。

其實更讓她們高興的還在後面，青竹幾個丫鬟想了想，她們早早睡了，躺在床上也是睡不著，這晚上的時間可以善加利用，以前丫鬟屋子裡的燈油用量都有限制，只有那麼多的數目，熬不了夜。

青竹便提議讓丫鬟湊在一起，五、六個人在一間屋子裡，晚上可以繡帕子、繡荷包，甚至做衣服都行，這燈油每個月多給點，湊在一起夠用了。

這些丫鬟們個個高興歡呼，晚睡半個時辰根本不礙什麼事，白天都不打盹，躺在床上也是浪費，多掙些錢也是好的啊！

為了讓荷包好賣，青竹幾個丫鬟還親自教她們如何繡，每個人繡一種花樣，時間久了，速度就快了，到時候掙得更多，雖然枯燥些，不過能掙錢就行了，再說，一群丫鬟在一起，哪會枯燥？

錦雲這制度可不得了，在整個京都颳起了大風，許多丫鬟、小廝都想去祁國公府當差，大家都在談月錢的事，眼裡、心裡全是羨慕啊，惹得其他府上當家主母個個憤怒不已。這些丫鬟、小廝都是她們的，平常給他們發工錢的也是她們，怎麼，現在心都向著祁國公府夫人了，她給過他們半個銅板嗎？

氣歸氣，可一直由著下人不滿，做起事來就開始漫不經心、拖拖拉拉的，像是約好了一樣，逼得京都大小官邸、商家都開始抱怨，氣憤之餘就跟著祁國公府實行考察制，通過考察者，年底能多拿兩個月的月例，只是制度要嚴格得多。

不過有些管家嬤嬤高興啊，這評比的筆可是握在她手裡，到時候評比的時候，收荷包還不得收到手軟？這就是只學了皮毛沒學到精髓了，錦雲的評比制度可是大家一起的，不是由一個人去評比，那面評比牆就擺在那裡，用的是扣分制度，滿分一百，挨一板子扣五分；辦事不力，比如差事沒按時完成，扣五分；手腳不乾淨，全扣掉；亂嚼舌根，扣二十分。

基本上就是按家規來執行的，違反祁國公府規矩的都處以扣分懲罰，錦雲講究的是公平公正，別的當家主母要的是籠絡人心，這兩個月的月例可不是筆小數目，誰給她們評比，她們還不得巴結？一下子主母的地位就鞏固了不少。那些個鬼鬼祟祟的姨娘本來就沒多少月錢，平常兩百文錢就能收買丫鬟辦事，現在可不行了，一個弄不好，二兩銀子就沒有了，可冒不得險。

時日久了，當家主母的日子就好過了，心裡又開始念著錦雲的好，反倒那些姨娘恨起錦雲，不過錦雲長什麼模樣她們都不知道，這點兒恨意根本不痛不癢。

只是丫鬟都多發兩個月的月例，那些夫人、侍妾、名門閨秀們，總不至於連丫鬟都比不上，每年也得多發兩個月的月例啊！

多了兩個月的月例，姨娘該幹麼又可以繼續做了，所以這嫡庶妻妾的爭鬥又開始平衡了。

這些錦雲都不知道，只安心地在逐雲軒養胎。

這一天，青竹正端著燕窩要進屋，院門口急步跑進來一個丫鬟喊住她。「青竹姊姊，外面有個男子要進府，守門的沒給進，我正好瞧見了，說是有急事找妳和谷竹姊姊的，他說他叫李莊。」

青竹皺了眉頭，李莊是她們請的掌櫃，專門負責照看鋪子，怎麼會來這裡，莫不是出了什麼事吧？

青竹咬了下唇瓣，對珠雲道：「妳先去問問出什麼事了，我去跟少奶奶說一聲。」

珠雲連著點頭，快步朝外走去。青竹則進屋了，原是想稟告錦雲一聲，可是現在出什麼事還沒弄清楚，不能煩擾錦雲，便忍著沒說，她靜靜地聽錦雲在撫琴，心裡欽佩得不行，少奶奶才學琴沒多久，就彈得這麼好了。

偏院處，葉容頃靠在小榻上，眼睛瞇著快睡著了。「彈這麼軟綿綿的曲子，我都快要睡著了。來人，去叫她彈個歡快的。」

屋子裡除了葉容頃的貼身公公外，還有在看書的安景成，聞言，他瞥了葉容頃一眼。「初學琴藝，彈成這樣已經很不錯了，她應該是彈給肚子裡的孩子聽的。」

「聽皇祖母說，胎兒小的時候最是容易受影響，她彈這麼軟綿綿的曲子，將來生的是個女兒還好，要是生個男孩這樣子那還了得，去，讓她彈個霸氣十足的！」

小公公端著糕點過來，不解地問：「要是個少爺的話，霸氣十足很好，可是要是個姑娘也霸氣，那就不妥了。」

葉容頃一時無言，在他看來，右相那樣就充滿了霸氣，錦雲至少有七分像右相，膽子特大，可要是再生個女兒還這樣，那還了得？不過聽這樣的曲子，真是沒勁，雖然好聽，可是他喜歡好玩的，像那什麼青蛙歌。

在床上躺了幾天，葉容頃實在是躺不下去了，吩咐安景成。「你去推輪椅來，我要出去逛逛。」

小公公暗瞥了安景成一眼，猶疑要不要去搶推輪椅這事，現在右相要替安國公府翻案，皇上也說了，若真是冤枉的，就恢復安國公府爵位，屆時安二少爺肯定就是國公爺了，看樣子還是個權力不小的國公爺，王爺讓他推輪椅是不是不妥啊，這不是把人當小廝使喚嗎？

安景成沒說什麼，把書放下，去推了輪椅來，然後要上前抱葉容頃坐上去，葉容頃臉一黑，他只是斷了一條腿而已，又不是兩條腿都斷了，扶一下不就成了？

於是抓著小公公的手，葉容頃坐到輪椅上，然後出門了。看到外面的花，葉容頃興奮不已。「還是外面好，若在屋子裡繼續待下去，我都要悶死了。」

在花園裡逛了逛，他就要出偏院去找錦雲了，故事還沒聽完呢！

只是走到半道兒上，葉容頃忽然大叫。「回去，趕緊回去，快啊！」

安景成莫名其妙地看著葉容頃，要出來的是你，趕著回去的還是你，剛剛不還很高興，甚至還應景地作了句不倫不類的詩。安景成正要問，就見葉容頃把扇子打開，遮著臉，對面走來一個小姑娘，安景成眸底逸出一絲笑意，原來如此。

溫寧帶著丫鬟走來，遠遠地就瞧見了安景成，不知道他是誰，如扇貝般的睫毛眨巴了好幾下。然後，看見小公公的身影和一台輪椅，還以為是遇上了葉老夫人，可是一想不對，葉老夫人身邊的應該是丫鬟才對，怎麼會是公公呢？

於是她心裡好奇走了過來，就見到拿扇子遮臉的葉容頃，溫寧一把抓下他的扇子，擔憂地問：「你不會從馬背上摔下來把臉也給摔醜了吧？」

葉容頃一聽這話，惡狠狠剜了她兩眼。「我臉好著呢！」

「哪裡好了，看這裡還有傷疤呢，這裡還破了。」溫寧故意指著他的臉，誇大其辭道：「這還是小傷疤呢，等你長大了，這傷疤也會長，到時候就很難看了。」

葉容頃的眼睛裡有小火苗燃燒著，一臉鄙夷。「頭髮長，見識短。走，去逐雲軒聽故事去。」

安景成推著他繼續朝逐雲軒走，溫寧快步走到他跟前。「你說過，誰先搶到表嫂，表嫂就給誰講故事的。」

說完，溫寧朝葉容頃一吐舌頭，拎起裙襬就朝逐雲軒跑去，留下葉容頃傻愣愣地看著她，待他反應過來，大叫道：「小圓子，你趕緊給我追，你要是追不上，我打你五十大板！」

小圓子屁股感到一疼，這就叫自作孽不可活啊，以前葉容頃想聽故事就來找錦雲，也碰到過溫寧兩次，有時候在大門口遇上了，兩人搶錦雲，葉容頃喜歡聽打仗的故事，溫寧喜歡聽童話故事，時間就那麼多，誰搶到算誰的，溫寧哪裡跑得過葉容頃，回回都是她落後一截。

但是今天人家兩條腿完好，葉容頃坐在輪椅上，連台階都上不了，怎麼追？只好反過頭來欺負他一個小奴才。

小圓子不動。「堂堂一個王爺，跟個小女孩一般見識，太丟臉了，奴才寧願挨板子。」

小圓子知道十王爺不會打他的，怎麼會打呢？就他一個人跟著十王爺，安少爺有時候要出府辦事，吃喝拉撒睡全靠他一個人撐著，再說，因為這事打他，回頭傳揚出去，十王爺的面子往哪裡擱，十王爺是出了名的愛面子啊！

小圓子堅決不去，可是他忘記了，葉容頃可不是好惹的，打他不行，但不代表沒別的懲罰啊！

葉容頃眼珠子一轉，笑道：「你這麼瘦小，肯定追不上她，從今天起，你要努力鍛鍊身體，來，繞著國公府跑一圈，這是命令！」

小圓子愣然。「不、不是，王、王爺，您看奴才這身材、這肌肉，不用鍛鍊了吧？」

「有兩斤肌肉沒有？」

「絕對有！」

「來人，把他的肌肉給我割下來秤秤。」

「……王爺，您這是要奴才的命啊，奴才跑就是了。」

小圓子哀怨地瞅著葉容頃，葉容頃用那隻完好的腳去踹他。「給我趕緊跑！」

進了逐雲軒，安景成就回去了，交由春兒來推葉容頃進屋，還沒進去呢，就聽溫寧嘟著嘴道：「娘親和祖母都被大哥給氣病了，爹不在家，不然肯定要打斷他雙腿。」

葉容頃一聽，眼睛猛眨，好奇問道：「為什麼要打斷溫彥表哥的腿，他犯什麼錯了？」

屋子裡，其餘人都看著溫寧，這實在是太讓人好奇了，錦雲也好奇呢，可是溫寧只顧著瞪葉容頃就是不說，然後湊到錦雲耳邊嘀咕了好幾句。

「表嫂，有沒有什麼藥，吃了能讓人不生氣的？」

錦雲滿臉黑線，嘴角猛抽，纖纖玉指揉著太陽穴，肩膀還在抖，最後實在忍不住笑了出來。「妳大哥還敢回家嗎？」

溫寧搖搖頭。「大哥不敢回來，只寫了封信說，要是爹娘不打他，他就回來，要是打他，他就亡命天涯去了。若不是信封上寫了讓祖母先別生氣，祖母都能被大哥給活活氣死。」

錦雲真是服了溫彥，明知道這麼做會惹得溫老夫人大怒，他還敢做，要說他做了什麼？這事還得從賜婚聖旨說起，之前溫夫人要給他說親，讓他娶永國公府二小姐上官凌，溫彥不想娶，就讓葉連暮幫忙搪塞，最後還真的從葉容痕那裡求了份聖旨回來，上面只寫了他的名字，還空出來一部分留著寫女方名字。

科舉之後，溫彥也被安排了差事，上個月，被葉容痕派去通州辦差，誰想到，他竟然把賜婚的聖旨也帶去了，估計是怕留在府裡，被溫夫人給燒了，防備著呢，只是沒想到在通州，他竟然遇到了喜歡的姑娘。

據說當時為了查找官員貪墨的罪證，溫彥就換了小廝衣服去應徵家丁，混進府裡，偷偷去人家書房找證據，最後被府上少爺給抓個正著，要活活打死他，沒誰替他求情，最後還是那官員家一位寄居的表小姐路過看見了，就幫著說情，這才免了板子。

打那天以後，溫彥除了查找證據之外，就在意起這姑娘了，發現她很善良，時常被府裡其他姑娘欺負，也不吭一聲，而是夜裡偷偷繡針線，讓丫鬟拿去賣銀子，時日久了，溫彥就陷入情網了。

某天夜裡跑去表白，結果嚇哭了表小姐，丫鬟追著他打，說他是登徒子，她家小姐即便是寄人籬下，那也是主子，豈是他一個小廝能覬覦的！

那時候，溫彥已經掌握了官員貪墨的證據，都打算回京了，可是心裡實在捨不得，這才夜裡去表白的。

其實也是事出有因，當家主母要把她嫁給個男子做填房，他怕自己一走，她可真就出嫁了。他在姑娘家的屋子裡這麼鬧騰，正巧被起夜的丫鬟瞧見了，府裡姑娘早看表小姐不順眼要除去她，尤其她竟然夜裡偷偷會漢子，這不是敗壞府裡姑娘的名聲嗎？

丫鬟喊了一嗓子，然後大家都圍過來了，那表小姐又羞又怒，氣急之下，竟然選擇撞牆，當然，最後被溫彥給救下了，沒死成。

大晚上的，整個府裡都轟動了，丫鬟、婆子拎著棍子就來捉姦，又哭又鬧了半天，溫彥沒理會他們，拿了筆墨，掏出聖旨把那小姐的名字填上去，人家原本是來捉姦的，他就在屋子裡候著，給人家宣讀聖旨，一屋子的人全懵了，什麼叫他是特地來給溫太傅府上大少爺尋嫡妻的？

那官員只是個從四品小官，哪裡高攀得上太傅府，那可是當今皇上的舅家！這麼好的事，簡直是上輩子燒香，有太傅府做靠山，將來定是青雲直上，趕緊吃好喝好地伺候著，難怪他在府裡有些鬼祟，也不像小廝，連地都不會掃，原來是溫大少爺的人。

可是溫彥沒理會他們，只說三天後會派人來接表小姐進京，然後就走了。

可是一出府，就想起來，這事沒先跟爹娘說一聲啊，又趕緊寫信，三天根本不夠用，只好把那表小姐接到小院住下，這不，不敢回來了。

聖旨下了，娶是必須要娶的了，可是對溫府來說，根本沒人把那聖旨當回事，倒不是不尊重皇上，而是這聖旨是溫彥自己求回來的，並非皇上的意願。

溫夫人氣得躺在床上兩天了，溫老夫人也是頭疼，溫太傅在瓊林書院教學，聽到這消息，恨不得要轟他出家門；然而，一邊是聖旨，一邊是獨孫，不能這麼做，只氣得直吹鬍子，要說葉連暮當初行為過分了，可到底是情有可原，是為了大局考慮，可他呢？

溫寧實在想不到處理辦法，只好來找錦雲了，溫寧皺著眉頭。「爹爹還不知道呢，要是爹爹知道了，大哥就算不被轟出府，也得挨好幾十下板子。」

葉容頃聽得直抽嘴角，憋笑道：「這不打哪行啊，必須要打！」

溫寧氣紅了臉。「你說的話，我會告訴大哥，看他以後還理不理你！」

葉容頃立馬不笑了，一本正經道：「他這麼做本來就不合於禮，當初連暮表哥可是被老國公罰跪在祠堂好幾天呢，不就幾十下板子，也不會打死他的。」

不是你大哥，挨打了，你當然不會心疼了。溫寧氣呼呼地想，然後眼巴巴地望著錦雲。

錦雲還真的沒辦法處理這事，她能做的就是讓溫寧帶點靜心凝神的藥丸回去，給溫夫人她們服用。

溫寧一聲接一聲地嘆息。「我都有些想打大哥板子了。」

「回頭溫彥表哥回來了，妳派人來通知我一聲，我去幫妳打。」

「……誰要你幫我了！」

「好心幫妳，妳還瞪我，蠻橫無理，小心嫁不出去！」

「你才嫁不出去，我也去找皇上表哥要份聖旨，哼，真嫁不出去，我就把你名字寫上，氣死你！」

「妳要是嫁給我，妳就得聽我的！不然我休了妳！」

「聽我的！」

另一人不甘心回道：「聽我的！」

一屋子丫鬟都捂嘴笑，錦雲也忍俊不禁，並不阻止，沒想到最後葉容頃敗下陣來，沒辦法，溫寧站著比他高，氣勢上更勝一籌。

葉容頃撇過臉去，丟下一句。「好男不跟女鬥。」

「你以後還跟我搶表嫂，你就不是好男。」溫寧哼道。

說完，溫寧挨著錦雲坐下，把耳朵湊到錦雲的肚子上，仔細聽，然後瞪了葉容頃一眼。

「連他都說你不是好男。」

葉容頃滿臉黑線，剛生出來的孩子都不會說話了，何況還沒生出來的呢。他小聲嘀咕。「以後還是躲著她遠點兒，萬一真嫁給我怎麼辦，我可不想娶個傻子。」

溫寧再次被惹毛，恨不得過去打他了。

你說不娶就不娶，我非得嫁，氣死你！

溫寧沒從錦雲這裡想到辦法，就直接進宮了，找皇上要份聖旨，希望能下旨讓娘親、祖母別生氣。

葉容痕無奈，給了她一個口頭聖旨，溫寧還問了許多，這管不管用。

常安連著點頭。「皇上金口玉言，說出口的話就是聖旨。」

溫寧這才放心，剛出了御書房，一想起葉容頃的事，她又跑回去。「皇上表哥，你給我賜婚吧，我要去氣死那個混蛋。」

「哪個混蛋？」葉容痕不解。

「就是十王爺，他罵我蠻橫無理，還說我會嫁不出去！」溫寧氣啊，可是氣過後，她又擔心起來，因為娘親、爹爹以及祖父母都說過她嫁不出去，連他也這麼說，溫寧真擔心自己嫁不出去了。

葉容痕想笑，心想十王弟與她也算般配，又是她主動求的，便答應了。

溫寧的心大定，蹦著跳著出宮了，回到溫府後，溫寧就衝到溫夫人床前。「娘，我能嫁出去了，我剛剛進宮求了皇上表哥，他答應我可以嫁給十王爺，還可以好好氣他呢！他要是欺負我，皇上表哥還幫我作主。」

溫夫人頓時淚流滿面，她生了一子一女，沒能挑兒媳婦，現在連女婿都沒法挑了，一個個想活活氣死她啊！她越想越氣，想罵溫寧兩句，就想起那句「我能嫁出去了」。

溫夫人蹙眉。「妳是娘的女兒，怎麼會嫁不出去？」

溫寧茫然地看著她。「娘，妳都說過七次我嫁不出去，還說嫁不出去的姑娘要住尼姑庵，吃齋唸佛！」

溫夫人這才想起來，她是說過，可不是為了嚇唬她嘛，她怎麼就生了這麼一個笨女兒。訂了就訂了吧，為難十王爺了……

皇上口頭賜婚的事傳到葉容頃耳朵裡時，他正在喝茶，一口茶噴老遠。「她真的求王兄賜婚了?!」

來稟告的公公瞅著自己一身茶汁，默默地擦拭了下。「真的求了，皇上也答應了。」

「那個笨蛋，我怎麼能娶她呢？」葉容頃皺眉，就為了氣他，把自己嫁給他，這不是她自個兒送到他手裡，以後還不是想怎麼氣她就怎麼氣她？

有這麼個笨王妃，他將來怎麼在京都立足？還不得被人笑話死。某小王爺心疼、頭疼，渾身都疼。

錦雲在屋子裡繡帕子，小圓子急急忙忙進來。「不好了，十王爺渾身都疼。」她頭也不抬。「沒事，用銀針扎兩下就不疼了，谷竹妳去幫著扎，扎深點兒。」

小圓子見谷竹挑針，那都快有拇指粗的銀針，還說哪裡疼就扎哪裡，這是要把小王爺扎成馬蜂窩啊，他渾身也疼了。「不、不用扎針了，吃點藥就可以了……」

「扎針比吃藥好得快些。去吧，別讓十王爺久等了。」

小圓子站在那裡挪不動腳步，要是十王爺真給她扎，明年的今天就是王爺的忌日了，一個弄不好他還得跟著陪葬，不行，絕對不行。

小圓子真切地看著錦雲，扭捏道：「少奶奶，十王爺是心病，他不想娶溫寧小姐，所以才……」

錦雲淡淡抬眸，繼續落針繡帕子。「十王爺不願意，找我也沒用啊，賜婚的是皇上，該找皇上才對。」

「可是、可是王爺腳疼，沒法進宮，王爺說是因為妳，閒得沒事才摔斷了腿，妳得負責……」

「谷竹，找人推十王爺進宮找皇上退婚。」

「別、別啊，十王爺應該不疼了，奴才去伺候他了……」

小圓子匆匆忙忙趕回去，一說這經過，氣得葉容頃直捶桌子。

小圓子覺得從錦雲那裡下手純屬妄想，還是從十王爺這裡下手容易得多，便勸道：「不就是娶溫寧小姐嘛，像皇上，十天半個月不見皇后都是常有的事，娶回來丟在一邊就是了，也不礙什麼事。」

葉容頃眼睛一橫。「那能一樣嗎，能一樣嗎？她是溫彥表哥的妹妹，還是連暮表哥的表妹，我若是欺負她，挨罵甚至挨打的是我！早知道我見到她就繞道走了。你也是，幹麼不提醒我一聲，我要是被欺負了，我就揍死你！」

小圓子眼淚嘩啦啦地流，關他什麼事，以前十王爺出宮嫌他礙事，都不帶他出宮的，現在出了事怎麼就怪到他頭上，太蠻橫了，十王爺還說溫寧小姐蠻橫，這兩人根本就是半斤八兩，誰也不比誰差，絕配！

小圓子在心底腹誹了一大堆，臉上還是諂媚的笑。「女大十八變，等王爺您娶她的時候，她肯定跟現在不一樣。」

「三歲看到老，現在就這麼笨，將來肯定更笨！」

逐雲軒屋內，幾個丫鬟在爭搶糖果，是張嬤嬤買回來作為兒子張泉訂親的喜糖。

搶著糖果，南香才發現不見珠雲回來，嘟著嘴道：「鋪子到底出什麼事了，珠雲都出去兩個多時辰了，還不回來，我的眼皮剛剛跳了好幾下……」

南香話還沒說完，夏兒就進來道：「珠雲被人給抓了！」

錦雲蹙眉。「弄清楚誰抓的了？」

夏兒點頭。「青竹姊姊她們的鋪子生意越來越紅火，讓人眼紅了，一直有人找碴，今天來找碴的王大貴，有個母舅在永國公府裡做二等管事，平時在西街也算是一大惡霸。」

又是永國公府，安景成找的證據就是永國公府的，那些帳冊寫得有些晦澀，但基本可以斷定永國公府沒明面上看得那麼清白，若是永國公府背地裡真的是支持太后的，那就太可怕了。

錦雲聽夏兒接著說，尤其是那王大貴見珠雲長得漂亮，要納她做妾，錦雲的臉色唰的一下變得冷沈。

青竹幾個人知道錦雲生氣了，都望著她。

「帶四個暗衛去，給王大貴一點教訓。」

一個時辰後，王大貴被吊在鋪子前，嘴裡還塞著布條，圍觀的人裡三層、外三層地圍著。

「兩位姑娘，我們能不能扔爛菜葉和臭雞蛋？」有人問。

西街惡霸被人給綁了，而且被打得快認不出來，大家都拍手叫好，以前受過王大貴氣的，都想乘機出口惡氣，恨不得上去踹兩腳才好，手癢著呢！

珠雲笑道：「爛菜葉可以，只是臭雞蛋太臭了，就不用了，若實在想扔，就扔石頭吧。」

眾人無言。「……」

忽然，一個拳頭大的石頭扔了過來，直接砸在王大貴的肩膀上。「讓你踹翻我爹的攤子，我砸死你！」

然後，一大堆石頭、爛菜葉朝王大貴飛來，可憐王大貴橫行霸道了好幾年，第一次被人砸成這樣。

砸得正歡時，有人出現來替王大貴出頭了，還是永國公府的管事。

青竹不怕永國公府的人，還怕他們不來呢！

那管事二話不說就上前抓青竹，青竹示意他停下，冷笑反問：「我倒是要問問，我怎麼侮辱永國公了？」

那管事回頭看著王大貴的妻子孫氏，孫氏便道：「『別說是永國公府一個管事的，就是你們永國公也得掂量著來』這話是不是妳說的？舉頭三尺有神明，妳若是否認，妳會不得好死！」

青竹冷笑。「我是說過，可我說錯了嗎？仗著母舅是永國公府的管事，就欺大壓小，無惡不作，還來找我們鋪子的麻煩，這等宵小行徑，永國公會做？不用掂量著來嗎？我說錯了什麼，哪裡對永國公不敬了，還是你們認為永國公會為難我們幾個姑娘，指使你們來誣衊我們鋪子？」

青竹一連串的反問，問得那管事的額頭青筋暴起。永國公怎麼會為難她們，這樣的壞事永國公怎麼會做，若現在他來抓她們，這不是說永國公是這樣的人嗎？聽著四下鄙夷聲起，說永國公仗勢欺人，連家奴都如此，欺負兩個手無寸鐵的姑娘，永國公會是什麼好人才怪；又說這鋪子裡賣的東西物美價廉，是她們心目中的雲暮閣，她們沒膽子去雲暮閣逛逛，卻時不時來這鋪子走走，買點兒胭脂水粉，比外頭的好用還便宜，竟然被人這麼誣衊，實在是氣人！

青竹見大家反應這麼強烈，心裡很滿意，她要的就是這個效果，若是永國公府還對鋪子做什麼小動作，那可就是坐實了永國公氣量狹小之名了。

管事覺得有些壓力，抹了抹額頭上的汗珠。「兩位姑娘，這人妳們也懲治過了，就放了吧？」

珠雲上前一步。「放了？之前他抓我的時候，有想過放了我嗎？看見沒有，這麼多人朝他扔爛菜葉，他會是個好人嗎？無惡不作，今日落到我們手裡，沒連著他媳婦一起抓已經很好了，總管還想替他求情，好讓他繼續作惡，欺負良民嗎？永國公府連這樣的人也包庇，當真是讓人大開眼界了。」

都說近朱者赤，近墨者黑，包庇壞人的人十有八九不是什麼好人，管事的額頭直冒汗，一甩手，不管孫氏了。他看出來這兩個丫鬟是咬住了永國公，他要救人就跟王大貴是一夥的，不是好人，這連累永國公名聲的事，借他三、五個膽子也不敢做啊！

孫氏繼續號泣，吵得人頭疼，青竹沒搭理她，珠雲則臭著一張臉，等了一會兒，衙門來人了，把王大貴帶走。

珠雲適時地說了一句。「等王大貴的事定下了，還請官差大哥去祁國公府告知我們一聲。」

為首的官差身子一凜，這是要搭上祁國公府的線啊，可是別人求都求不來的事呢！當下連連應是。「會的，這王大貴罪證確鑿，很快就會有判決，不死也得流放千里，一定會告知姑娘的。」

珠雲大鬆了一口氣，福身道謝，官差連連擺手，很粗魯地揣著王大貴走了，瞧熱鬧的都明白了，這兩個丫鬟是祁國公府的，這鋪子十有八九是她們少奶奶的，王大貴敢找祁國公府的麻煩，這不是找死是什麼？活該被打、被流放，這些平頭百姓，恨不得那些壞人都來找鋪子麻煩，然後被帶走。

最後事情鬧得不小，驚動了御史，也驚動了永國公，這包庇惡霸的罪名要多難聽就有多難聽，尤其是被右相一黨的御史彈劾，甚至李將軍一黨的也彈劾他，皇上還親自過問了這事。

要說一個惡霸怎麼可能驚動皇上呢？只因這事情與錦雲或多或少有些關係，她對下人可是很好的，連用膳的時候，心裡都還記得丫鬟沒吃，丫鬟鋪子出事了，她怎麼可能不過問？

安國公府一案的證據直指太后和永國公，葉容痕正不滿呢，如今錦雲故意針對永國公，給予機會，他若是還不乘機給點教訓，這管教不力、讓人狐假虎威的事，有損朝廷威名。

永國公也算是三朝元老了，還是第一次被皇上罵御下不嚴，有損朝廷威名，氣得永國公回府大發雷霆，把與王大貴一家有關的全部打賣了。

永國公夫人皺眉，這些日子國公爺脾氣是越來越差了，擔憂道：「老爺可是有什麼事？」

永國公端著茶吹著。「從安國公府翻案起，皇上就沒那麼信任我了，怕是手裡掌握了什麼證據，上回是帳冊，雖然寫得隱晦，可至少表明了國公府不乾淨，皇上應該看到了……」

永國公夫人臉色一變。「現在該怎麼辦？」

永國公搖頭。「我也不知道，就怕亂了手腳，聽太后的吧，太后也恨不得除掉祁國公府。」

永國公夫人一聽還有太后，臉色頓時輕鬆了不少，他們與太后是一條線上的螞蚱，只要太后不倒，他們也不會有事。

第三十八章　暗潮洶湧

正面對上永國公府，使青竹她們的鋪子聲名大噪，生意比之前火紅了一倍不止，樂得幾個丫鬟笑得合不攏嘴。

張嬤嬤見她們那麼高興，忍不住頭疼道：「幾時少見銀子了，能用多少？少奶奶得罪太后在前，現在又把永國公給得罪了，往後還不知道怎麼樣呢！」

錦雲繡著小虎鞋，聞言輕笑。「以前是背地裡，現在是明面上，越是這樣，太后越是投鼠忌器，我若是出了什麼事，大家首先懷疑的就是她，我爹什麼脾氣，會放過她才怪呢，反倒是府裡這些人，與我恩怨更深，防不勝防。」

錦雲心裡有數，張嬤嬤就安心了，見錦雲繡的虎頭鞋！是粉紅色的，略微有些失望，想著錦雲已經近八個月的身孕了，太醫都能從脈象看出是男還是女，憑少奶奶的醫術，按理應該早知道了。

張嬤嬤笑問：「少奶奶，妳可從脈象中看出肚裡孩子是男是女？如今時候也不早了，該準備孩子出生的物件了。」

錦雲微微一愣，搖頭。「沒有，不論是男是女，都是我的孩子。」

青竹瞅著張嬤嬤，不明白她為何這麼問，女孩若是像少奶奶這樣才好呢，不過要是生男孩就更好了，地位更加穩固。不過青竹不擔心，錦雲的地位不是沒生兒子就會動搖的，就算這回不是男孩，多生幾個總會有小少爺的。

冬兒掀著珠簾進來，聽到錦雲這話，笑著上前道：「奴婢聽說賢妃娘娘把過脈了，四個太醫都篤定是個皇子呢，前頭皇后是兩個太醫說男孩，兩個說是女孩。」

宮裡有規矩，后妃懷孕一定時日後，就讓幾個太醫一同把脈，斷定男女，雖然不是十拿九穩，但大多數時候還是準確的。

錦雲笑笑不語，繼續低頭繡虎頭鞋，沒一會兒，她的臉色就變了，差點把賢妃假懷孕的事給忘了，這些日子實在是聽太多賢妃胃口差，要吃什麼地方的特產、水果，稀奇古怪地讓人咋舌。

谷竹幾個聽過後，還特地私下向常安打過招呼了，以後有啥好吃的、好喝的，皇后、賢妃她們想吃的時候，記得給她們少奶奶捎帶一份。

常安聽後的反應是，有必要嗎？雲暮閣開遍大朔，想吃什麼，吩咐一聲不就送到了？

谷竹搖頭，不行啊，少奶奶就那性子，不願麻煩別人，還說不能嬌慣肚子裡的孩子，尤其是這會兒想吃什麼，說不定等買回來就不想吃了。

常安無奈，只得答應了，回頭跟皇上一說。

錦雲想到那幾個太醫篤定賢妃肚子裡懷的是皇子，加上肚子也不小了，京都這些日子有些風起雲湧，要不了多久就會出大事了吧？

只是這些大事離錦雲還有些遠，畢竟她沒法頂著個大肚子出去蹓躂，不然還不得被人指著鼻子罵，但是待在府裡，日子也不輕鬆。

葉大夫人出來了，她掌管祁國公府十幾年，即便關了一陣子，她的地位也不是輕易能撼動的，她出來才幾天，錦雲連帳冊都拿不到了。

幾個莊子、鋪子的管事，病的病，去吃酒席的吃酒席，嫁女兒的嫁女兒，今兒一個也沒來，倒是派了手底下的小廝送帳冊和銀錢來，結果那幾個小廝糊裡糊塗地把帳冊送去給了葉大夫人！

「糊裡糊塗」四個字就想把責任推得一乾二淨，這是把她當傻子糊弄呢！

連祁國公府誰是當家主母都不清楚，要青竹說，這樣的糊塗蛋，就該回家抱孩子去。幾個丫鬟氣得恨不得把那些管事的通通換掉。

錦雲很大度，一點也沒生氣。「既然她那麼想管，我就讓她管，把之前整理出來有誤的地方給老夫人送去，正好這些錢我都找不到去處，只能讓老夫人麻煩大夫人了。」

青竹把之前整理的帳冊抱在懷裡就去了寧壽院，葉老夫人瞧見青竹來，微微有些詫異。

從那回青竹在西街鋪子前和永國公府管事鬧上，葉老夫人以為那鋪子是錦雲的。事後錦雲笑說鋪子不是她的，是青竹幾個丫鬟自己開的，著實讓葉老夫人驚訝了一回。

丫鬟開鋪子，而且生意之好，就她所知，祁國公府那麼多鋪子，也沒幾間比得上，她也知道錦雲這些丫鬟都是一把好手，沒想到竟能自己在外面開鋪子了，而她這個當家主母也允許了。葉老夫人原想苛責錦雲幾句，覺得她太過縱容丫鬟了，可是一想到錦雲與雲暮閣的關係親近，就什麼話也說不出來，那麼一間小鋪子錦雲應該沒看在眼裡，也就沒苛責什麼了。

自那天以後，葉老夫人就將逐雲軒幾個丫鬟放在了心上，派人多加注意，像青竹除了大事，一般都不出逐雲軒，把錦雲也伺候得很盡心、很妥貼，再加上她又發現錦雲四個小丫鬟也開了間鋪子，收益同樣不錯的時候，葉老夫人徹底無語了，有那本事，還給人家做丫鬟？所以青竹抱著帳冊進屋的時候，葉老夫人下意識地挑了下眉頭，端茶輕啜。

青竹行過禮後，王嬤嬤便問：「可是少奶奶有事？」

青竹輕點了下頭，又輕搖了下頭。「奴婢也不知道如何回答，要說沒事，可對少奶奶來說卻是好事，今兒是幾位掌櫃的送帳冊來核實的日子，可是幾位掌櫃的都有事，只讓小廝送來；可是小廝連著銀子把帳冊送去給了大夫人，許是新來的小廝，不知道府裡現在是少奶奶當家，少奶奶也沒生氣，平素這些帳冊都是奴婢們看的，少奶奶一聽，覺得乾脆把帳冊交出來，讓大夫人幫著管管，這是之前整理出來的帳冊，少奶奶身子不便，一直沒處理，奴婢就給老夫人您送來了。」

葉老夫人微微蹙眉，她也知道，錦雲挺著個大肚子不好管府裡的事，丫鬟看帳冊也不算什麼，哪個當家主母沒兩個幫手？當初王嬤嬤也幫她管帳目，畢竟帳目很瑣碎，有些要反覆算，這些大家閨秀愛的是詩詞歌賦，能算一遍就不錯了，餘下的就讓信得過的丫鬟幫著。她還以為葉大夫人這些年管家，沒出什麼差池，至少沒出大差池到非說不可的地步，原來錦雲是忍著呢。

王嬤嬤站在一旁卻笑了，大少奶奶是真聰慧，葉大夫人是不甘願搬離正院的，又被罰去佛堂，那時候就算查出帳冊有問題了又能如何？不過就是給人一種印象，少奶奶痛打落水狗，不知見好就收，但是現在不同了，葉大夫人安然無恙地被放了出來，前任當家主母貪墨銀錢，足夠再次罰她進佛堂了。

青竹的帳冊寫得很清楚，近兩年帳冊有問題的全部寫上了，葉老夫人翻了兩頁，臉就青了，第一面寫了好幾種珍奇花卉，因為是前年的帳，有些記不得了。

葉老夫人瞥了王嬤嬤一眼。「府裡有過觀音十八笑、十八學士、玉樓春這等名貴茶花？」

王嬤嬤瞧了瞧帳冊，再看日期，回道：「十八學士倒是有過，前年府裡舉辦了宴會，大夫人請了不少貴夫人和小姐來賞花，奴婢記得最珍貴的就是十八學士了，但沒見到玉樓春等。」

府裡本來茶花就不少了，舉辦茶花宴也足夠了，再多一個十八學士就能撐得起門面，帳冊上平白多了好些名貴花卉，卻沒人見到，像這等稀罕茶花，葉老夫人也喜歡，府裡若是真有，怎麼不拿來先給她觀賞，這一看就知是假帳！

後面還有她過壽，買了多少東西、有多少人送壽禮來，帳冊上面寫了好幾筆有出處的地方，有些在外院帳冊上記了壽禮，庫房入帳時卻沒了，這些東西去哪兒了，不言而喻。

這還不算什麼，尤其是雲暮閣開張了之後，國公府買什麼都會入帳，上面記載的都是原本的價格，而國公府有銀質牌子，能打九折，這些折扣的錢去哪兒了？尤其是錦雲和其他幾位夫人買的東西，都是從公中先拿錢支出，可是卻不見歸還回公中的金額，那可是幾千兩銀子！

翻到最後一頁，上面寫了估算的金額，足有一萬三千兩，這還只是兩年！

很明顯，前一年才三千兩，這一年就有一萬兩，實在是雲暮閣給了她貪墨的好機會，葉老夫人氣得嘴皮都哆嗦，她沒忘記那日，葉大夫人義正辭嚴地說公中不會出錢幫她們買東西，只是代墊，結果最後錢全部沒入公中，落到她手裡了！

青竹見葉老夫人那臉色，就知道葉大夫人討不了好，微福了福身子就告退。

待青竹一走，葉老夫人氣得把帳冊往桌子上一扔，眼神冰冷，臉上是壓抑的怒火。「拿去給她，讓她明兒來給我一筆一筆地解釋清楚！」

這一夜，葉大夫人失眠了，想了一夜，不知道如何就那一筆一筆的帳回答老夫人，茶花可以說是小廝、丫鬟笨手笨腳地給打碎了，那些貪墨的壽禮怎麼解釋？丟了？連壽禮都丟了，這是對老夫人極大的不敬，還有那一筆筆本以為是天衣無縫的假帳，沒想到還是被查了出來，葉大夫人在床上翻來覆去地睡不著，正巧窗戶沒關嚴實，吹了些冷風，第二天一早，她有氣無力地躺在床上，臉色發紅，丫鬟一摸額頭，二話不說讓人找大夫來！

人都病了，還發著燒，怎麼去回葉老夫人的話？就打發了丫鬟去稟告葉老夫人。

葉老夫人以為葉大夫人是裝病躲避她，氣得把一個上好的茶盞給扔了，嚇得一屋子丫鬟、婆子大氣都不敢出一聲。

王嬤嬤勸葉老夫人別生氣，勸了好一會兒，葉老夫人才沒那麼氣，王嬤嬤這才問：「大夫人病了，這帳冊該怎麼辦，那些有問題的帳冊又該如何處理？」

對這樣的行為，葉老夫人絕對不會姑息，讓王嬤嬤特地去跟葉大夫人取帳冊，還要她把以前貪墨的銀錢交還公中。而葉大夫人怎麼可能拿出來呢？那可是一萬幾千兩，她如今不是當家主母了，僅憑那些月例和陪嫁，她怎麼會甘心？死都不交，直說國公府虧待她，為國公府勞心勞力十幾年，就得了這點錢，連葉連祈都沒有國公之位，國公府虧欠她的怎麼算？

葉大夫人很激動，加上輾轉反側了一夜沒睡，說著說著就暈倒了，王嬤嬤嚇住了，不知道怎麼辦好，趕緊讓人請大夫，自己回去稟告葉老夫人，請老夫人拿主意。

葉老夫人聽大夫人抱怨國公府虧待她和葉連祈，差點氣暈過去，她要是嫌管家累了，想接手的人數不勝數，霸著不放，回頭又抱怨，害得暮兒差點病死，如今還沒有味覺，她竟還有臉抱怨！

葉老夫人後悔一時心軟放她出來。「等她病好了，讓她每天抄十篇《女誡》、十篇家規給我！她要不滿意，就回佛堂繼續待著！」

等這消息傳到錦雲耳朵裡的時候，錦雲只是微微一笑，對著送帳冊回來的王嬤嬤笑道：「辛苦王嬤嬤跑一趟了。」

王嬤嬤笑得親和。「年紀大了，就該多活動活動，老夫人說了，幾個丫鬟把帳冊管理得很好，一人賞賜了一疋布料，至於那幾個糊塗掌櫃，不能用就撤了。」

日子一天一天地過，朝廷動靜越來越大，有好的也有壞的，好的是南舜節節敗退，如今已經攻下第三座城池了，南舜內部有大臣開始想求和，但是主戰的還是不少，不過照著這情勢，不出一個月，南舜必然求和。

壞的是，朝中大臣都聞出不尋常的味道，比如皇上的臉色越來越差，在早朝的時候很睏，直揉太陽穴，聞綠油精提神，有次手不穩，還把綠油精翻倒在地上，大殿都是綠油精的味道。

偏偏太醫診治過後說皇上身體沒有什麼不適，就是勞累了點兒，乃是憂心朝政的緣故。

葉容痕躺在龍榻上，聽到太醫的診斷，臉色陰沈沈的，這些日子他是累，與北烈開戰損失了三萬大軍，不過真實的死亡人數沒這麼多，因李大將軍為了私下調一萬官兵回京，在呈報的奏摺上虛報死亡人數，這些官兵實則在三百里之外駐紮著！

李大將軍有動作，太后的動作更是不小，一邊是長公主的案子，一邊是安國公府謀逆一案，每件她都脫不了干係，可她又顧忌著右相，她篤定右相不會管皇上死活，不過若是她對葉容痕出手，右相只會打著清君側的旗號滅了她。

太后左思右想，總歸一句話，皇上不能死在她手裡，就算真要殺皇上，也只能用借刀殺人這一招。

而這把刀，最好的人選就是蘇錦好——右相的女兒，若是她殺皇上，右相還能活命嗎？太后算計了多少次，可惜葉容痕對蘇貴妃沒多少感情，沐賢妃和李皇后都懷著身孕，後宮又沒有別的後妃，葉容痕只能去蘇貴妃那裡，但次數也不多，去的時候也是不吃不喝。

太醫走後，常安把解毒丸拿出來。「皇上，你還是先吃了吧，奴才實在是不放心，葉大少奶奶那裡肯定還有，奴才再去要兩顆來。」

葉容痕看著那藥丸，鼻尖聞著淡淡的香味，吩咐道：「找她要些使人精神萎靡的藥來。」

常安會意，親自私下去祁國公府一趟，讓錦雲配藥，而且要她保證對身體無害。

錦雲看著常安。「皇上手裡沒兵權，京都的禁衛軍又握在太后手裡，等賢妃把孩子一生下來，皇上要如何？」

常安嘆息。「奴才也不知道，只能盼著葉大人早日回京了。皇上說，要不了一、兩個月，葉大人就該回來了，奴才怕，他們會等不及出手……」

常安很想問右相能否幫皇上度過這兩個月，甚至還想帶著皇上出宮，先躲過這兩個月再說，邊關大事，其實皇上沒多少作用，什麼叫「將在外，君命有所不受」，皇上最多就是關注一下打了多少勝仗，吃了多少敗仗，該給那些將士們多少賞賜，這些事右相完全可以處理，常安最怕皇上莫名其妙被人給害了。

「南舜戰況基本可以斷定必勝了，可是北烈欺我大朔兵力不濟，已經攻占了我大朔兩座城池，皇上不得不派遣右相手裡的兵力去支援。」

錦雲說過，不到萬不得已，別動右相的兵力，但是現在北烈如此猖狂，不得不增派兵力了。

什麼叫內憂外患，錦雲算是見識到了。

半個月後，一隻雪白的鴿子飛進逐雲軒，落在香藥房前，冬兒抓了鴿子去給錦雲看，錦雲看見鴿子腳上綁著的竹筒，拿下來看了一眼，雙眼寒光閃爍，只見紙條上寫著——

李大將軍進京。

征戰北烈的將軍竟然回京了！這是程立送回的消息，程立如今已經是李大將軍的心腹，這消息應該準確無誤。

李大將軍怕了，賢妃也懷了身孕，四位太醫都斷脈是個皇子，若李皇后生下的是公主，賢妃的孩子肯定會被立為太子，到時候整個將軍府也不會有好下場。

李大將軍雖然是中立的，要說他忠心皇上，那倒不見得，如果李皇后生下大皇子，太后謀害皇上，他絕對會作壁上觀，坐收漁翁之利，尤其是現在右相一黨的兵力也離京了，太后若是想做什麼，輕而易舉。

不過，李大將軍很快就發現，右相並沒有讓所有兵力全部去邊關，還有一萬五千的兵力駐紮在京都之外，就在十王爺新建的馬場內，若是他的兵力要進京，勢必會驚動右相，李大將軍忍不住罵了聲老狐狸，甚至在想是不是派人去暗殺右相才好。

就在這個時候，京都出了件大事，左相府失竊了！

左相在朝中就是一個特殊的存在，與右相平起平坐，可是右相的光芒太盛，左相被人忽視得太久，但是左相偏偏是皇上最忠誠的支持者，右相沒有格外針對過左相，彷彿就是要左相待在那個位置上，免得他被貶斥、被害了，讓李大將軍或是太后的人來頂替。要說這個支持者有什麼作用，就是皇上提出什麼政見的時候，左相站出來支持，可惜手裡沒有兵權，加上朝政被右相把持了，他就是三、五天不上朝，也沒人想起來，其實很悲摧。

但是，這回左相府失竊一事，整個京都都撼動了，第一時間城門關上，挨家挨戶搜查竊賊，不止左相的人，就連右相的人也在搜查，而且似乎比左相還要急切，大家不由得想起這麼多年，右相不針對左相，大家揣測左相手裡是不是握著右相的把柄，而且是致命把柄。

就連葉容痕都懷疑了，他想起先皇臨死前的話，右相有才霸氣，能鎮住太后的只有右相，但是權力太大，會生異心，讓他防範點兒，盡全力拔掉他。

這是先皇的遺命，葉容痕不除掉右相都不行，再加上登基之後，右相越來越囂張跋扈，欺壓他，別說是先皇的遺命，就是他也必須要除掉右相！

可是左相府失竊了，右相這麼著急做什麼？

葉容痕越來越好奇，最後忍不住讓常安去左相府宣旨，把左相找去了，左相跪在地上。

「臣有負先皇所託……」

葉容痕更好奇了。「先皇所託？」

左相抹著額頭上的汗珠。「先皇駕崩之前，曾交給臣一個錦盒，如果哪一天右相要篡奪皇位，就讓臣打開錦盒。可是現在……錦盒丟了！」

這麼多年，左相也好奇，錦盒裡放的是什麼，可是他沒那個膽子打開，他在先皇跟前發過誓，不會擅自打開，沒想到錦盒卻丟了。先皇特地防備右相，應該是件重要東西，沒準兒就能要右相的命。

左相想不明白，右相若真有謀權篡位之心，那肯定會殺了皇上和其他皇室子弟，那時候先皇遺詔又有什麼用？聖旨，活著的皇上就能下，何必麻煩先皇呢？

先皇明知道右相有不臣之心，偏他能對抗太后，所以只能容忍，這擺明是要利用右相，然後過河拆橋，以右相的心計，不可能猜不出來的。

「左相府失竊，右相那麼急，顯然是知道先皇將東西給了你，這麼多年，他怎麼不去搶？」葉容痕疑惑不已。

左相搖頭。「臣也不清楚，臣只知道先皇駕崩之前，右相很敬重先皇，與先皇關係很好。先皇死後，皇儲未立，右相一改常態，不參與立儲，而是用雷霆手段奪了不少大臣的兵權，把太傅一家趕出京都，臣懷疑右相是否是奉了先皇遺命故意為之，所以這些年，右相處處針對皇上，但是臣明察暗訪，並未發現右相有謀權篡位之心，所以遲遲不敢動錦盒，沒想到今日……」

左相有些膽怯了，不知道錦盒遺失會鬧出多人的風波出來，但見右相那麼急切的樣子，這風波應該不小。

左相正說著時，外面一個小公公急急忙忙進來稟告道：「皇上，刑部突然從天降下一道聖旨，還是先皇遺詔。」

葉容痕一驚，迫不及待地問：「遺詔上寫了什麼？」

「滅右相九族。」

左相無言。

那麼小的錦盒，根本裝不下聖旨，難道遺詔是偽造的？左相納悶地想，可這遺詔出現得也太巧合了，錦盒一丟，遺詔就出來了，不應該這麼巧啊，難道是真的？

小公公又道：「刑部官員已經奉命去抓右相一家了，還有祁國公夫人。」

葉容痕得知這消息的時候，沐太后也才剛剛知道，猛然一怔，急切地問聖旨是真的還是假的，待公公回稟，幾位老臣也懷疑真偽，特地比對了一番，確定是先皇的親筆遺詔，準確無誤，沐太后差點沒高興得暈過去，沒想到她和皇上欲除之而後快的右相，會死在先皇遺詔上。

至於先皇為什麼要殺右相？天知道，要懷疑、要理由，不怕死就去問先皇吧，她和皇上要做的就是奉詔行事！

錦雲知道這消息的時候，正在午睡呢，青竹急急忙忙地進來了，一臉的驚慌失措。「少奶奶，不好了，刑部官員奉先皇遺詔來抓妳。」

錦雲冷然怔住。「先皇死了也有五、六年，這哪來的遺詔呢？」

門突然被踹開，幾個官兵進來，刀指著錦雲。「跟我們去刑部大牢吧，抵抗者，殺無赦。」

錦雲皺眉頭，那些官兵進來就踹了繡墩，後來被另外一個官兵制止了。

錦雲雖然是右相的女兒，可人家也是葉大將軍的嫡妻啊，肚子裡懷的還是葉大將軍的骨肉呢，皇上沒準兒會破例饒過她一命也說不一定，抓人就好，別亂踹、亂搶，那些官兵當即不敢放肆。

幾個官兵示意錦雲去刑部大牢，谷竹怕錦雲有什麼閃失，忙去取了免死金牌來。

官兵們一愣，差點把這事給忘記了，當年右相嫁女兒時，要了老國公手裡的免死金牌，這東西可是太祖皇帝賞賜的，別說先皇了，誰來也不行，官兵只得乖乖退回去。

刑部官兵強行來抓錦雲，老國公也驚動了，見錦雲沒事，這才鬆了口氣。

錦雲忙問道：「祖父，到底發生什麼事了，為什麼先皇要誅我九族？」

老國公也不清楚，只知左相府遭賊了，右相很著急。「應該是先皇防備右相，留了誅九族的遺詔吧。」

錦雲很無語，心裡也沒那麼擔心，她爹連活著的皇上葉容痕都沒放在眼裡，會怕一份遺詔？還是從天而降的遺詔！

錦雲去了右相府，掀開車簾就見到右相府裡三層、外三層地被包圍著。裡面三層，一層是暗衛，一層是官兵，一層是小廝；外三層是刑部士兵和禁衛軍，還有一群離得遠遠看熱鬧的人。

錦雲望了眼天，這架勢，別說是人了，就是隻鳥也飛不出來。

青竹怕錦雲再被抓，勸道：「少奶奶，我們還是先回國公府吧？」

「進宮。」

錦雲要進宮找葉容痕問個清楚，現在她爹怎麼能死？就算先皇遺詔是真的，先皇真的要殺右相，那錦雲也得罵先皇一聲，豬！

沐太后意圖不軌，能牽制她的人只有右相，右相一倒，京都連個制衡的人都沒有，撇開這些不說，右相是她爹，錦雲絕不允許死了幾年的先皇還弄什麼遺詔滅她九族！惹毛了她，她會去刨他皇陵！先皇要真的有那神機妙算，怎麼不把逼迫他兒子寸步難行的太后帶走，由著外戚和權臣干政！

馬車到宮門處就被攔了下來，幾個守衛攔住門，因沐太后下令，不許她進宮。

錦雲冷著臉，嘩啦一下掀了車簾，把那塊免死金牌露出來。「滾開，不然就給我踹飛！」

馬車後面跟著四個騎馬的暗衛，幾個守衛見到免死金牌立馬嚇住了，跪下行禮之後忙把路讓開，馬車繼續前行，直接駛到大殿前，錦雲肚子太大，根本走不了多久的路，既然已經闖入宮中了，也不在乎多一條罪。

青竹和南香扶著錦雲朝御書房走去，四個暗衛跟著。在御書房前，錦雲就見到了沐太后。

沐太后一臉陰沈，甩著鳳袍。「混帳東西，連哀家的旨意也敢違逆！」

錦雲就當沒聽見似的，該行禮行禮，該請安請安，然後道：「相公剛剛傳來消息，我要見皇上。」

太后面色更冷。「朝廷大事，鐵騎將軍竟然不直接通報皇上，告訴妳一個婦人，豈有此理！」

錦雲把玩著繡帕，笑道：「若是能直接通報到皇上耳朵裡，又何必麻煩我挺著個大肚子進宮？也不知道是誰在半道兒上截下邊關消息，此等大逆不道之罪，該誅其九族，太后，您說是不是？」

青竹站在錦雲身後，有些不明白，少爺去邊關，甚少傳消息回來，都是跟暗衛通信得多，何時少爺傳消息回來要讓少奶奶告訴皇上啊？倒是程副將軍傳了一張紙條回來，可與少爺並沒有多大關係，少奶奶這麼對太后說是……

沐太后也不知道真假，她是派人截下過邊關消息，但都是大捷的消息，沒那麼嚴重，難道是沐大將軍或是李大將軍截下的？太后暗自揣測，但見錦雲那麼鎮定，完全不像是說假話，心裡就有些打鼓了。

錦雲很鎮定地睜著眼睛說瞎話，半路截消息的事，她不相信太后的人沒做過，也不信李大將軍的人沒做過，這事就算太后沒做，難道太后還能知道李大將軍做過沒有？當初催物資，不就是久久沒回音，才會找她的嗎？

沐太后淡淡掃了錦雲一眼。「皇上病了。祁國公府的免死金牌只能用一回，妳已經用過了，交出來。」

錦雲微微挑眉，免死金牌竟然只能用一回，她還真不知道，之前那樣就給用完了？

錦雲輕輕一笑。「誰跟太后說我用過了？免死金牌這等保命之物，我豈會隨隨便便就浪費了？先皇誅九族的遺詔都還沒斷定真假，萬一是假的，誅殺右相府滿門之罪，讓先皇揹上罪孽，這罪責誰能擔待得起？我找皇上還有事，就不耽擱太后了。」

錦雲微微一屈膝，肚子太大，就跟沒動似的，沐太后身邊的嬤嬤大喝一聲。「放肆，先皇遺詔也敢質疑，妳有幾顆腦袋?!」

錦雲走到那嬤嬤跟前。「為何不能質疑？先皇生前就善用賢臣，知人善任，廣開言路，知錯便改，若是有人假借先皇之名排除異己，這惡名卻讓先皇擔了，嬤嬤小心，先皇震怒，晚上來找妳算帳。」

古代人最忌諱的就是鬼神了，尤其說的還是先皇，錦雲膽子大不怕，青竹嚇得臉都白了，直在心裡罵，呸呸呸！求先皇別跟她們少奶奶一般見識。

那嬤嬤更是一臉青白，眼睛亂瞟，額頭還冒冷汗，直望著沐太后。「太后……」

沐太后冷哼了一聲，這時見常安走來，領著皇上的旨意要請錦雲入殿。

離去前，沐太后扔下一句話。「真的假不了，來人，去找大臣來，順帶把溫太傅找來，當著國公夫人的面親自辨認真偽！」

錦雲再次溫婉福身，跟著常安邁步朝葉容痕的宮殿走去。

錦雲攜帶免死金牌入宮又被太后攔住的消息，這麼大的事，身為皇宮之主的葉容痕怎麼會不知道？有公公一字一句地在床榻傳給他聽，葉容痕也糾結，這遺詔他其實也沒見到，是真是假也不清楚，若真的是先皇遺詔，他該怎麼辦？現在右相不能死。

葉容痕怕錦雲急了，所以特地讓常安去接她。

常安在錦雲前頭領路道：「葉大少奶奶這麼急著進宮，莫不是邊關真出了什麼皇上不知道的變故吧？」

錦雲掃了四下一眼，隨口回道：「不是什麼大事，不過是相公聽說皇上龍體有恙，讓我來探望一下罷了。」

常安知道錦雲是怕被人聽去了，便不再多問，領著她去葉容痕的寢宮，常安走在前面，一邊跟錦雲說話，下台階的時候，忽然腳下一滑，直接滑了下去，直直倒在地上，疼得他齜牙咧嘴。

南香忙下去扶他，許是腳步走得快了些，也滑了一下，好巧不巧倒在常安身上，常安疼得想死的心都有了。

南香忙起身，然後拉常安起來，不好意思道：「對不住，我不是故意的。」

常安氣得直咬牙，但不是對南香，而是對著那台階。「誰潑了油在台階上！」

錦雲臉色很難看，這一條是她去葉容痕寢宮必經之路！

沐太后要除掉她，潑油這樣的事，只要做得好，根本查不到太后頭上去，最後死的不過是負責清掃這一帶的公公、宮女罷了，錦雲攢緊拳頭，目光陰沈。

常安在宮裡待了許久，又是跟在葉容痕身邊的，見過多少骯髒的事，哪裡不明白這是成心針對錦雲的？想到這裡，常安就大驚，額頭冷汗涔涔，幸好摔的是他，要是葉大少奶奶和肚子裡的孩子有個三長兩短，等葉大少爺回來，該怎麼交代？

錦雲邁步下台階，南香忙拉住她，錦雲道：「放心，我走旁邊。」

並不是整個台階都有油，只是中心大部分有，走旁邊就沒事，出了這事之後，青竹和南香就更謹慎了，如履薄冰地走到皇上的寢殿。

這一行人踏入寢殿時，葉容痕從龍榻上起身。

看到錦雲挺著大肚子進來，而且眉間怒色不掩，再看常安一瘸一拐地進來，葉容痕眉頭輕蹙。「出什麼事了？」

常安差點哭出來，那一摔實在疼，膝蓋肯定破了，訴苦道：「有人往台階上潑油。」

葉容痕俊美的面龐上閃過一絲殺意，狠狠地拍著龍案。

錦雲行禮道：「實在對不住常安了，連累他受罪，臣婦此番進宮是來問先皇遺詔之事，皇上，那遺詔到底是真是假？」

常安忙回道：「皇上已經讓人取遺詔來了，差不多快到了。」

常安說完，也不用葉容痕吩咐，直接讓兩個小公公搬座椅給錦雲坐。

錦雲給青竹使了個眼色，青竹拿出一張紙條，遞到葉容痕跟前。

葉容痕接過一看，眉頭微蹙。「此事當真？」

「寧可信其有，不可信其無，皇上應該知道李大將軍的消息，他在邊關情況如何？」

「十天前傳了消息回來，李大將軍中了一箭，昏迷不醒。」葉容痕的眼神冰冷嗜血，他不傻，能判斷出這消息是真是假，欺君罔上，原本就罪不可赦，李大將軍還未經傳召，就私自回京！

錦雲坐在那裡心情不好，肚子裡的孩子也不知道怎麼回事，踹了她好幾腳，錦雲又把話題轉了回來。「我知道我爹有些霸道，做事有失分寸，但捫心自問，我爹沒太后那麼狠吧，皇上真的要誅我九族？」

「朕若真的誅殺了右相，妳會如何？」葉容痕望著錦雲，問道。

「我爹若是謀權篡位，我可以不管，但若是冤死，只要我活著，我會替我爹報仇。」

聽到錦雲這麼雲淡風輕地說報仇，青竹恨不得去捂錦雲的嘴巴了，皇上一直就想除掉老爺，就連少爺都沒有息過這樣的心，若殺老爺的是皇上，要替老爺報仇，這不是直接告訴皇上要殺他嗎？少奶奶的膽子未免也太大了！

葉容痕沒什麼反應，彷彿早就知道錦雲的回答，只淡淡一笑。「遺詔是先皇下的，妳如何報仇？」

錦雲輕輕一笑。「報仇的方法太多了，比如鞭屍，比如父債子償。」

幾個公公都聽得眼珠子差點瞪出來，這葉大少奶奶的嘴巴也太毒了吧！鞭屍鞭的肯定是先皇的屍骨；父債子償，這不是要殺皇上嗎？

寢殿裡，常安和另外兩個心腹公公都盯著葉容痕，只見葉容痕那一副咬牙切齒的模樣，他是真氣憤了，不管怎麼樣，先皇都是他父親，錦雲說鞭屍鞭的可是他父皇！

錦雲見他那麼氣，淡淡挑眉。「我不過就是隨口一說，皇上都如此生氣了，何況我爹還活著，你要誅我九族，我不該生氣嗎？我一生氣就會口沒遮攔，皇上氣量大，應該不會跟我一般見識吧？」

葉容痕無話可說，這女人膽子大，什麼話都敢說，他已經不是第一次領教了，只是這回格外過分些罷了，不過對於錦雲，他沒懷疑過。

只聽錦雲道：「我爹早就知道雲暮閣是我的，也是他讓我幫相公和皇上除掉太后，雖然不排除我爹有私心，但我可以坦白說，如果不是我爹要求的，我不會插手這事，再說得直白點，現在皇上讓我爹的人馬也去了邊關，那些人都對我爹忠心耿耿……」

錦雲說到這裡就停了，她知道葉容痕也在猶豫，先皇遺詔是除掉右相最好的機會，若是錯過了，也許很難再有。錦雲怕他因為對右相的偏見，所以提醒他，一來右相針對的是太后，不是他；二來她爹不是一份遺詔就能殺得了的，就算太后會在這個時候站出來幫他，但要想殺掉右相也會付出很大的代價。這代價背後，也許就是北烈揮軍南下，大朔朝覆滅，而她作為右相的女兒，肯定會幫右相的，有雲暮閣做後盾，金錢不是問題。

葉容痕望著錦雲，眉頭緊鎖，外面的小公公進來稟告。「皇上，太后領著溫太傅和一群大臣朝這裡來了。」

很快地，錦雲就聽到外面傳來一陣腳步聲，以沐太后為首，一下子進來八、九人，官階都不小，有右相一黨的人，有李大將軍一黨的，也有太后一黨的，更有皇上一黨的，幾乎涵蓋了所有。

看到這些人，葉容痕心裡就有數了，這遺詔十有八九真的是先皇親筆，沐太后根本不懼怕驗證，就算不是真的，李大將軍和太后兩黨的人，也占多數。

沐太后進來，先是關心地問葉容痕龍體可有好轉，然後才說起正事。「先皇親筆，沒人比皇上更熟悉，這幾位大臣都辨認過了，的確是先皇親筆所寫，確鑿無誤。」

最後四個字，沐太后說的時候，眼睛是瞥著錦雲的。

有種再說，妳再能巧舌如簧又如何？這麼多大臣，包括妳爹的勢力在內，都能斷定是先皇所寫，妳不認也得認！

葉容痕看了看遺詔，也望著錦雲，眼神糾結。的確是先皇所寫，作為先皇的兒子，他不能忤逆先皇的旨意，就算這封遺詔是要他退位，他也得照做，何況是殺右相？

錦雲真糾結了，弄什麼親筆遺詔，據說當年先皇在病榻上躺了一、兩個月才病逝，奄奄一息的，哪有那個好精神寫遺詔，放著太后不處置，卻殺她爹？

錦雲頭疼，掃了那遺詔一眼。「皇上，我能看看嗎？」

葉容痕看著錦雲，她又沒見過先皇的筆跡，能辨認出真偽？不過他沒想過拒絕，示意常安把遺詔給錦雲送去，常安照做了。

錦雲接過遺詔，伸手摸摸，還把外面的繡龍仔細看了看，那樣子活像個土包子第一次見聖旨一樣，看得青竹嘴角猛抽，想捂臉，現在不是看聖旨的時候，看裡面也就算了，外面有什麼好看的？

錦雲左右上下看了一遍，茫然地看著葉容痕。「沒看出來是先皇寫的。」

葉容痕掩嘴輕咳了一聲，就知道她看不出來，那邊有大臣出來道：「國公夫人沒見過先皇筆跡，認不出來也不足為奇。這的確是先皇親筆，任何一個見過先皇筆跡的人都能認得出來。」

「沒有假冒的可能？」錦雲反問。

那大臣搖頭。「遺詔上的繡龍乃先皇專用繡娘所繡，先皇駕崩之後，繡娘自毀雙手。筆跡也是先皇所寫，遺詔上除了玉璽之外，還有先皇私印，這私印五年前就隨著先皇一起下葬了。」

三個不可能假冒，這遺詔真的不能再真了，錦雲極度無語，眼睛望著葉容痕，那意思很明顯——我不管遺詔是真是假，反正不能誅我九族！

常安把遺詔拿回去，結果半道兒上沐太后伸手了，常安只好把遺詔給了她。

沐太后拿著遺詔，嘴角劃過一絲冷笑。「依照遺詔，要誅蘇家九族，妳要拿免死金牌護命，就得把免死金牌交出來。」

錦雲掏出懷裡的免死金牌，轉了轉，隨口問道：「是不是有這塊免死金牌，只要我不弒君，什麼罪都能赦免？」

有大臣回道：「是。」

錦雲翻看著免死金牌，又坐回原位了。「這麼寶貝的東西，絕對不能就這樣輕易用掉了。我得想想看誰不順眼，在用免死金牌之前把那人給殺了。皇上，過兩日我再交出免死金牌行嗎？」

葉容痕無言。「……」

寢殿內其餘人都一臉驚訝地看著錦雲，嘴角猛抽，就沒見過這樣的人，連用免死金牌保命都這樣算計，這看著不順眼的人擺明就是太后啊，誅殺太后，那也是要誅九族的，真的是不殺白不殺啊！

正想著時，就聽錦雲又道：「我覺得還是跟我爹斷絕父女關係比較好。青竹，回頭寫封斷絕關係的信給我爹送去。」

那邊有大臣笑道：「還是國公夫人識時務，斷絕關係了就不在九族之內了，這免死金牌也能省下來。」

錦雲被誇得臉紅。「是啊，能省下來救右相一命呢。」

那官員無言。

沐太后氣得嘴皮都哆嗦，最想右相死的是她，結果錦雲既是斷絕關係又是救右相，她豈不是白忙活一場了？

「妳這關係斷得真好，既是斷絕關係了，還送免死金牌?!」

錦雲站起身子，笑道：「我是我爹的女兒，就算斷絕關係背負罵名，那也並非我不孝，爹若是命喪九泉，我這個做女兒的能苟且活著嗎？」

大臣被問得啞口無言，錦雲說得有道理，其實他們也知道，皇上不可能誅殺錦雲的，她可是祁國公夫人、鐵騎將軍夫人，鐵騎將軍還在邊關殺敵呢，皇上在京都殺他妻兒，就算鐵騎將軍忠心皇上，也沒法容忍皇上這樣做啊！

再說，出嫁的女子入了夫家族譜，誅九族時免除女兒的也大有人在，並非先例，這一切端看皇上的意思。

青竹看看外面天色，已經不早了，便提醒錦雲。「少奶奶，咱們該回府了。」

錦雲便朝葉容痕和沐太后他們行禮告退，弄得葉容痕有些摸不著頭緒，右相府那麼多人，她只救右相一個？

正納悶呢，就聽太后說：「絕不可放過右相，那是縱虎歸山，禍害無窮。」

葉容痕當然知道了，要麼全部放了，要麼一個都不能放過。他微微抬頭，就見太后的手在冒煙，常安驚叫地指著太后的手。

沐太后一驚，忙把遺詔給扔了。一群大臣望著那遺詔，一臉不可思議地看著太后，丟棄先皇遺詔可是大不敬之罪，再看葉容痕的臉色陰冷，有些生氣了。

而那遺詔冒出的煙越來越大，最後竟然著火了，不過沒人敢去踩，那可是先皇親筆遺詔啊！

滿殿的人臉色都變了，先皇的遺詔燒了，還怎麼去誅右相的九族？雖然去右相府宣讀過了，可是明天一早肯定有不少大臣會出來否決，這遺詔就是證據啊，現在遺詔被毀，而那些大臣就可以反駁說這是誣衊了。

沐太后氣得嘴皮都在哆嗦，臉色青冷陰寒，咬牙切齒說：「蘇錦雲！」

錦雲走在出宮的路上，悠哉悠哉的，偶爾還能聽到一、兩聲輕笑從她口中逸出來，瞧得青竹和南香兩人面面相覷，直撓額頭。少奶奶不會是「悲極生樂」了吧？

太后的意思是不會放過右相府的，少奶奶即便有免死金牌，最多也只能救老爺一人，總不能讓右相府所有人都同老爺斷絕關係吧，這不是把所有人都當成傻子嗎？

她們正要問，後面一陣急切腳步聲傳來，一名公公直接越過錦雲走到前面，行禮道：

「葉大少奶奶，皇上找您回去。」

錦雲微抬眼簾，看了眼天邊變幻莫測的行雲，故作不解地問：「可知皇上找我所為何事？」

公公扯了下嘴角，先皇遺詔那麼重要的東西被燒了，這是要引起轟動的，他可不敢擅自洩漏消息給錦雲，故而搖頭。「奴才只是聽吩咐傳召葉大少奶奶，別讓皇上等急了。」

青竹和南香只好又扶著錦雲往回走，嘴上忍不住嘀咕。「這也太能折騰人了，才走沒半盞茶的工夫，方才一併說了不就好了。」

錦雲嗔怪了青竹一眼。「真是大膽，敢說皇上折騰。」

青竹咬著唇瓣，噘著嘴看著錦雲，一臉委屈，她說得那麼小聲，只說給少奶奶一個人聽的，這會兒好了，公公都知道她抱怨皇上事多了。

前面領路的公公翻白眼，有些腿軟，這一家子都是些什麼人啊，之前葉大少奶奶在皇上的寢殿裡威脅太后，還說用免死金牌救右相，連做丫鬟的也敢抱怨皇上事多，這要是告訴皇上，她有幾顆腦袋都不夠砍啊！

轉眼工夫，錦雲又回到了皇上寢殿，進去的時候覺得裡頭氣氛有些怪異，所有人的眼睛都盯著她。

錦雲下意識地摸了摸臉，又問青竹。「我臉上有髒東西？」

青竹搖頭如波浪鼓，很堅定地道：「很乾淨，就跟剛剛洗過一般！」

錦雲還是擦了擦，然後很無辜地眨巴著一雙清冽水眸，從溫太傅身上瞟過，把一眾大臣都看了一遍，最後落在葉容痕身上，行禮道：「皇上，不知道您找臣婦回來所為何事？」

葉容痕有些腦殼生疼，指著寢殿青玉石地面上的一團灰燼給錦雲瞧，還沒說是什麼，錦雲就大叫。「地又不是我弄髒的！」

常安忍不住噗哧一聲笑了出來，立時把嘴巴捂上了，板著臉一字一字道：「那是先皇遺詔。」

「先皇遺詔，怎麼會呢？我才走了沒一會兒，那遺詔就變成這一團灰了？」

「……方才先皇遺詔在太后手裡燒成灰了。」

常安真佩服錦雲了，這遺詔要說不是因為她才燒毀的，打死他都不相信。不過他倒是欽佩錦雲的演技，極其逼真，好似真的不關她什麼事，就連他都心生懷疑了，難道遺詔真的不是她燒的？

再看錦雲，一臉驚訝、震撼、欣喜，看著沐太后的眼神就跟看救苦救難的活菩薩一般，要不是肚子太大，都要給太后跪下了。「方才回去的路上，我還想著是不是派人去偷先皇遺詔，沒想到竟然在太后手裡頭燒著了，錦雲謝太后。」

沐太后氣得手都哆嗦了，要不是身居高位多年養成的自制力，她都恨不得甩錦雲兩巴掌，一來就說有偷先皇遺詔的想法，這說明了什麼？她沒有在遺詔上動手，事先根本不知道遺詔會燒掉，不然她還費那個腦力去想怎麼偷遺詔嗎？

太后畢竟是太后，豈會讓錦雲就這樣輕易地逃了過去，根本不理會錦雲，一甩鳳袍。

「吃了熊心豹子膽敢在先皇遺詔上動手腳，來人，給哀家拖下去！」

沐太后話音才落，幾個太監就走了進來，錦雲冷眼看著他們，絲毫不畏懼地笑著。「在先皇遺詔上動手腳，太后說的不會是我吧？我是碰過遺詔，可是我看的時候，大家都看見了，我怎麼動手腳？如果每個碰過遺詔的人都要被抓，那我不介意去刑部大牢小住兩日，如果單單抓我一個的話，沒有十足確鑿的證據，我不會去。」

「要證據，很快就有了！」沐太后冰冷的聲音在寂靜的寢殿裡響起。

外面傳來一陣腳步聲，兩名懂得分析物質成分的太醫被公公領著進來。

太醫被找來是察看遺詔是因何原因被燒毀的，以及錦雲手上是不是有殘留相關物質粉末，太醫行過禮後，檢查了下錦雲的手，然後回道：「回稟皇上、太后，少奶奶的手上的確有與遺詔上一模一樣的粉末。」

太后朝錦雲冷哼了一聲。「還說不是妳，如今證據確鑿，妳有何話可說！」

錦雲站在那裡，撫著肚子，笑道：「如果遺詔在我碰之前就有了這東西，我手上有又有什麼好奇怪的？皇上在我之前碰過遺詔，如果皇上手上也有，就能排除我的嫌疑吧？」

葉容痕把手伸出來，太醫檢查過後，點頭道：「皇上手上的確也有。」

錦雲鬆了口氣。「我就說不關我事，不信？太醫要是不嫌麻煩，不妨都檢查一下，看看是不是進寢殿之前就沾上了。」

太醫把寢殿裡幾位大臣的手都檢查了一番，有些驚訝。「幾位大臣身上都有，不單是手上，衣服上也有不少。」

錦雲一攤手。「這下不關我什麼事了吧。」

常安卻是大驚。「先皇遺詔都被燒了，大臣們身上也都沾上，不會也燒起來吧？皇上，奴才讓人準備沐浴用水。」

看見地上那一團灰燼，大殿裡一群大臣都心驚，就連太后的臉色都變了，身邊的嬤嬤一提議回去，她便抬步走了，唯恐晚了落得跟先皇遺詔一樣下場。

葉容痕擺擺手，那些大臣也都退了出去，卻把錦雲留下了，他微斂眼神，蹙眉問：「真不是妳下的手？」

「我說不是，皇上也不信啊！」

「膽子未免也太大了！」

「皇上慎言，我可沒承認是我動的手腳，燒毀先皇遺詔這可是誅九族的大罪，我一個弱女子可擔當不起。」

葉容痕滿臉黑線，她是弱女子，這世上豈不是都沒強悍女子了？只是他著實弄不明白，不是她動的手腳，難道是右相？

錦雲見沒她什麼事了，便告辭回府了。

坐在回府的馬車內，青竹忍不住問：「真不是少奶奶下的手嗎？」

不是她動的手腳又是誰？只不過她只動了一半手腳罷了，自錦雲聽說有遺詔起，就想到要保護右相九族，只有一條路，從遺詔上下手，要麼遺詔是假的，要麼遺詔沒了，可惜，遺詔經過那麼多大臣確認，毫無疑問是真的，那麼只能毀了。

錦雲想過，第一條路走不通，那就只能走第二條路，那條最保險，所以才會帶著暗衛進宮，而葉容痕寢殿外有棵大樹，要去寢殿的人必須從大樹下經過，而暗衛要做的只是從上面撒點粉末而已，一點點便足矣。

光是那點粉末根本不夠，最重要的還是錦雲的繡帕，她在看遺詔的時候，繡帕會在上頭掃過，上面沾染的物質會掉在遺詔上，有足夠的時間產生化學反應，遺詔就會自燃。

至於那方繡帕，錦雲在出寢殿的時候，就不小心被風吹跑了，好巧不巧地落在了湖裡，青竹還打算讓太監撈起來，讓錦雲攔下了。

後來，這方繡帕便落到常安手中，待葉容痕沐浴之後，常安便端著這繡帕上前。「皇上，這是之前葉大少奶奶掉到湖裡的繡帕。」

葉容痕看了眼那繡著蘭花的繡帕，隨手拿過來看了一眼，繡帕上半部還很完整，下面瞧不見的地方，有三、四個米粒大的小洞，顯然是被火燒過了。

他眉頭微挑，握著繡帕。好個玲瓏女子，原來這關鍵是在繡帕！

常安有些嘆息。「皇上，先皇遺詔被毀，該怎麼辦？」

「遺詔來的原本就不是時候，燒了也就燒了，自有人頭疼。」

豈止是頭疼，沐太后差點沒氣暈過去，一回到寢宮，就把看得見且能摔的東西摔了一地，要不是宮女及時請太后去沐浴，只怕都要換寢宮住了。

還有太皇太后，正在貴妃榻上小憩，嬤嬤進去稟告道：「太皇太后，這回您可以放寬心了，遺詔在皇上寢宮被燒了，太后想以此抓住葉大少奶奶，結果沒抓成。」

太皇太后緩緩睜開眼睛，輕輕一嘆。「料想皇上也不會如此糊塗，只是他心裡有些執拗，我真怕他蒙蔽了自己，這些年，也辛苦右相了，可惜，皇上不明白先皇一片苦心。」

嬤嬤扶太皇太后起來，笑道：「這皇宮裡，最通透的就數太皇太后您了，皇上年紀也不小了，您不妨提醒他兩句，也讓皇上少走些彎路。」

太皇太后走到梳妝檯前坐下，由著嬤嬤幫著梳頭，笑道：「先皇要右相幫皇上練霸氣，逼皇上上進，也是為了皇上好，只是這些年右相做得有些過頭了，雖然是讓皇上上進不少，可心底對他的怨恨也不小。」

嬤嬤笑道：「這權傾天下不容易，權傾天下之後還對皇上忠心耿耿就更不容易了，先皇留下遺詔也是怕右相壓迫皇上成了習慣，欲取而代之。」

太皇太后手裡拿著鳳簪，對那已經過世的兒子，也不知道說什麼，只盼著這一道聖旨別讓右相冷了心。她還記得右相說過一句話，疑人不用，用人不疑，先皇這麼做，會寒了右相的心，不信他，又何必委以重任？

但是站在先皇的角度，這麼做無可厚非，畢竟權力太過誘惑人，難保右相被權力迷花了眼，可是這些年，右相並沒有謀朝篡位。

太皇太后梳好妝，漱口過後，才起來，外面就有宮女急急忙忙進來稟告。「太皇太后，右相把相印扔出右相府了，還、還……」

太皇太后眉頭一皺，嬤嬤就怒斥道：「說完整！」

宮女忙道：「還把禁衛軍統領給砸死了。」

嬤嬤愕然，看著太皇太后。「如今先皇遺詔被燒，朝廷根本拿右相沒轍，他卻把相印給扔了，這是？」

太皇太后只是嘆息了一聲，什麼話也沒說。

右相扔相印，這事如一陣風颳遍京都，傳到每個人耳朵裡，反應自然是不相同。

落到葉容痕耳朵裡的時候，又是喜，又是怒，又是憂愁。喜的是太后的心腹禁衛軍統領死了，那是死不足惜；怒的是右相沒把朝廷放在眼裡，相印可統帥百官，是一人之下、萬人之上的象徵；憂的是，連相印都不要了，他不會是想造反吧？

落到沐太后耳朵裡，她氣得半死，一口銀牙差點咬碎，恨不得把右相抽筋剝皮、千刀萬剮、五馬分屍。他竟然殺了禁衛軍統領？那是她一手培養出來的心腹重臣！扔相印這事，她不會饒了他的，但是現在，她更關心誰接手禁衛軍，當下吩咐。「去把禁衛軍副統領找來，若是忠於哀家，哀家便提拔他，若不是，就殺了！」

落到錦雲耳朵裡，錦雲一口茶水噴老遠，只有兩個字——霸氣！

能統領禁衛軍，武功肯定不會比暗衛差，竟然躲不過她爹扔出來的相印，這表明什麼？她爹要是想從被層層包圍的右相府出來，易如反掌！現在禁衛軍統領死了，太后要想做什麼動作，一時半刻肯定是不行了，怎麼樣也能拖到葉連暮帶著鐵騎回京。

落到左相耳朵裡，他只是擦拭額頭上的汗珠，因為右相說了，要是找不回錦盒，右相在上斷頭臺之前會先用相印砸死他，讓他去陰間領路……

落到右相一黨的將軍耳朵裡，那些將軍照常吃喝，不就砸死了個禁衛軍統領嘛，有什麼好大驚小怪的？

落到文武大臣耳朵裡，各個膽戰心驚，右相連相印都扔了，肯定是不打算做右相了，不會真的打算造反吧？

落到百姓耳朵裡，街頭巷尾都在談論這事，扔官印的估計右相不是第一個，但是大庭廣眾之下扔了還砸死人的，絕對是第一個！

一時間，流言四起，都傳言要打仗了，大家不敢輕易出門，買米囤積糧食，米糧價格暴漲，街道也蕭條了很多。

第三十九章　凱旋前夕

張嬤嬤從外頭掀著簾子進來，臉色有些沈重，心情很不好。

青竹擔憂地看著她。「張嬤嬤，出什麼事了？」

張嬤嬤輕搖了下頭。「外面亂成一團了，不少人趕著出京避禍，張泉的親事怕是要往後挪半年了。」

南香湊過來，一雙烏黑水靈大眼睛猛眨。「我們幾個都知道張泉大哥要娶的媳婦是獨生女，莫不是他們一家子逃命，把秋花也帶著一起走吧？」

張嬤嬤長長嘆息一聲，一臉被猜中的樣子。「我也理解他們，可成親的事都準備妥當了，周圍鄰居也都知道了，就等著喝喜酒，現在卻鬧這麼一齣，這算哪回事？」

珠雲幾個人憤憤不平。「張嬤嬤，我看秋花一家根本沒與張泉大哥結親的意思，這仗都還沒打呢，就這樣了，要是真打起來，那還得了！」

張嬤嬤除了嘆息也沒別的辦法，人還沒進門，那就是別人家的，她還作不了主，便下去忙活了。

等張嬤嬤出了門，南香扯了扯谷竹的袖子，輕聲道：「我對那沒見過面的秋花實在太好奇了，妳說她會是個怎麼樣的人？」

谷竹輕輕搖頭。「我也沒見過，聽張嬤嬤說，人長得很秀氣，針線活做得也好，張泉大哥喜歡她，除此之外就不知道了。」

珠雲捲著蘭花繡帕。「連成親的日子都訂下了，卻忽然要離京避難，這樣的人，反正我是不大喜歡，好像咱們張泉大哥護不住她似的，不相信張泉大哥，不就是不相信張嬤嬤，不相信我們少奶奶嗎？」

青竹瞅了瞅珠雲，朝她勾勾小指，珠雲眼睛一亮，附耳過去。青竹低聲說了幾句，聽得珠雲眼睛越睜越亮，讓南香幾個跺腳。「這裡又沒有外人，妳們兩個咬什麼耳朵，我也要聽！」

然後，四顆腦袋碰在了一起，一陣低語，交頭接耳了好一會兒後，幾個丫鬟才商議好，明天去秋花家！

第二天，伺候完錦雲吃早飯，青竹和珠雲就去了秋花家，把一支赤金和合如意簪丟地上，用來試探秋花，這一探，還真的試出了秋花的品行，她竟然矢口否認自己拿了簪子。

秋花不搭理她們，青竹和珠雲兩個人只好去敲門了，那簪子可是青竹最好的一支簪子，可是秋花死不承認拿了，還把她娘李氏給驚動了，拿著掃把就出來打人，院子裡是雞飛狗跳，院子周邊圍了一堆看熱鬧的人，讓青竹氣得很。

張泉拎著不少禮物來時，見到不下十幾人圍著秋花家，還以為秋花家出了什麼大事，擠開人群就進來了，並沒留意到青竹和珠雲，他擔憂地看著秋花和李氏，問：「出什麼事了？」

李氏把手裡的掃把一扔，指著低著頭的青竹和珠雲兩人，火冒三丈。「這兩個也不知道從哪裡冒出來的賤丫頭，非說咱們秋花撿了她家小姐的金簪，讓秋花交出來，我趕她們走，硬是不走！」

張泉望了望秋花，朝青竹和珠雲走去，兩人慌亂地背過身，氣得跺腳。

他不在小院幹活，怎麼跑秋花家來了？她們心裡是這樣想，不過並未離開，因為這一走，那簪子就真沒了，青竹捨不得。

這兩個姑娘幹麼背對著他？

張泉有些納悶，客氣行禮道：「兩位姑娘是不是弄錯了？」

珠雲早忍不住了，挺直了腰板回頭看著張泉。「弄錯什麼！」

張泉一愣，半晌才找回自己的聲音。「怎麼是妳們，妳們怎麼在這裡？少奶奶也來了？」

秋花站在一旁，微微蹙眉，心裡有不好的預感浮現。「你們認識？」

珠雲拍著裙襬上的灰。「當然認識了，我們是聽說妳與張泉大哥的親事延期了，特地來看看妳長什麼模樣、品行如何。還以為張嬤嬤給張泉大哥說了好媳婦，原來也不過如此！」

秋花臉色一變，她不是傻子，自然明白珠雲這麼說代表了什麼，但是現在說什麼也不能承認，不然張泉大哥肯定不喜歡她了。秋花嬌唇輕顫，眼眶說紅就紅了，跑到李氏身邊，嬌弱地抽泣著。「娘，她們是故意來試探女兒的……」

李氏拍著秋花的肩膀，眼神惡狠狠地掃著青竹和珠雲，冷哼道：「莫不是兩個小賤蹄子看上了張泉，要來搶吧？我可憐的女兒啊，這還沒出嫁呢，就被人這麼算計了，這要真的嫁過去了，還不知道被人怎麼整治，那些鐘鼎高門裡的丫鬟心眼真毒……」

青竹和珠雲兩個氣得臉都青了，直跺腳。

張泉站在那裡，就是不敢動一下，不敢偏袒青竹和珠雲，更不敢偏袒秋花一家，直恨不得地上有洞，無處可鑽。一想到李氏說了什麼，他抬頭道：「青竹和珠雲都訂過親了。」

秋花哭得更大聲了。「我就知道你心向著她們！」

珠雲氣得咬牙。「把金簪交出來，不用妳說，我們也會走。張泉大哥，一會兒你跟我一起走，一支金簪而已，連路不拾遺的品行都丟了，這樣的女子，根本配不上你！」

張泉見珠雲說得那麼斬釘截鐵，也望向秋花了。青竹和珠雲換了這麼一身衣裳來，肯定就是為了試探她的，金簪應該不在別人手裡。

他便道：「秋花，妳若是撿了金簪，就還給她們吧。」

聽了張泉的話，李氏就跟炸了鍋一般，指著張泉的鼻子大罵。「在老娘跟前，你就心向著這兩個狐狸精，秋花還沒嫁給你，你就如此了，把她們兩個給我轟走！」

青竹氣煞了，這婦人怎麼跟張泉大哥這樣說話？要是張嬤嬤在，這門親事早就退了。府裡總管見了張泉大哥都客客氣氣的，竟然被她這樣罵，張泉大哥又不是娶不到媳婦了，秋花長得是不醜，可祁國公府裡的丫鬟長得漂亮的不知道有多少，也不知道張嬤嬤是怎麼打聽的，青竹懷疑，十有八九是被人給騙了，還有張泉大哥是怎麼回事，竟然就這樣由著她罵，氣死她了！

珠雲脾氣也不好，當即和李氏罵了起來，明言一回去就把今天的事告訴張嬤嬤，讓她來退親！

李氏一聽，急了，這丫鬟一口一個張嬤嬤，肯定是熟悉的，情急之下，便吼道：「妳們兩個賤蹄子，有本事就讓他退親，秋花肚子裡有他的骨肉！」

青竹和珠雲兩人一愣，臉都紅了，她們撇頭望著張泉，張泉一張臉也紅得跟蘋果一樣，青竹和珠雲兩人都後悔鬧這一齣，有了孩子，這不是不娶也得娶了嗎？

現在這一鬧，張嬤嬤肯定知道秋花的品行，會不會責怪她們兩個多事？惹怒了張嬤嬤，少奶奶肯定不會高興的，青竹和珠雲懊悔不已，想著怎麼收場好。

秋花紅著臉，院子裡外一群婦人指指點點的。「難怪這麼急著成親呢，原來肚子裡有了孩子，李嫂子，妳家秋花不是要嫁大戶人家的嗎，怎麼是嫁個窮小子？」

外面，你一言、我一語，秋花聽得臉火辣辣的，最後也不知道是不是體力不支，竟暈了過去，這一下，青竹、珠雲還有李氏和張泉都嚇白了臉。

看秋花的肚子，只怕還沒兩個月，最是不穩的時候，要是一受氣，有個三長兩短，她們兩個可怎麼跟張嬤嬤交代啊！當下吩咐人請大夫，然後扶著秋花進屋，李氏根本不要兩人扶，張泉道：「她們也是好意，就別責怪她們了。」

張泉求情，李氏又擔心自己的女兒，便不再罵青竹了。

青竹噘了噘嘴，瞪著張泉。「你怎麼不告訴我們，你要做爹了，張嬤嬤也不說，害得我們吃飽了撐著沒事跑來這裡！」

張泉一張臉紅得發紫，還沒成親就先有了孩子，這事要是傳揚出去，他也是沒臉，哪裡還敢往外傳？

珠雲卻道：「都有了孩子，不趕緊成親還逃難去，她們腦子不是被門給夾了吧？」

青竹微微一愣，是啊，不成親就把孩子生下來，這孩子將來如何自處？青竹湊到床邊，見秋花臉色蒼白，便幫秋花把脈，鬆了口氣，掏了荷包，拿出一粒藥丸出來，要餵給秋花吃，卻被李氏一巴掌給拍飛了。「妳們害得秋花暈倒了，又想餵她吃什麼？是不是想打掉秋花肚子裡的孩子！」

珠雲氣得直喘氣。「妳不知道就別亂說，那是保胎丸，是專門給我們大少奶奶吃的，一粒少說也要十來兩銀子，要不是她肚子裡懷的是張泉大哥的孩子，誰捨得給她吃，好心當成驢肝肺！」

屋子裡還擠進來幾名婦人，聽珠雲說一粒保胎丸要十來兩銀子，嚇得瞪直了眼睛，手腳快的已經撿了起來，小心地把灰拍了拍，一臉惋惜地看著青竹。「這都髒了，不能吃了。」

說完，就捲在袖子裡，她們哪裡嫌棄髒啊，糖果掉地上了，撿起來照吃。

青竹看見了也沒說什麼，她們給了藥丸，對張嬤嬤有交代就成了。

至於那婦人手裡的藥丸，還真的救了一條小生命，不過不是她自己吃的，而是給了弟媳婦吃，弟媳婦洗衣服時扭腳摔倒了，大夫都說保不住孩子了，這婦人情急之下，就把這藥丸拿了出來，完全是死馬當成活馬醫，沒想到還真的救了一條命，此乃後話。

很快的，大夫就來為秋花診脈了，開了藥方抓藥後，張泉送青竹和珠雲出門，珠雲紅著臉，氣呼呼地道：「那金簪怎麼辦，就這樣算了嗎？還有，張泉大哥，你太不厚道了，她肚子裡都兩個月的身孕了，你還瞞著不說，還讓她去洗衣服，要是有個什麼閃失，看張嬤嬤不活活打死你去……」

張泉愣在那裡，壓根兒沒聽到珠雲後面說了些什麼，急忙打斷她。「妳說秋花有兩個月身孕了？」

珠雲一臉充血，聲音小的跟蚊子哼一般。「你自己做的事還不知道嗎？青竹姊姊幫著把脈的，至少有兩個半月的身孕了，只是肚子太小了些，不知道是不是營養不良。」

青竹推搡了下珠雲。「不是小，是束腰了，沒出嫁就懷了身孕，她以後怎麼做人，只是束腰對肚子裡的孩子不大好，還是盡快娶進門吧。」

張泉一張臉都青了，珠雲和青竹兩個也愣住了。「張泉哥，你怎麼了？」

張泉攢緊拳頭。「妳確定是兩個半月的身孕？」

青竹重重點頭，珠雲也點頭。「不會有錯的，連大少奶奶都誇讚青竹姊姊把脈仔細。」

張泉沒說什麼，找了輛馬車，送青竹和珠雲上去，兩個丫鬟坐在馬車裡，一副想不通的樣子。「張泉大哥為何糾結在身孕兩個半月上，還一副不高興的樣子？」

兩個丫鬟回到逐雲軒，張嬤嬤見兩人半天沒人影，正要問呢，珠雲就上前攬著張嬤嬤的胳膊問：「張泉大哥和秋花認識多久了？」

「好像快兩個月吧。」

「……」

青竹和珠雲兩個互望一眼，很麻利地轉移了話題，問張嬤嬤身子可好，張嬤嬤回了兩句話，戳著兩個丫鬟的額頭道：「還不趕緊去換了衣裳，進屋伺候少奶奶去。」

兩人應聲，換了衣服進屋，錦雲正坐在那裡繡針線，南香迫不及待問：「秋花姑娘品行如何？」

青竹沒說話，珠雲噘嘴道：「搭進去一支簪子。」

「啊？那支赤金和合如意簪就這樣沒了？」

青竹很委屈。「我後悔死了，這下好了，以後妳們都不用羨慕我了。」

南香挨過來。「不是吧，妳們算計好的，怎麼會搭進去一支簪子呢？秋花姑娘有那麼潑辣嗎？張嬤嬤說她很好啊！」

錦雲抬眸看著青竹，見兩人臉色不是很好，欲言又止，還頻頻往珠簾外望，顯然是避諱張嬤嬤，錦雲蹙眉。「若是真的為了張泉大哥好，就有話直說，不該隱瞞的就不要隱瞞。」

珠雲再忍不住了，巴拉巴拉一陣倒豆子。「青竹的醫術，少奶奶最清楚了，她診出來秋花姑娘有兩個半月身孕了，可是方才我們問了張嬤嬤，她與張泉大哥才認識快兩個月，張泉大哥聽說秋花有兩個半月身孕，臉色都青了。」

珠雲話音才落，外面哐噹一聲傳來，珠雲嚇得脖子一縮，轉身就見張嬤嬤掀開簾子進來，急切地問：「妳說的是真的？」

珠雲有些膽怯地看著張嬤嬤，輕點了下頭，然後又道：「張嬤嬤別急，許是這當中有誤會了也說不一定……」

張嬤嬤看珠雲那樣子，咬了下牙關對錦雲道：「少奶奶，奴婢出門一趟，秋花懷孕的事我原就有些懷疑，張泉是我的兒子，素來行事穩重，他說是被秋花大哥灌了酒才做錯事，如今看來怕是被人算計了。」

錦雲皺眉，把手裡的針線擱下。「秋花的大哥在小院工作？」

張嬤嬤點頭，錦雲立馬吩咐青竹道：「讓暗衛抓住秋花的大哥。」

青竹立馬反應過來，轉身出去吩咐，張嬤嬤也出去了，各辦各的事，錦雲臉色有些難看，希望事情不是她想的那樣。

可惜事情真如她所想的那樣發展，秋花的大哥真的圖謀不軌，別院主要是製造玻璃物件，離窯廠又近，秋花的大哥故意接近張泉，又把妹妹嫁給張泉，儼然以張泉的大舅子自居，在別院幾乎是橫著走，時不時就去窯廠逛兩圈，經過暗衛的逼問，秋花的大哥手裡握著玻璃的製造方法，已經交出去一半了！

至於另外一半，就跟秋花有些關係，秋花根本不喜歡張泉，不過就是聽了她大哥的話接近張泉，好方便他行事罷了，她肚子裡的孩子是窯廠以前的主子——李家製窯場少爺的孩子，窯廠如今生意紅火，大家都想得到玻璃的製造辦法，就想些旁門左道往裡鑽。不過秋花的大哥也不笨，沒有把玻璃製造辦法一次全部交出去，他要秋花嫁進李家，只是李家不同意，加上秋花又懷了身孕，無奈之下，只能栽贓到張泉頭上，原本是想敲詐張泉一筆的，沒想到張泉傻乎乎地要負責，秋花一家也就順水推舟了。

李家以為有了半張方子就能琢磨出玻璃的製造辦法，沒想到實驗了大半個月都沒成功，李家少爺不得已之下又去找秋花，甜言軟語要娶她。這不？秋花就萌生了退親的想法，加上京都動亂，秋花就假借避禍，想換個地方住，其實就是帶著玻璃製造方子嫁進李家。之所以沒及時走，是張泉怕他們逃難缺銀子，說好今天給他們送二十兩去，再加上李家準備聘禮也要一段時間，就這樣巧合，被青竹幾個丫鬟攪和了。

聽到玻璃方子就這樣洩密了，錦雲氣得摔了茶盞，張嬤嬤跪在地上求錦雲饒過張泉，錦雲讓青竹扶她起來。「這事不怪他，人心難測。」

張泉的婚事就這樣沒了，張嬤嬤沒有一絲惋惜，對青竹她們道謝了一番，弄得她們不知道說什麼好，那會兒知道秋花懷孕了，她們差點嚇死，只是沒想到最後竟然是這樣。

錦雲看著張嬤嬤道：「外面那些姑娘不知根、不知底，妳又長年跟著我，一時半刻又看不出來她們秉性，可別娶個心高氣傲的回來。不妨在我院子裡挑個中意的，看張大哥自己的意思，我給她贖身便是。」

張嬤嬤連連點頭，一臉後怕。「秋花那樣的姑娘我哪裡還敢娶？我看人的準頭還沒少奶奶好，張泉的親事，還麻煩少奶奶了。」

這是讓錦雲給指門親事了，錦雲一時半刻還真不知道選誰好，要說院子裡的心腹丫鬟，除了青竹她們四個外，就是春兒她們四個小丫鬟了，錦雲乾脆把四個丫鬟叫了進來。

四個丫鬟茫然又興奮地看著錦雲，還以為錦雲要教她們製別的香，錦雲一人賞了一個大白眼，一個個都鑽進香裡去了不成？瞪得幾個丫鬟極委屈。

珠雲湊到四個丫鬟身邊把錦雲找她們的目的一說，幾個丫鬟臉都紅了，就聽錦雲道：「張嬤嬤的兒子妳們四個也都見過，覺得不錯、願意與他結親的就站著別動，不願意的就往後退一步，我也不敢保證他就一定喜歡妳們，這男婚女嫁還得看緣分。」

四個丫鬟站在那裡，腳步很艱難，這讓她們如何選擇，往後退不就代表看不上張大哥嗎，萬一惹怒了張嬤嬤不高興怎麼辦？

張嬤嬤知道她們的想法，笑道：「別想太多，少奶奶說得對，這事要看緣分，我不強求。」

四個丫鬟明白這門親事不錯，雖然比不上青竹她們四個可以嫁武功高強的暗衛，可暗衛做的事比管事危險得多，經常見不著人，於是四個丫鬟都不動。

珠雲抿唇揶揄道：「看來還真得看緣分了，春兒幾個腰上都有荷包，不妨拿回去讓張泉大哥挑一個，選中哪個就是了。」

錦雲撫額輕笑。「這不是皇上選秀女的架勢嗎？我瞧著行，就這麼辦吧。」

張嬤嬤高興地收了荷包，南香笑道：「張嬤嬤可不許作弊，得讓張泉大哥自己挑。」

張嬤嬤假裝生氣，把荷包塞給南香。「我不拿著成了吧，挑荷包的事妳去辦。」

南香高高興興地應了，特地讓人把張泉給找來，張泉很納悶，瞅著一堆荷包，茫然地看著南香。「這是？」

南香指著四個荷包給張泉看。「這四個荷包中有一個是你未來媳婦繡的，你可得挑仔細了。」

張泉臉有些火辣，起身要走，南香伸手攔住他。「不選不許走。」

「一定要選嗎？」

「當然了，這是春兒、夏兒、秋兒還有冬兒親手繡的荷包，你選中了誰繡的，誰就嫁給你。」

南香說著，捂嘴直笑，張泉滿臉通紅，眼睛都不知道往哪裡看，最後落到那四個精緻的荷包上，半晌才道：「就那個繡鴨子的……」

屏風後面，有吵鬧聲傳來。「誰繡的是鴨子？」

「我繡的是鯉魚！」
「我繡的是桃子！」
「我繡的是梅花！」
「我繡的是……鵝！」
「鴨子誰繡的？」
南香噗哧一聲笑出來，瞅著那荷包，然後看看張泉，差點笑彎腰。「張泉大哥，那是鵝，夏兒繡的呆頭鵝……」
張泉紅著臉落荒而逃，那架勢就跟被狗追了一般，唯恐慢了一步。身後，是一陣高過一陣的大笑聲，清脆悅耳。
「夏兒，張泉大哥喜歡鴨子，往後可別再繡鵝了……」
「是啊，妳看我們幾個都喜歡花草、水果，就妳喜歡鵝……」
「那是我家大白！」
「不還是呆頭鵝一隻嗎，呱呱……」
「冬兒，妳學得真像。」
「好啊妳，妳罵我是呆頭鵝，看我不撓死妳！」
南香從外院回去，就把張泉挑荷包的事告訴了錦雲，張嬤嬤也在場，聽到南香繪聲繪影地描述過程，張嬤嬤差點沒笑死過去，臉色帶著抹尷尬。「以前也沒少罵他呆頭鵝，誰想他竟不認識……」

谷竹笑道：「夏兒繡的鵝原就有三分像鴨子，張泉大哥又不好意思細細看，不過就是隨意瞄了一眼，認錯也在所難免，這荷包也算是選定了，那這門親事……」

張嬤嬤哪裡會不滿意，還擔心自個兒的兒子配不上，這四個丫鬟都是少奶奶一手栽培的，張嬤嬤還記得這些丫鬟當初才跟著錦雲，個個膽小瘦弱，哪像現在這樣，雖然還不能跟大家閨秀相提並論，可氣度在她看來，怎麼樣也有三分像少奶奶，為人善良，隨便哪一個她都高興，這親事就算是訂下了。

青竹端糕點過來，笑得見牙不見眼。「張泉大哥說定了成親的日子，不娶秋花了，什麼時候娶夏兒過門，是改期還是照舊？」

其實夏兒還不滿十五歲，但也差不遠了，加上吃穿用度都不差，比當初跟著錦雲時的臉色還要紅潤三分，張嬤嬤有心儘早把夏兒迎娶進門，可四個訂過親的丫鬟還沒出嫁呢！張嬤嬤望著錦雲，那意思是要錦雲拿主意。

錦雲沈思了片刻，眼底閃過一抹笑意。「這事還得看夏兒的意思。南香，妳去問問，她若是跺腳了，那就半個月後出嫁，若是沒跺腳，那就一個月後出嫁。」

青竹和谷竹幾個丫鬟都捂著嘴，少奶奶太壞了，這成親大事讓夏兒拿主意，她不羞得跺腳跑了才怪呢！少奶奶這是乘人之危。

幾個丫鬟見南香出去了，也想去見見夏兒是什麼反應，都溜了出去，果不其然，夏兒一聽，一跺腳就跑了，惹得她們大笑不止。

親事便這樣訂下了，夏兒是她們的好姊妹，她成親肯定要好好辦的，幾個丫鬟圍著錦雲，商議給夏兒準備個怎樣的喜宴。

原本的親事訂在了十八號，也就是十三天後，時間有些緊促了，好在院子裡東西都準備妥當了，就差夏兒的喜服。之前張嬤嬤去秋花家下聘是用了五十兩銀子，後來退親追回三十兩，讓張嬤嬤心疼了好幾天，不過想想與其娶了秋花回來，她寧願五十兩銀子全部打了水漂兒，想通也就釋然了。

夏兒沒別的親人了，這六禮不好下，張嬤嬤沒轍，拿了六十六兩直接交給了夏兒當作聘禮。

夏兒不敢收，還是冬兒勸道：「這是聘禮，哪有不收的，往後多孝順點張嬤嬤也就是了。」

春兒也點頭，調侃起青竹她們。「冬兒說得對，張嬤嬤這般大方，趙章大哥他們下聘可不能少於六十六兩，不然就不嫁了。」

青竹她們同仇敵愾。「別說我們，夏兒都要出嫁了，妳們三個還不抓緊點，少奶奶對我們沒那麼嚴格，准許妳們自己挑夫婿，只要不出格，少奶奶沒有不應的。」

秋兒鼓著腮幫子，一點也不著急的樣子。「我們才不急呢，像妳們四個訂親都那麼久了，不也沒嫁嗎？也許我們就跟夏兒一樣呢，晚訂親，比妳們還早出嫁。夏兒，妳趕緊給張嬤嬤添個孫兒，將來好做哥哥，壓她們四個一頭。」

夏兒羞紅臉頰，丟了手裡的繡活追著秋兒打。「叫妳胡說八道！」丫鬟們屋子裡鬧成一團，而錦雲則在書房裡看帳冊，忽然一道身影閃進來，錦雲抬眸，就見彎腰行禮的暗衛，一身勁裝，臉上帶著僕僕風塵，只見暗衛行過禮後，遞上一封信。「少奶奶，這是少爺特地讓屬下送來的家書。」

錦雲想起身，可惜肚子太大了，動彈不了，方才又讓青竹出去了，只好把手伸著，暗衛上前才注意到錦雲那大肚子，眼珠子差點瞪出來。「少奶奶，您……」

錦雲沒在意，她正忙著看信呢，暗衛有些無語，又不敢對著錦雲的肚子多瞄，心裡對自家少爺千般同情，少奶奶懷了身孕這樣的大事，少爺都不知道，回來稟報的暗衛也不跟少爺知會一聲，虧得少爺羨慕妒忌蘇二少爺數個月啊！

不過想到蘇二少爺，暗衛就忍不住想笑，沒事就在少爺跟前得瑟，沒少被少爺罰板子，要是回來知道那些板子全白挨了，就有熱鬧看了。

暗衛等著錦雲把信看完，眼也不眨地注意著錦雲的神情，發覺她的眉間有怒氣，有咬牙切齒的衝動，暗衛打了個哆嗦，心想，少爺要倒楣了。

錦雲一巴掌把家書拍在桌子上，氣啊，什麼狗屁家書，半個關切的字沒見到，全是指責，指責她為什麼不給他寫家書，然後說夏侯安兒給蘇猛寫了十七封家書，不到半個月蘇猛就會在他面前得瑟一回，而且夏侯安兒懷了身孕都有空寫，她怎麼沒空？

指責過後，他以夫君的名義要求錦雲必須在他回京之前寫封家書給他，還提了一下，最遲一個月，他就要回京了！

錦雲窩火啊，他給她寫過家書嗎？自己都不寫，好意思要求她寫！

她重重哼了一聲。我就不寫，我就不寫！

暗衛站在那裡，等錦雲不那麼氣了，才開口。「少奶奶，少爺說了，屬下要是拿不到家書就別回去了，您能不能寫兩個字？」

暗衛還跪了下去，錦雲氣得磨牙。行，算你狠，寫就寫！

錦雲拿了張白紙，又拿筆沾墨，用的是毛筆，邊寫邊磨牙，暗衛微微踮腳尖，想瞄兩眼，可是看了一眼……暗衛就把眼睛瞥向別處了。

錦雲寫完，又吹了吹，小心疊好，拿信封裝上，上頭還寫了夫君親啟，字體娟秀，暗衛看得直咋舌。

拿到了家書，暗衛就大鬆了口氣，錦雲寫些什麼，他管不著，只要完成任務了就好。

暗衛轉身要走，想到什麼，從懷裡掏出來一塊玉珮，遞到她面前。「少奶奶，您瞧這個是不是跟少爺的血玉珮是一對？」

錦雲面上一喜，可不正是她丟的那塊嗎？忙問是從哪尋來的。

暗衛告訴她是從個密探身上搜出來的，錦雲背脊發涼，差一點，她就要被誣陷通敵了！

六天後，暗衛一臉疲憊地進軍營，彼時天邊晚霞絢麗，酒肉味飄香四溢，攔下一個官兵問過才知道，南舜求和了！

暗衛一喜，奔向軍中大帳就去了。

大帳內，足有十幾位將軍在喝酒、說笑。

「南舜投降，我等總算可以凱旋而歸了，我等在這裡祝賀大將軍早生貴子。」

在邊關大半年，軍中上下都知道蘇副將軍得瑟做爹，葉大將軍怨恨沒早點兒生孩子，所以才這麼祝賀，大家都憋笑抖著肩膀舉杯。

葉連暮先是橫了蘇猛一眼，然後舉杯道：「承各位吉言。」

蘇猛一飲而盡，正要打擊葉連暮時，不小心就瞄到了掀帳簾進來的暗衛，蘇猛眼尖，一下子就看到了他手裡的信件，立馬放下手裡的酒杯，直接朝帳簾走了過去，路過暗衛時，手一抽，就把信拿在手上，順手把暗衛的啞穴點上，動作行雲流水，大帳內的人看得都怔住了。

葉連暮剛反應過來，要搶信件，而蘇猛怎麼可能讓他搶到呢，慫恿大家鬧起來。

「攔住他，我要看看將軍夫人寫給將軍的信件。」

幾位將軍過來攔住葉連暮，笑道：「今兒南舜投降，夫人就給將軍來信了，這信肯定大喜啊！」

蘇猛沒拆，葉連暮雙眼冒火。「你要敢看，我打你三十軍棍！」

蘇猛一聽，徹底放鬆了，揚著手裡的信。「三十軍棍而已，咱們一人挨三下，把這信看了如何？」

「老程皮厚，挨十下！」

「算我五下！」

「算我五下！」

三十軍棍很快就湊齊了，蘇猛揚信對著葉連暮道：「二妹夫啊，你不會這麼小氣吧，不就一封家書嘛，我那麼大方，十幾封家書每一封都給你瞧了，你給我燒了兩封我都沒怪你，看一下，二妹妹肯定不介意的。你別瞪我，我讀給你聽行了吧，我看了啊！」

蘇猛看著信封，誇讚道：「二妹妹的字飄逸灑脫，是你的字比不上的。」

暗衛站在那裡，有種想捂臉的衝動，果然，下一秒，蘇猛的嘴角抽了起來，有些不想把信件內容給人看的衝動了，可惜，身邊圍著兩個將軍呢，其中一個滿臉黑線的問：「這字真……灑脫飄逸，莫不是喝醉酒時寫的吧？」

「蘇將軍，快讀啊！」有人催了。

蘇猛尷尬得臉紅了，假咳兩下。「沒寫什麼，就不讀了吧？」

「讀，板子都替你挨了，不讀哪成啊？」

「那老程，你來吧！」蘇猛把信往一旁的粗獷將軍懷裡塞。

粗獷將軍忙往後躲，連著搖頭，唯恐避之不及。「別，我識字不多，這等豪放的字，我認不全，怕讀錯了。」

葉連暮蹙眉，快步走過去正要搶，蘇猛一個轉身，對著信唸道：「見過無恥的，沒見過你這麼無恥的，自己不給我寫家書，還要求我給你寫，你懂不懂什麼叫己所不欲、勿施於人？還讓暗衛使苦肉計！我是那麼軟心腸的人嗎？我就不寫，不寫，不寫……」

「二妹夫啊，這後面六個點是什麼意思？」

蘇猛問得一本正經，可是對面站著的某男已經站不住了，滿臉黑線，都快看不出原來的臉色了。

蘇猛默默地把信疊好，塞暗衛手裡，一揮手。「咱們出去挨板子。」

一群將軍腮幫子都憋得抽筋，就沒見過葉大少奶奶這樣奇特的女子，這也叫家書嗎？還在書信裡罵葉大將軍無恥，這是一個妻子該說的話嗎？

不過大家可不敢說錦雲的不是，人家的二哥和夫君都在呢，轉而誇讚道：「打是情、罵是愛，果然是這樣啊，夫人和將軍的感情甚篤，讓我等豔羨不已，尤其是那句己所不欲、勿施於人，字字珠璣。」

暗衛拿著信，趙章抽著嘴角接過信，又給暗衛解穴。

暗衛道：「少奶奶她身……」

葉連暮一抬手，打斷暗衛的話。「肯定是誰惹她生氣了，我不跟她一般見識。」

暗衛閉嘴，心想，算了，少奶奶懷孕的事還是別告訴少爺，過不了幾日就回府了，到時候讓少爺大吃一驚好了。

挨過板子後，大家繼續吃喝，蘇猛還是對那六個點好奇，一再追問。

葉連暮一個酒杯砸過去。「那是省略號！表示後面還有很多話沒說！」

眾將軍無言，有許多話想說就說唄，巴巴地讓暗衛回去拿家書，多等會兒怎麼了，這不是浪費時間嗎？不過一想到那家書，眾位將軍還是覺得點到為止比較好，這要再罵下去，葉大將軍的顏面往哪裡擱啊？

捷報四天後才傳到京都，京都都歡呼了起來，高呼將軍，高呼萬歲。

葉容痕高興，沒等葉連暮回來，就先賞賜了一堆綾羅綢緞給錦雲，而常安代為宣布的賞賜，有好幾箱子，把逐雲軒都堆滿了。

由於錦雲身懷六甲，常安宣讀聖旨時，免了錦雲的跪禮。

錦雲接旨笑道：「雖然是相公領導的，可勝利屬於每個將士的，這些賞賜錦雲不敢獨享，就先替相公手下收了，暫且放在我這兒，等大軍歸來，再拿去分。」

常安連連點頭。「還是葉大少奶奶考慮得周到，那奴才就先回去覆命了，少奶奶保重身子。」

錦雲讓青竹送常安出門，沒多久，張嬤嬤領著兩個產婆回來，那兩人看著堆了一屋子的賞賜，眼珠都瞪直了。

錦雲微微愣住。「八個月都不到，這會兒就請產婆是不是早了些？」

張嬤嬤笑道：「這有什麼早的，早些備下了才放心，這也是老夫人吩咐的，有些人家七個月就生孩子，雖然青竹她們幾個是跟少奶奶學了不少醫術，可到底是未出閣的女兒家，哪有產婆來得熟悉。」

吃過晚飯後，錦雲在院子裡散步，去花園裡賞了會兒花，等走不動了才回屋，青竹她們心疼錦雲，幫錦雲揉腿。

珠雲從外面進來道：「少奶奶，十王爺沒吃兩口飯。」

錦雲笑道：「皇上讓夫子來國公府教他讀書識字，他心情不好，自然吃不下飯。」今天常安來賞賜，除此之外還給葉容頃宣讀了一份口諭，由於他的功課落下了不少時日，讓他回宮又不願意，皇上一狠心，讓太傅來祁國公府教他，正好他躺在床上沒法亂跑，葉容頃上了一下午的課，食慾全無。

青竹把錦雲的腳挪回小榻上，笑道：「估計是要絕食抵抗皇上，皇上也真是的，十王爺過不了多久就能復原了，那時候再補上也不遲啊。」

錦雲拿書翻看著。「怕是沒那麼簡單，皇上這麼做，十有八九是太后施壓的緣故，皇宮情勢瞬息萬變，十王爺還是在宮外安全些。」

青竹想想也是，谷竹便問道：「也不知道皇上是什麼意思，先皇遺詔也燒了，還不放了老爺，還是像之前那樣裡三層、外三層地圍著相府。」

從燒掉先皇遺詔到現在，已經過去半個月了，除了死一個禁衛軍統領之外，右相府壓根兒就沒一點兒變化，錦雲知道太后的不甘心，畢竟遺詔是真的，見過遺詔的人也不少，據說遺詔燒毀的第二天，朝堂上為了誅殺右相九族而發生爭論。

一半的人認為要誅殺，因為見過的人都判定為真；一半人認為不可以，且不說沒有證據證明右相謀逆，就連先皇遺詔都沒見到，如何取信於天下？反對的人認為口說無憑，天下奇人異士多的是，要偽造先皇遺詔也不無可能，除非確定遺詔是真的，否則不可殺右相！

可是遺詔已經被燒了，如何拿出證明？證明不了是真的，也沒法證明是假的，就這樣把右相一家乾晾在府裡，刑部什麼時候找出燒毀遺詔之人，什麼時候方能決定是否放了右相一家。

天可憐見，要想找出錦雲是犯人的證據，簡直比登天還難，那證據在皇上龍榻上放著呢，就憑一方繡帕，誰能往燒遺詔上想？

錦雲嘆息啊，覺得有些對不住她爹，她應該想清楚，找好替死鬼再下手才對，不過她爹為了朝廷辛苦了那麼久，乘機歇兩天也是好事。

南香鼓著腮幫子。「還說誅九族呢，蘇二老爺府不就沒人去圍，蘇二夫人照樣逛街，照樣參加宴會！」

珠雲不屑道：「妳當蘇二老爺也同咱們少奶奶一樣講親情呢，他是真的同老爺斷絕兄弟情義了！」

錦雲眼神微冷，官居戶部尚書的二叔蘇勻昉在刑部去右相府宣讀聖旨之前就得了消息，第一時間同右相府斷絕了關係，他前腳一走，刑部官員後腳就進去宣旨，據說刑部官員為了等蘇尚書斷絕關係出來，還在右相府外待了一會兒。

錦雲想笑，難怪她爹不大喜歡二叔，這樣的人，她見了也嫌棄。

只是，蘇老夫人肯定是同意的，畢竟誅九族是斷族禍事，若是斷絕關係能替蘇家保住血脈，蘇老夫人求之不得呢！

錦雲想，祖母肯定不知道自己的二兒子非但不是右相一黨，且還是敵人一方，不然肯定要氣得拿枴杖打他不可。

自從知道蘇尚書同右相斷絕關係後，錦雲又多派了兩個暗衛潛進戶部尚書府，畢竟能做到他這分上，讓太后想除掉右相府時還重用他，這人不簡單，沒準兒從他身上就能找到突破口。

錦雲正想著，忽然肚子痛了一下，她咬著牙，手輕輕撫著肚子。「別踹娘，等你出來了，踹你爹去。」

幾個丫鬟想笑不敢笑，憋得肩膀直抖，張嬤嬤一臉無奈。「少奶奶，哪有妳這樣教孩子的？」

錦雲微微扯動嘴角，沒說話，看了兩頁書後有些睏了，便洗漱一番才睡下。

窗外，夜晚的徐徐微風吹動樹葉，一道身影晃過，迅捷地來到窗邊，輕輕推開窗戶，一躍便進了屋，然後順手把窗戶關好。

那身影熟練地走到床邊，把身上的衣服脫下，直接上床。

錦雲睡得正安穩，忽然覺得唇瓣一痛，不悅地蹙緊眉頭，伸手去撥弄，就聽耳邊一個醇厚沙啞的聲音傳來。「沒心沒肺，為夫在邊關打仗，妳一點兒也不知道擔心。」

錦雲朦朧中醒來，鼻子一動，就聞到一股熟悉的味道，睜開眼也瞧不見人，輕聲道：「回來了就趕緊睡，我睏著呢，別打擾我。」

說完，把被子往上一拉，把頭撇過去，這一動作惹怒了葉連暮，夜色下，根本瞧不見他的臉，但可以肯定此刻漆黑如墨。

這女人有沒有良心，半年多不見了，他回來了都沒見到她興奮，虧他一路上跑死了兩匹馬！

葉連暮氣得喘氣，一個俯身，重重壓了上去，下一秒，歇斯底里的吼叫聲響遍祁國公府，驚得樹上安睡的鳥兒都掉了下來，幸好下面是花叢，不然非得摔死不可。

幾個丫鬟都被驚醒了，慌亂地把衣服穿好，急急忙忙地趕去錦雲的屋子。「少奶奶，妳沒事吧？」

錦雲疼得想哭，可是嘴巴被捂著，葉連暮的額頭青筋暴起。「別叫，是我！」

錦雲抓著他的手，惡狠狠地咬了下去，可是咬到了一半，忍不住又疼叫了起來，這下嚇住葉連暮了。

此時，丫鬟們推門進來，手裡端著燭臺，屋子裡亮了不少，葉連暮這才看清錦雲滿臉都是汗珠。

青竹她們沒想到葉連暮這麼快就回來了，福身行禮後，擔憂地看著錦雲。「少奶奶，出什麼事了？」

錦雲咬緊牙關，努力用腳去踹葉連暮，咬牙道：「動胎氣了，讓產婆進來。」

葉連暮愣在那裡，看著錦雲的被子，指著那隆起處。「胎……胎氣？」

珠雲忙去把兩個產婆喊進來，張嬤嬤趕緊請葉連暮出去。「少爺，少奶奶怕是要生孩子了，你先去書房歇會兒吧。」

谷竹慶幸道：「幸好張嬤嬤今兒請了產婆回來，不然少奶奶半夜生孩子，上哪兒去請產婆。」

葉連暮不願意出去，站在那裡愣愣地看著錦雲，錦雲疼得咬牙，得空了就朝葉連暮投射兩記咬牙切齒的眼神，還把另外一個枕頭朝他砸了過去。「要是孩子有個三長兩短，我跟你沒完！」

葉連暮理虧，嘴角輕動了兩下，半晌才出聲。「妳什麼時候懷的身孕？」

張嬤嬤愣了兩秒，有種撫額的衝動，看錦雲那樣子，就知道今晚動胎氣要生下孩子怕是被少爺給嚇到了。少爺也真糊塗，大晚上回來也不知道點燈，少奶奶肯定以為是刺客還是偷竊的賊了。

見產婆進來，張嬤嬤忙連拖帶拉地把葉連暮轟了出去，哐噹一聲把門關上了。

大半夜，錦雲那淒慘的叫聲，驚醒了一半人，剩餘一半人也都被旁人推醒，穿衣起床看個究竟，一聽是少奶奶要生孩子，各個抓耳撓腮，少奶奶才快八個月身孕，這麼早就生孩子？

這事很快就傳到了寧壽院，葉老夫人本來就睡得不是很熟，院子裡動靜一大，她就驚醒了，一聽是錦雲動了胎氣要生孩子，哪裡還睡得下去？

在王嬤嬤的攙扶下，葉老夫人一進院子，王嬤嬤就罵道：「怎麼伺候大少奶奶的，大半夜的也動胎氣，這才快八個月，要是大少奶奶有個萬一，全賣了妳們！」

南香和珠雲被訓斥得頭低低的，鼓著腮幫子扭著繡帕，直拿眼睛去戳葉連暮。少奶奶原本好好的，誰知道怎麼回事忽然就叫得那麼慘，少爺回來本是喜事一樁，可是少奶奶都氣得拿枕頭去砸他，這事肯定和少爺脫不了干係！

葉老夫人瞧見葉連暮在門外打轉，微微一愣。「暮兒幾時回來了？」

葉連暮聽到錦雲那淒慘的叫聲，渾身發毛，恨不得替她承受。

一聽到葉老夫人問話，葉連暮下台階問道：「錦雲不會有事吧？」

葉老夫人寬慰道：「七個多月就生孩子的人不少，應該不會有事的，倒是你，半夜趕回來，趕緊去歇著吧。」

葉連暮睡得著才怪，心裡後悔得要命，他一早就發覺被子凸起有些不對勁，原以為是錦雲睡姿的緣故，哪知道是因為懷有身孕，那時候，他又被錦雲無視他的態度給激怒了，氣呼呼地壓了上去，故意想把錦雲給壓醒，誰想到……

一想到是因為他那用力一壓，錦雲才動了胎氣，不滿足月就生孩子，葉連暮拳頭都攢緊了，想給自己兩拳，聽著錦雲淒慘的叫聲，聲聲咒罵，他越發不安，不知道會不會把孩子壓壞了。

王嬤嬤聽錦雲罵葉連暮，忍不住多看了他兩眼，問道：「大少爺，大少奶奶今兒就生孩子是不是因為你？」

王嬤嬤見葉連暮衣衫不整，以為葉連暮是出征在外許久，把持不住，激烈運動下才導致錦雲動了胎氣提前生孩子的。少爺年紀輕，血氣方剛的，憋半年確實難為他了。

可是少奶奶那麼大的肚子，這麼做委實不應該，葉老夫人也察覺出來了，顧不得滿院子丫鬟，氣道：「你也老大不小了，這麼點分寸也不知道，等孩子生了，隨你怎麼著都行，再說了，院子裡丫鬟那麼多，你何苦欺負錦雲！」

葉連暮被罵得愣住，半天才反應過來。「祖母，妳說什麼呢！」

葉老夫人微蹙眉頭。「難道是祖母猜錯了，那錦雲好好的怎麼動了胎氣？」

葉連暮被問得啞然，耳邊是錦雲的咒罵聲，他低聲道：「我根本就不知道她懷了身孕，我剛回來，她理都不理我，我一時生氣，就忍不住……拍了一下被子。」

他實在沒好意思說是壓上去的，葉老夫人一聽他拍被子，還是在氣憤之下拍的，差點站不住身子，手裡的枴杖握了又握，最後實在忍不住，朝葉連暮劈了過去。「我打死你個沒分寸的，大晚上的，睡得好好的，誰要搭理你？你還生氣拍被子，你那力道，連桌子都能拍爛，你拍在自己兒子身上，要是錦雲有個三長兩短，我活活打死你去，列祖列宗啊……」

老國公也被驚動了，一跑來聽到葉老夫人的話，臉色也變了，走過來，抓了葉老夫人的枴杖就要打他，葉老夫人捨得自己打，哪裡捨得讓老國公打啊，她力道只有那麼大，用盡全力也不會打傷葉連暮，老國公是學武之人，說不定真會把暮兒打傷了，忙勸道：「我已經打過他了，他也不知道錦雲懷了身孕，錦雲那孩子也真是的，這麼大的事也不知道告訴暮兒一聲。暮兒，你啊，就算再生氣，也不能對錦雲動手，就算她沒懷身孕也不行！」

院子裡，眾丫鬟、婆子瞪著葉連暮，少爺竟然打少奶奶？虧少奶奶還替他生孩子，太過分了！少奶奶人多好，院子裡丫鬟有困難了，只要求少奶奶，就沒有不幫的，丫鬟生病了，青竹、谷竹治不了的，少奶奶還會親自幫著把脈，抓藥都不用藥錢，這樣好的少奶奶，少爺竟然捨得打她？膽子大的丫鬟恨不得用冰刀眼去戳她們少爺了。

葉連暮站在那裡，渾身像是被冰刀戳一樣，老國公見他站在那裡就一肚子火氣，吼道：「還傻站在這裡，去祠堂跪著，什麼時候錦雲把孩子生下，什麼時候起來！」

「祖父，我要在這裡守著……」

「滾去祠堂！你在這裡能有什麼用，氣死錦雲和她肚子裡的孩子不成？」

趙章等暗衛遠遠地站著，各個膽戰心驚，不知道說什麼好，少爺恨不得飛回來見少奶奶，結果一回來就害得少奶奶動了胎氣，早知道如此，還跑回來做什麼？

葉連暮不得不去祠堂跪著，求列祖列宗保佑錦雲安然無事，跪在那裡半天，他開始跪不下去了，漸漸地，他發覺不對勁，於是把趙章找來詢問。

趙章苦著臉回道：「暗衛也想告訴少爺，少奶奶懷了身孕的事，可是少爺你每回讓少奶奶幫著準備酒水，都沒關心少奶奶兩句，少奶奶一生氣就不許暗衛告訴你懷孕的事……」

「不讓你們說，你們就幫著隱瞞？誰才是你們的主子！」葉連暮差點氣瘋。

「……少奶奶也是屬下們的主子。少爺，你別擔心，少奶奶不會有事的，小少爺也不會有事……」

趙章話還沒說完，有暗衛急急忙忙地奔進來。「少爺，皇上派了公公來請少奶奶進宮，說是皇后難產，讓少奶奶務必進宮一趟，是太后的人來傳話的。」

葉連暮的眉頭蹙緊，狠狠地握緊拳頭，連「務必」兩個字都出來了，這是聖旨了。

他從蒲團上起身，直接去了逐雲軒，把衣服穿好，親自進宮。

皇宮。

葉容痕見是葉連暮來，微微一愣。

沐太后的眉頭蹙緊。「鐵騎將軍什麼時候回京了，這麼大的事都沒人知道？」

葉連暮給沐太后和皇上行禮，然後道：「馬跑得快，就先回京了。」

葉容痕扯了下嘴角，什麼叫馬跑得快，不知道等等別人嗎？急著回京大可以直說，不過他回來了，鐵騎應該離得不遠了。葉容痕放心了不少，微微挑眉。「大晚上的找錦雲進宮實屬無奈，太醫說皇后難產，恐怕有危險，錦雲人呢？」

「……出了點意外，錦雲正在府裡生孩子，來不了。」

「錦雲生孩子？她不是才七個多月嗎，怎麼這會兒就生了？」葉容痕一驚，聲音裡帶了三分自己都察覺不到的擔憂和急切，他原本就不贊同太后的提議讓錦雲進宮，他沒忘記前些時候有人往台階上潑油要害錦雲的事，太醫也不贊同，畢竟錦雲肚子不小了，受不了那個累，只是皇后難產，逼不得已下，需要錦雲像當初救齊大少奶奶那樣的醫術，來救皇后和她肚子裡的孩子。

「出了點小意外，皇上沒別的事，我就先回府了。」葉連暮根本就不想來，只是聖旨宣召，又是太后的人來傳召，錦雲不去，就得他去了。

葉連暮再回去的時候，天已經微微亮了，他站在祁國公府大門前，詢問護衛，錦雲生下孩子了沒，護衛搖頭。

望著葉連暮疲憊的臉色，再想府裡那些傳言，少奶奶大晚上生孩子全是因為少爺害的，護衛輕咳一聲道：「少爺您別擔心，生孩子沒那麼快，要不您繞著京都溜一圈，回來少奶奶肯定把小少爺生下來了。」

這提議讓葉連暮稍稍側目，護衛立馬繃緊了身子，恨不得抽自己一巴掌，等葉連暮邁步進府，身側的另外一個護衛忍不住拍了他一下。「你想死啊，少爺都快急死了，你還讓少爺去外面轉圈！」

護衛後怕道：「還不是想到少奶奶吃苦頭全是因為少爺嘛，所以才……」

另一個護衛安慰道：「放心，小少爺肯定不會有事的，我婆娘她娘家二嫂的表姨不就七個月生下一個大胖小子，足足六斤重呢，比人家十個月的都重。」

護衛連連點頭，然後小聲問：「你也知道少爺的武功，你說他會不會把小少爺拍出內傷來？」

另一個護衛一巴掌拍過去。「少爺不知道少奶奶懷了身孕，少奶奶畢竟是他媳婦，能用多大的力道，你捨得踹你媳婦一腳嗎？」

「……」

「我沒媳婦……」

葉連暮走在回逐雲軒的路上，一路上的丫鬟、小廝都沒有好臉色，有些膽子大的甚至連行禮都免了，直接無視他走過去，換做平時，這是不可能出現的事，趙章也不會放任他們這樣慢待葉連暮，但是今天，趙章也選擇無視，當做沒看見。

葉連暮還沒進逐雲軒的院門，就立馬聽見錦雲的罵聲傳來，還有遠處丫鬟低聲的交談。

「少奶奶都罵少爺一宿了，這是多恨少爺啊？」

「肯定好不了，少奶奶平素瞧著好說話，一旦惹怒她，那可是沒有好果子吃的，少爺這回慘了。」

「少爺也是活該，少奶奶那麼大的肚子挺著，也能瞧不見，就算是晚上，屋子裡有那麼多的蠟燭，又不是沒長手，不知道點著，成心嚇唬少奶奶。換作是我大晚上睡熟了，誰把我喊醒，我也要罵上兩句的，何況懷了身孕的人，脾氣更暴躁。少爺不知道體諒，還氣得要打少奶奶！」

「肯定是在邊關當慣了將軍，習慣大家順著他了，少奶奶稍稍有點不順他的意，他就發怒了，少爺以前也不是這樣的啊，才打了半年多的仗就變得喜怒無常了，太嚇人了。」

「豈止是嚇人，我聽說有些膽小的上了戰場，見慣了死人，性格會扭曲、嗜血呢，半夜三更會拎著刀對著人亂砍一通，我就怕少爺也變成那樣。到時候我們可怎麼辦啊？」

趙章實在聽不下去了，嘴角都在抽筋，再看葉連暮那忍無可忍的表情，趙章上前呵斥道：「亂嚼舌根，還不去幹活！」

幾個丫鬟頓時臉色蒼白，胡亂行過禮，撒腿就跑。

葉連暮看著一盆一盆的血水端出來，心都提得高高的，一晚上流這麼多血，他真擔心錦雲會……再聽錦雲的叫疼聲越來越弱，葉連暮再顧不得其他，趁著青竹出門之際，邁開步子就進去了，青竹連攔的機會都沒有。

屋子裡，兩個產婆一個勁兒地要錦雲使勁，谷竹在一旁幫錦雲擦拭額頭上的汗。

「都四個時辰了，少奶奶您要不要吃點東西？」

錦雲咬緊牙關，手抓著被子，心裡有不好的預感，再不把孩子生下來，不單是孩子，就連她都會有危險，錦雲正要吩咐谷竹，就見葉連暮進來。

錦雲雙眼立刻冒火，正要開罵，下一秒，手已經被葉連暮握在手裡，再看葉連暮眼底的懊悔和疼惜，她想罵也罵不出口了，只能扭過頭去，有氣無力地吩咐谷竹道：「讓大夫進來給我施針。」

因為皇宮內，皇后生孩子，太醫全部待命，根本沒有太醫來，只能去請了大夫來，谷竹幾個醫術雖然不錯，可對孕婦施針，她們還沒膽子。

沒一會兒，一位頭髮半白的大夫就進來了，在外頭已經交代過了，一會兒錦雲讓他扎哪裡他就扎哪裡，大夫雖然有些不高興，可也聽說錦雲醫術比太醫還要高超，不敢不照做。

錦雲報穴位，入針幾分，半盞茶工夫過後，錦雲身上就扎了十八針，她拽住葉連暮的手，深呼吸，覺得時機差不多了，錦雲惡狠狠不留餘力地咬了下去，疼得葉連暮的額頭青筋一跳一跳。

青竹和谷竹兩人看到有血從葉連暮手腕上流下來，正渾身哆嗦呢，就聽到一聲啼哭，還有產婆的歡喜聲。

「生了、生了，是個小少爺！恭喜夫人，恭喜少爺！」

錦雲渾身一軟，再扛不住了，暈了過去，葉連暮抽回手腕，顧不得流血，問大夫錦雲會不會有事。

大夫掃了葉連暮一眼，把銀針取下來，帶著淡淡的鄙夷回道：「少奶奶只是力氣用盡了，歇會兒就會醒了。」

產婆抱著孩子，猶豫著要不要給葉連暮抱，外面一陣鬧鬨聲傳來，葉老夫人聽說孩子生了，連忙趕著就進來了，抱著小孫兒逗笑著。「嚇死曾祖母了，還以為你被你那沒良心的爹給拍出個好歹來。大夫，孩子早產了兩個月不會有事吧？」

「老夫人放心，孩子沒事，只是有些虛弱，我想以少奶奶的醫術，不出一個月就能調養好。」

「那就好、那就好。」老夫人徹底放寬心，瞪了葉連暮一眼，吩咐王嬤嬤道：「國公府上下賞半年月錢！再派人去右相府報喜。」

「少奶奶不足月就生孩子，右相府肯定要問起緣由，這該怎麼回答？」王嬤嬤問道。

葉老夫人一肚子火氣。「不用替他隱瞞，府裡上下人盡皆知，瞞也瞞不住！」

葉老夫人也是過來人，知道懷孕的女人有多脆弱，一個不小心就會一屍兩命，錦雲在府裡陪了她幾個月，孝順有加，哪是半年多沒見到的葉連暮能比的？倒不是錦雲在葉老夫人心裡比葉連暮重要，可是錦雲加上肚裡的孩子，分量就比葉連暮重了；再者，就算是有天大的理由，一個大男人也不該對女人動手，祁國公府還從未有過打嫡妻的男人，這先例就不許有！

夏荷進來道：「老夫人，老國公讓您抱小少爺去給他瞧瞧。」

葉老夫人笑著伸手逗弄了下懷裡的孩子，轉身要走。葉連暮湊上去想要看一眼，葉老夫人卻把孩子一攔。「怎麼，孩子在我老婆子懷裡，你也想打不成？」

「祖母，我沒有，我就是想看看……」

「等錦雲醒了，她許你看，你再看吧。」

葉老夫人半點不通情理，這個孫兒做事素來缺分少寸的，力氣又大，他哪會知道怎麼抱孩子，就怕摔著、磕著了。她沒理會葉連暮眼裡的渴求，抱著孩子就出門了，一邊吩咐張嬤嬤多燉些好吃的給錦雲補補身子，另一邊又吩咐丫鬟去請奶娘，請八個、十個回來，讓錦雲挨個兒地挑。

幾個丫鬟很麻利地把屋子裡收拾好，又點了些淡香，沒一會兒屋子裡的血腥味就淡了，青竹毫不客氣地吩咐葉連暮將錦雲抱起來，把弄髒的被子全換了新的，又打了熱水來給錦雲擦臉，收拾好這些，小半個時辰就過去了。

錦雲醒過來時，外面已經日上三竿了，一雙手在摸她的臉，上頭的老繭摸得她有些生疼，她耳邊不斷傳來道歉的話。

錦雲扭頭，可就是扭不過去，她沒好氣地睜開眼，一點慵懶睡意都無，她哼著鼻子嫌棄道：「你多少天沒洗澡了，全是汗味兒！」

「急著回來，沒宿驛站。」

言外之意，就是騎了幾天的馬就有幾天沒洗澡了，聽得錦雲胸口又是感動又是火大，急著回來她高興，可是他都幹了些什麼，差點壓死她！

青竹很識時務地出去，讓人準備沐浴用水，稍後進來道：「少爺，洗澡水準備好了。」

葉連暮便起身去沐浴了，青竹湊到錦雲身邊道：「少奶奶，是個小少爺呢，大夫說很健康，老太爺抱著不鬆手，還要一會兒才能抱來給妳看。」

錦雲點點頭，正要閉眼，忽然想起一件事來，立馬吩咐道：「趕緊給我熬副催奶的藥。」

張嬤嬤進來道：「老夫人已經請了奶娘，餵奶傷身子，有奶娘餵呢。」

女人生孩子餵奶天經地義，傷什麼身子？錦雲堅持自己的孩子自己餵，張嬤嬤無奈，只好讓青竹下去準備了，沒一會兒藥就端來了，錦雲一口氣喝完。

再說葉連暮沐浴完，換了身衣服，就去了正廳，被葉老夫人和老國公挨個兒地罵了一番後，終於把孩子抱在懷裡，本來孩子在老國公爺懷裡好好的，一到他懷裡就哭個不停，老國公又是一頓劈頭蓋臉地罵。「看你幹的好事，連自己的兒子都不樂意讓你抱，要是他長大了，知道是你打了他娘才讓他提前出生的，看你這個做爹的還有什麼臉面！」

葉連暮實在是憋不下去了，他沒說自己打錦雲啊，只是說拍了下被子，他承認錦雲提前生孩子是他的錯，可他哪裡捨得打錦雲，心裡氣不過，就是想狠狠地懲治下她而已。

葉連暮想說出實情，免得將來真的被自己的兒子記恨，可是當著一屋子的人他實在說不出來實情，只得憋著，最後懶得理會老國公，抱孩子趕緊走，王嬤嬤怕他弄疼了孩子，緊緊地跟在後面，叫他輕點兒。

錦雲在屋子裡就聽到孩子的哭聲了，心都揪了起來，再看葉連暮抱著孩子進來，她趕緊伸出胳膊，葉連暮討好地把孩子送到她懷裡。

張嬤嬤見孩子哭，再看看天色。「怕是餓了。」

「才吃過藥，還沒那麼快。」錦雲心疼地用手指去碰孩子的唇，孩子眼睛沒睜，可是動嘴了，錦雲摸摸他的臉，又狠狠地剜了葉連暮一眼。「都怪你！」

葉連暮黑著一張俊臉。「怎麼又怪我？」

錦雲用腳去踹他，可是一動傷口就疼，她磨牙道：「要不是你，他這會兒還好好地待在我肚子裡呢，餓了就吃，不怪你怪誰？」

葉連暮無話可說，有股想把孩子嘴巴捂住的衝動，不過，他敢肯定，他要是真這麼做了，自己的手就不要了。

張嬤嬤在一旁笑道：「孩子沒事，早點生下來也好，一個月後，少奶奶就出月子了，要是沒昨晚的事，少奶奶還得多受兩個月的苦呢。」

錦雲聽了心情好了不少，對葉連暮的臉色也好了些許，她逗著孩子，哄他別哭，大概半盞茶的工夫後，她覺得有奶了，這才轟葉連暮出去。

葉連暮的心又提了上來。「才對我好點兒，又趕我出去，這也是我的屋子！」

「我給孩子餵奶呢！」錦雲微紅著臉。屋子裡幾個丫鬟都捂著嘴笑，妳推我擠地出去了。

等丫鬟全走了，葉連暮還穩穩地坐在那裡，眼神微微熾熱，卻帶了三分鬱悶，他算是體會到什麼叫心急吃不了熱豆腐。邊關半年，他憋了許久，誰知道急了那麼一回，就惹得整個國公府上下看他就跟看禍害似的。「妳餵妳的，我又不礙妳什麼事。」

錦雲再不管他，解了衣服餵孩子，才餵到一半，忽然聽到一陣撞鐘聲。

葉連暮的眉頭蹙緊，直接從床邊站了起來。

「是皇宮裡的喪鐘？」

喪鐘六響，皇后死了。

第四十章　朝野動盪

葉連暮看著錦雲，又看看錦雲懷裡的孩子，心裡一陣後怕，同樣是生孩子，皇后難產死了，幸好老天垂憐，錦雲母子平安。

聽葉連暮說皇后難產時，沐太后還曾派人召她進宮，錦雲眉頭微微蹙緊，對太后實在沒好感，她懷了七個多月的身孕，還是大半夜的，竟然派人召她進宮？

如果是葉容痕的人來，錦雲也還沒有生孩子，肯定會去的；太后的人來請，錦雲想她應該不會去，就算真的需要動手術，她也沒有那個精力辦到。

錦雲抱著懷裡的孩子，輕輕地拍著他的後背，一道天藍色身影從外頭奔進來，嚇了青竹一跳，待看清楚來人，青竹忙行禮。「見過七王爺。」

葉容軒根本顧不得這裡是錦雲的內屋，直接朝床榻走去，他懷裡還抱著一個孩子。

這架勢把錦雲怔住了，就連要訓斥葉容軒的葉連暮都蹙眉了。「這是？」

「王兄的大皇子。」

錦雲更納悶了，七王爺把大皇子抱到她這裡來做什麼，就算皇后死了，也不用這樣吧？

可是一見大皇子的模樣，錦雲的臉沈了。

見大皇子膚色泛青，七王爺嘆息道：「皇后死了，大皇子生下來，太醫就說活不過三日，我不知道妳有沒有辦法救他，妳盡力試一試。」
錦雲把懷中的孩子抱給青竹，讓她抱出去，這才細細給大皇子把脈，越把脈越是心驚，這孩子中毒有三個多月了，應該是皇后中毒的緣故。錦雲心疼地攢緊手，就算要殺皇后，孩子何其無辜，竟害他如此！
「取銀針來。」
錦雲挑了最細小的銀針，給大皇子扎上，又挑破大皇子的手指，一滴漆黑的血流出來。
大皇子哭得嗓子都沙啞了，等錦雲收了銀針，葉容軒迫不及待地問：「還有沒有得救？」
「懷胎時期中的毒最難除去，許多藥刺激性太大，大皇子年紀太小，我沒法用，我需要三年時間才能把他體內的毒除盡，三年內，他會比一般人虛弱很多，要想完全跟常人無異，大概要到五歲。」
葉容軒鬆了一口氣。「有救就好，我回去告訴王兄一聲。」說完就要走。
葉連暮把他喊住。「你不把大皇子抱回去？」
「皇宮那地方哪還敢待著，還是妳這兒安全些。」
葉容軒走了，大皇子餓得直哭，錦雲只好自己餵奶。
錦雲看著大皇子的臉色。「十有八九是太后的人下的毒手，現在怎麼辦？以前李大將軍保持中立，這回他還能保持得下去？」

葉連暮坐在那裡，眉頭稍蹙。「也許倒楣的會是蘇貴妃。」

錦雲微微一愣，怎麼把蘇錦妤給忘記了，從懷孕後，沐賢妃也就是稍微折騰了些，並沒有和皇后產生磨擦，反而是蘇貴妃，喜怒無常，侍女狐假虎威被皇后罰過兩次，後宮都知道蘇貴妃嫉妒皇后和賢妃懷有身孕，她要是想害皇后，還真的有動機，若是太后想嫁禍的話……錦雲又頭疼了。

果然，幾個時辰後就聽到蘇貴妃謀害皇后的消息，被皇上下令關在冷宮內。

錦雲只是道聽塗說，具體情況如何並不知道，只在屋子裡安心坐月子。右相府被圍，沒人可以隨意進出，所以沒人來探望，反倒是安府的安大夫人、安二夫人都來了，溫府也來了不少人。

溫寧瞧見兩個孩子，直問錦雲。「表嫂，妳生了雙胞胎？」

葉容頃坐在一旁，忍不住齜牙咧嘴。「笨蛋，沒看出兩個孩子長得不一樣嗎？這個是本王爺的姪兒，大皇子！」

溫夫人一愣。「大皇子？外面不都說大皇子活不過三日，怎麼在這裡？」

錦雲輕嘆了一聲，只說了一句「說來話長」就沒繼續說了，幾位夫人也是聽明人，這些事還是不知道得好。

溫寧年紀小，嘟著嘴瞅著大皇子。「好醜，皮膚都是青黑的。」

葉容頃心裡贊同，但是面子上過不去。「哪裡醜了，他中毒才會這樣，等毒素除乾淨就漂亮了，倒是妳，怎麼越長越醜？不會等妳長大嫁給我的時候，成了個醜八怪吧，我可先說了，妳再這麼越長越醜，我可不會娶妳。」

溫寧立刻氣炸了，扠腰瞪眼。「我就越長越醜！醜死你不可，說得你長得多漂亮似的，你還沒大皇子漂亮呢！」

這下氣炸的是葉容頃了，他深呼吸，用一種怪異的眼神看著溫寧，看得她渾身發毛。「你看什麼！」

「妳的眼光是不是有問題？」

「……你才眼光有問題！」

溫夫人直撫額，她這是造什麼孽啊，兒子、女兒沒一個省心的。「你們兩個出去吵吧。」

「我才不出去，我是好孩子，不跟他一般見識。」溫寧努嘴道，雙眸精光閃閃，逗著兩個孩子。

葉容頃氣得胸口直起伏，牙齒磨得咯咯亂響。

安大夫人搖頭道：「不是冤家不聚頭。錦雲，妳好生歇著，過兩日我再來看妳。」

錦雲讓青竹送安大夫人她們出去，稍後，因府裡還有事，溫夫人也回去了，至於溫寧，不想那麼早回去，就留下了，打算等玩夠了再回去。

錦雲哼著童謠，珠雲急急忙忙地進來。「少奶奶，李大將軍的夫人要來看大皇子。」

錦雲還沒同意，外面就聽到李夫人的訓斥聲。「混帳東西，我是大皇子的外祖母，我來見自己的外孫兒，還不給我讓開！」

青竹過去攔李夫人，李夫人一個巴掌就揮了過去，打得青竹轉了兩個圈，差點撞桌子上。這下，錦雲的怒氣徹底憋不住了。

李夫人神情有些憔悴，夫君在邊關受傷，女兒又在皇宮裡死了，生下的大皇子還被說活不過三天，她再堅強也承受不了，李夫人恨蘇錦妤，連帶著把錦雲也恨上了，看見兩個孩子躺在錦雲身側，李夫人伸手道：「把大皇子給我！」

錦雲努力不讓自己生氣，拍了拍兩個孩子，淡淡地掃了她一眼。「大皇子是七王爺奉皇上之命送來我這裡的，妳想要也行，拿皇上的聖旨來。」

「真真是嘴尖舌巧，我是大皇子的外祖母，我見大皇子需要什麼聖旨！」

「妳是大皇子的外祖母，可大皇子暫時由我照顧，我就得對他的安全負責，萬一出點兒什麼事，我對皇上如何交代？李夫人也知道大皇子活不過三天，今天是第二天了。」

李夫人紅著眼眶，指著錦雲罵道：「皇后就是被妳們姊妹給害死的，要不是難產遲遲生不下來，大皇子也不會……妳見死不救！」

「我們少奶奶昨晚也在生孩子，怎麼進宮？就妳的皇后女兒要生孩子，我們少奶奶就不用了？虧妳還是將軍夫人，只顧著自己的女兒，皇宮裡那麼一堆太醫全部緊著皇后，我們少奶奶昨晚用的都是京都尋常大夫，這還不夠嗎？」南香反駁道。

李夫人一時啞然，可她就認為錦雲是故意的，快八個月的身孕生什麼孩子？太后都說了，若是錦雲去了，皇后肯定不會死！

錦雲無語，她理解李夫人死了女兒的心情，可人又不是她害死的，她只是沒進宮救皇后而已，又不是故意不去的，是沒法去，這能成為李夫人記恨她的理由嗎？

「李夫人來得正好，我一個人照顧不了兩個孩子，妳就在國公府多住兩日吧。來人，送李夫人去偏院，再去皇宮請道聖旨，准許李夫人就近照顧大皇子，成全祖孫情意。」

吃午飯的時候，葉連暮帶回一個大消息，聽得錦雲一愣一愣的。「皇上讓大皇子認我做義母？」

「皇上怕自己有個萬一，到時候，妳我就扶持大皇子上位，至於李大將軍，就憑他丟了邊關戰事，私自回京，皇上就不會饒了他。」

錦雲揉著大皇子的小手，輕嘆一聲，皇上這是要斷他羽翼，又給他找個可靠的靠山。

三天後，大軍班師回朝，葉連暮連夜出京，再與大軍一同進京，皇上領著文武百官夾道歡迎，大家拱手道賀他喜得貴子，葉連暮很高興，高興之餘，對蘇猛半點好臉色也沒有。

蘇猛一臉鬱悶，得瑟了半年，沒想到先有兒子的竟然是他！安兒怎麼也不寫信跟他說一聲，這臉丟到家了。

不過，文武百官在城門口就對蘇猛發難了，右相還帶罪在身，弄個不好是要誅九族的，蘇猛是他的兒子，在九族之內，按理是要關起來的。

葉連暮求情道：「蘇副將軍英勇善戰，屢建戰功，右相一案還未查清，不可冤枉了蘇副將軍，還請皇上三思。」

數位將軍都幫著求情，還有一群百姓都呼籲三思，葉容痕哪裡會犯眾怒，沒有追究蘇猛，還准許他回家，是右相府唯一一個可以隨意出入的人。

適逢皇后過世，這慶功宴是舉辦不了，葉容痕賞了一堆東西去軍營，准許他們在軍營設宴。

皇后過世，七天之內不許舉辦喜宴，夏兒和張泉的親事不得不挪期，最後一商議，暫時不嫁了，等青竹四個丫鬟訂了婚期，大家一起出嫁，張嬤嬤自然樂意，最後一提議，乾脆把春兒她們的喜事也訂下，到時候八個丫鬟一起出嫁，吉利。

這幾日，錦雲每五天給大皇子施針一回，每次能放兩滴毒血，大皇子氣色好了不少，至少沒那麼青紫了，但還是消瘦得讓人心疼；至於李夫人，錦雲只讓她隔著搖籃看大皇子，李夫人一直以為大皇子活不過三天，但是現在已經一個月過去了，大皇子的氣色一日比一日好，李夫人心安了不少，對於錦雲也就沒那麼氣了。

這一天，李夫人逗著大皇子，揉著他那小手，瞥錦雲一眼。「我能抱抱他嗎？」

錦雲也不是鐵打的心，這些日子李夫人的表現，她還算滿意，便點頭同意了。

李夫人一時欣喜，小心翼翼地抱起大皇子，冬兒急急忙忙地奔進來，差點撞飛珠雲，惹得珠雲大叫。「妳幹麼啊這是，有什麼事這麼火燒眉毛的？」

冬兒繞過珠雲進屋，急道：「少奶奶，皇上在皇宮吐血暈倒了，賢妃受驚，現在正在生孩子呢！」

李夫人聽到冬兒的話，下意識地把懷裡的大皇子摟緊了，許是動作大了些，驚了大皇子，哇哇大哭起來。

青竹上前把大皇子抱在懷裡，輕輕拍哄著，瞪了李夫人一眼。

李夫人臉色有些僵硬，沒敢說青竹沒大沒小，轉而看著錦雲，糾結再三道：「現如今，妳也是大皇子的義母，皇上這些日子時常病痛纏身，現在更是嚴重到吐血了，也不知道情形如何，皇后已經過世，萬一賢妃誕下麟兒，外有沐大將軍，內有太后，哪裡還有大皇子的容身之處，妳莫不是想讓他在國公府住一輩子吧？」

錦雲心裡有些擔憂，不知道葉容痕情形如何了？可是她現在還在坐月子，就算出月子了，皇宮現在也是危機重重，她不能去。

錦雲望著李夫人。「依夫人的意思，是要我為大皇子做謀劃，皇上有個萬一，讓國公府扶持大皇子登基？」

李夫人的神情有些冷淡，但是隱藏了三分激動，任是誰知道自己的外孫要做皇上了，哪還能抑制得住自己不激動的？

錦雲瞥了眼青竹懷裡漸漸止住哭聲的大皇子，嘴角一勾，劃過一絲冷意。「大皇子尚未滿月，他當不當皇上，有區別嗎？不知李夫人是想李大將軍攝政，還是我們夫妻把持朝政？」

李夫人喉嚨梗住，當初皇上登基，右相把持朝政，把皇上逼得有多辛苦，她怎會不知道？大皇子是她的外孫，她怎麼捨得他吃那份苦，要真攝政自然還是由李將軍來比較合適，只是這話她不會說，轉而笑道：「妳是大皇子的義母，鐵騎將軍又是皇上的表兄，想必皇上更放心你們。」

錦雲眸底的笑意更冷，難怪皇上想除掉李大將軍了，現在大皇子還這麼小，他們就有攝政的想法了，等大皇子長大，只怕整個朝廷都是李家的了，那時候還會念及親情還政給大皇子嗎？

「皇上只不過吐了兩口血而已，咱們倒像是在咒他早點兒死呢。李夫人，相比於義子執政，我們夫妻更希望皇上長命百歲，皇上信任我們，我們權勢不算小，錢也夠用了，不想攪和皇儲爭鬥。蒙皇上恩寵，讓大皇子認我們夫妻做義父、義母，我們就會把他當兒子對待，至於將來皇上會不會封他做太子，這是皇上的事，我只希望他無病無痛，安穩過一輩子就足夠了。」

養了一個月，大皇子同祁國公府的小少爺易兒一同吃睡，錦雲就當自己生了雙胞胎，她從來不認為做皇上很好。錦衣玉食，榮華富貴，手握萬民的生殺大權，前兩個很容易辦到，至於後面一個，一個弄不好，就成了遺臭萬年的昏君、暴君，何苦呢？

李夫人聽到錦雲的話，面色有些冷，咒皇上死，那可是死罪，她以為錦雲會藉著大皇子去奪皇位，畢竟能身為皇上的義母，何等尊貴。

李夫人根本不怕錦雲和葉連暮心大，自家夫君馳騁沙場數十年，豈是他們兩個能對抗得了？

李夫人不死心地笑道：「皇上病重，又身處在太后的眼皮子底下，情形如何，妳心裡清楚，我不過就是把話挑明罷了，都說一朝天子一朝臣，若真的是二皇子登基了，右相一家和祁國公府能逃得了？」

錦雲笑道：「夫人多慮了，就算皇后過世了，大皇子也是皇上的嫡長子，只要他好好活著，這皇儲之位又豈會輕易落入別人手裡？我累了，夫人也早些回去歇著吧。」

李夫人起身出去了，只是才出院門，就見葉連暮邁步走近，手裡還拎著個大食盒，細細聽，還聽到兩聲孩子的啼哭聲，李夫人稍稍愣住，她身側站著的丫鬟忍不住八卦道：「把孩子裝在食盒裡，莫不是鐵騎將軍有外室？」

李夫人對食盒裡的孩子半點興趣都沒有，不過心裡卻有一絲僥倖，若這真的是外室生的，之前自己所提的事沒準兒真行，右相府雖然沒倒，可也被乾晾在那裡很久了，若是再有庶子來添堵，她就不信錦雲能做到不惱不怒，只求孩子無病無痛一生安穩。

錦雲躺在床上，覺得背都躺硬了，可是張嬤嬤和青竹她們硬是說沒躺足一個月，不許她起床，錦雲只得翻了個身子，就聽到一陣哭鬧聲傳來，抬頭就見葉連暮拎著食盒走近，不耐煩地遞給青竹。「真能哭，都哭一路了，去找個奶娘來餵他。」

看著谷竹從食盒裡抱出來個孩子，錦雲撫額。「你把他拎回來，不會也是想我養吧？」

谷竹笑道：「過兩日溫寧小姐來，要懷疑少奶奶是不是生三胞胎了。」

錦雲哭笑不得，指著孩子問葉連暮。「這就是原本給賢妃準備的二皇子？誰家的？」

「應該是沐大將軍的嫡長孫。」

錦雲啞然。「這回熱鬧了，沐大將軍膝下只有一個嫡子，好不容易得個孫兒，竟捨得送進宮，他和太后怕是作夢也不會想到，孩子會在進宮的路上被你劫了，賢妃這孩子怎麼生？」

葉連暮滿臉黑線，不是他好不好，是葉容軒劫的，依皇上的意思是要殺了，可七王爺下不了手，又受不了孩子的哭聲，直接丟給他了，還說什麼老國公不許他抱孩子，讓他拿這孩子多練習練習……

錦雲讓人密切關注宮裡的情況，兩個時辰後，宮裡傳了話來，賢妃只是受了些驚嚇，好在心力夠強大，肚子的孩子沒事，暫時還生不下來，聽到這些話，錦雲差點笑瘋了，青竹幾個丫鬟都險些懷疑她是不是得了羊癲瘋。

錦雲抱著易兒，一邊逗笑一邊道：「怎麼不找個女娃兒，直接讓賢妃把孩子生了不挺好？」

葉連暮一口茶嗆喉，一腦門的黑線。「要真有妳說得那麼容易就好了，誰料到賢妃今天要生孩子，一時間上哪裡去找個女娃兒？」

錦雲想想也是，生孩子的事完全看賢妃的意思啊，錦雲瞅著他帶回來的男孩，忍不住蹙眉，心裡有些同情，小小年紀就捲進宮鬥裡，還幾經波折到了逐雲軒，也算是緣分。「這孩子該怎麼辦？」

「扔沐大將軍府前？」

「……這會不會太便宜他們了？繞這麼一大圈也要收點保護費吧，谷竹都抱他一下午了。」

谷竹渾身哆嗦。

錦雲伸手，谷竹把孩子抱上前，錦雲瞅了瞅，見到孩子脖子上掛著個吊墜，她小心翼翼地取下來，打算扔給葉連暮的，扭頭一想。「再養他兩天吧，急死沐府上下，看他們還敢不敢把孩子當做籌碼算計。」

對於這樣沒心沒肺的人，錦雲絲毫不會憐惜，只讓人密切關注。果然，整個京都都在找孩子，沐府上下都急瘋了。

孩子是由嬤嬤親自送進宮的，現在孩子沒進宮，就連嬤嬤都不見蹤影，嬤嬤是死是活沒人關心，可是孩子呢？孩子在哪裡？

整個京都都在找孩子，有人挨家挨戶地搜查，還張貼了告示出來，甚至提出賞金一萬兩，有不少人把孩子送沐府去，六、七歲大的都有，氣得沐府上下差點吐血，就連沐太后都氣得哆嗦，又擔心沐賢妃假懷孕的事洩密，找了各個宮門的守衛去問，才知護送孩子進宮的嬤嬤根本就沒進宮，然而，賢妃已經足月了，再不生，太皇太后都要來催了。

兩天後，賢妃誕下二皇子，這等喜事，讓昏迷中的皇上都高興地睜開了眼睛，轉眼又閉上了，不過大家都在傳，皇上再次昏迷前，說孩子長得很像他，身子骨兒比大皇子好……若是他不幸駕崩了，希望這孩子能跟先皇一樣，勤政為民。

這基本上相當於遺言了，文武百官已經有不少人動搖。

兩天後，錦雲出月子，卻因為皇上病重的緣故，這滿月酒是沒法辦了。

不過這一天，沐大將軍府上的尋人賞金漲到了三萬兩，不過錦雲不滿意，非得好好急他們幾天不可。

等到晚上的時候，錦雲拿出三個瓶子交給葉連暮。「假死藥和解藥，還有你要的迷藥都在這裡了。」

葉連暮看著三個小瓶，有些不確信。「就這麼一點迷藥，能迷暈上萬人？」

「別說上萬人，就是三萬頭牛，也能給迷暈了，不過只在三天之內有效。」

葉連暮握著藥瓶，抓著錦雲的手，妖冶的鳳眸裡滿是柔情，錦雲拍了他一下。「做什麼，不過就是去給皇上嘴裡塞點藥而已，又不是生離死別，早去早回。」

一開口，氣氛全毀，葉連暮狠狠地剜了錦雲一眼。「妳對為夫還真的不擔心，就不怕有什麼萬一？」

錦雲露齒一笑。「有什麼萬一？皇上死了，你的後臺也算倒了，他們會把你當根蔥才怪呢！倒是我，皇上一死，他們的敵人就是大皇子了，大皇子現在可是待在我身邊，萬一有人來刺殺，隨手給我一刀，慘的是我好不好？」

葉連暮一臉黑線，把錦雲拉到懷裡，惡狠狠地拍了她臀部兩下。「叫妳口沒遮攔！」

錦雲一臉羞紅，抓著葉連暮的手狠狠地咬下去，他忍不住倒抽一口氣，為表示悔改了，給錦雲揉了兩下，她這下臉更紅了，氣得直捶葉連暮，可惜某人才不管。「下次還許不許我打易兒的屁股了？」

「許、許！」

葉連暮這才放過錦雲，妖魅的眸底全是笑意，有兒子是好，就是有一點不好，兒子哭鬧，錦雲不許他打屁股，如此霸道這也就算了，偏錦雲自己沒事就拍兩下，他只能在一旁瞧她又是捏又是拍的，他忍不住想試一試，錦雲就掏銀針！

葉連暮差點氣瘋了，兒子是她生得不錯，可是沒他，她能生嗎？

他想好了，如果錦雲不許他打，他要是手癢癢了，只能從孩子他娘身上討回來了。

錦雲見他笑成那樣，一副陰謀得逞的樣子，牙齒暗暗磨了一磨。

你要是敢動手，打一下，睡十天書房！

吃過晚飯後，葉連暮便出府了，錦雲搖著搖籃，哼著小曲，等兩個孩子都安睡了，她才洗漱睡下。

凌晨時分，錦雲睡得正熟呢，就聽到了熟悉的喪鐘，足足九下，是皇上駕崩的鐘聲。

若是哪天太后駕崩了，喪鐘會響七下。

錦雲坐起來罵了兩聲，又躺下了，真是討厭，死也不知道挑個好點兒的時辰，這得擾多少人的清夢？

第二天，錦雲還在吃早飯，李夫人就來了，說服錦雲扶持大皇子登基，正說得起勁時，青竹就進來稟告，蘇貴妃懷孕了，受了些驚嚇，見了紅，但孩子保住了。

錦雲笑看著李夫人，李夫人氣走了。

皇上駕崩是小事，大事是誰繼承皇位成為下一個皇帝？

錦雲抱著大皇子進宮為葉容痕送終，著實聽了一回文武大臣是怎麼選皇上的，各式各樣稀奇古怪的理由，一個小娃娃沒見過面的，都能預料到人家將來是明君，讓錦雲恨不得衝上去拽著他們求算命了。

錦雲進宮第一件事就是找到葉連暮，葉連暮低聲道：「太后快扛不住了。」

沐太后哪還扛得住？與右相鬥了多少年都沒勝，現在好不容易右相沒了依仗，偏巧貴妃又懷孕，前有大皇子，後有貴妃，而賢妃懷裡的孩子還不是自己血親的孩子，沒準兒就是偷哪家剛出世的孩子，萬一這孩子養大又跟葉容痕一樣，面合心不合，這不是給他人做嫁衣？

錦雲發現沐太后看她的眼神就像鑲了冰刀一般，恨不得捅得她滿身是窟窿，偏錦雲還不怕死地道：「相公，皇上之前讓大皇子認我們做義父、義母，讓我們扶持大皇子上位，他是不知道貴妃也懷了身孕啊！這幾個月，皇后和賢妃都懷了身孕，皇上獨寵了貴妃半年，心裡最喜歡哪位皇子還不一定呢，我們扶持誰啊，這皇上什麼時候死不好，偏趕著這時死做什麼，給咱們出難題！」

錦雲抱怨的話讓一群大臣無語，說得好像皇上找死一般，真是膽大妄為。

只聽錦雲繼續道：「不如還是聽我爹的提議，等三位皇子長大，誰最有帝王風範誰做皇帝？咱們好好培養大皇子，應該不會輸給其餘兩位，也算是對皇上、對我爹都有交代。」

沐太后氣得指著錦雲的鼻子道：「大皇子是皇室子孫，妳來養？養成跟妳一樣恬不知恥嗎?!」

錦雲嘴角一冷。「太后慎言，讓我們夫妻養大皇子的是皇上，我們也是奉命行事，不讓我們養，難道送進宮給太后您養嗎？」

錦雲淡淡幾句話氣得沐太后臉都青了，恨不得讓人掌錦雲的嘴，但葉連暮站在一旁，沐太后不敢妄動，就一句。「國不可一日無君！」

這句話很對，但前提是得有能處理朝政的皇子啊，現在沒有合適人選只能暫緩了，總不能讓皇上放著兒子不用，改立弟弟吧？所以新皇帝選立一事不了了之。

從皇宮出來後，兩人才進祁國公府大門，沐太后就動手了，第一個試刀的是右相，用的還是先皇遺詔——擅自出府，未經傳召，擅自進宮，都是死罪！

不知道是誰把李大將軍在城外的消息洩漏給沐太后，沐太后差不多瀕臨被逼瘋的境地，心裡只有一個想法，右相死了，李大將軍死了，誰還能跟她鬥？

一邊殺右相，一邊派人去殺李大將軍，整個京都亂成一團，對峙了六年之久的三派鼎立，在皇帝駕崩這一天徹底動上了真刀真槍。

不在三黨之內的葉連暮就顯得很清閒了，找了一千鐵騎把祁國公府團團圍住，確定安全之後，就躺床上睡大覺去了。

不過他也睡得不是很安穩，三黨之爭與他無關，可是南舜求和，北烈挑釁還沒解決呢！朝廷動亂，北烈進攻得更猛了，這些事讓葉連暮頭疼，沒辦法，如今皇上沒選定，大家忙著搶皇位，連這事都顧不上了，一提起戰事，大家首先提的就是立儲，什麼叫攘外必先安內，古話啊，必須先安內。

搶不到皇位，江山守得再穩固那也是別人的，被北烈搶去了還可以再搶回來，但是皇位被人搶走了，十有八九就搶不回來了，孰輕孰重，大家都分得清呢！

此時，左相主持朝政，沒辦法，只好來找葉連暮商議了。

逐雲軒的書房簡直就是第二個朝廷了，與立儲無關，只針對邊關戰事，每次來議事的官員都有七、八位，有武官也有文官，這些都是不參與立儲的官員，他們關心的是江山安穩。

沒多久，沐太后的人在京都三百里外將李大將軍的萬人軍隊全部虜獲，這個消息震撼京都，連沐太后自己也沾沾自喜，還以為會損失不少人，沒想到只損失了幾百人就抓到了李大將軍，奪了他的帥印，將他丟在刑部大牢內。

傳到錦雲耳裡，她還擔心了好一會兒，生怕做得不夠好，偏偏有好大喜功的將軍，誇誇其談，承認是自己下了迷藥，才俘獲了李大將軍，錦雲樂得有人揹黑鍋。

李大將軍進了大牢，剩下右相了，但右相的兵馬與李大將軍不同，他不是直接統領的，中間隔著將軍呢！

可如今右相府大門上掛著一塊免死金牌，欲逮捕人的禁衛軍見了金牌，首先就得跪下，還談什麼殺人？

僵持了兩天後，沐太后忍無可忍之下，派人去暗殺右相，結果有去無回，第二天右相照樣上朝，李大將軍的兵權照搶不誤。

又過了兩天，朝廷已經不能用亂成一鍋粥形容了，這鍋粥已經糊了。

錦雲給葉連暮出了個主意，將不問朝政的太皇太后請出來，這一招妙絕了，太皇太后坐在皇位上，震懾了滿朝文武，太皇太后親自監督，只商議邊關戰事，誰在中間說一句立儲，立刻拉出去賞三十大板。

有了太皇太后護著，李大將軍的兵權或間接、或直接地全掉葉連暮兜裡了，沐太后再次氣病，辛苦了半天，全便宜了別人！

葉連暮拿到兵權之後，就派了可信之人去邊關宣讀太皇太后的旨意，如果有誰反抗或不遵從，該斬的斬，該打的打。於是葉連暮很迅速地接手了兵權，穩住了兵敗如山倒的局勢。

太皇太后的攝政給了沐太后一個啟迪，與其自己站出去，還不如太皇太后來立新皇上，於是沐太后幾次去遊說太皇太后，但太皇太后根本不搭理她。沐太后做為一個熬不出頭的媳婦，將太皇太后氣得牙癢癢，最後一狠心，讓禁衛軍包圍了太皇太后的寢宮，逼太皇太后在懿旨上蓋鳳印！

太皇太后作夢也沒有想到沐太后敢逼迫她，氣得把手裡的茶盞扔了，濺得沐太后滿身都是茶水。沐太后不怒反笑，一腳踢掉擋路的茶盞碎片，走到太皇太后跟前，嬤嬤上前擋路，被沐太后一巴掌打掉了一顆牙。

太皇太后雙眼如冰。「妳瘋了！」

沐太后笑得淒慘。「對，我是瘋了，被右相、被李大將軍、被妳給逼瘋了！交出鳳印！」

太皇太后撇過臉不搭理沐太后。沐太后也沒想過搭理她，直接叫人進太皇太后的寢宮搜。

由於太皇太后的人全部被抓起來，外頭又被人包圍著，太皇太后無法反抗，冷著臉問：「我知道今天逃不過去了，妳給我個實話，當初清歡什麼地方得罪了妳，妳要那麼害她？」

沐太后嘴角勾起一抹冷笑。「為什麼害她？她該死！當年先皇就有意立我皇兒為世子，是她幾次三番提醒先皇嫡庶有別，不但在先皇面前這麼說，在妳和太祖皇帝面前也這樣，她斷我兒的路，我豈能留她？」

太皇太后頹喪地坐在鳳榻上，彷彿瞬間蒼老了十歲不止，她紅著眼眶冷冷看著沐太后。「我只恨沒早點知道清歡是毀在妳的手裡，這些年，妳還做了什麼事，安國公府謀逆是不是也是妳害的？」

「對，是我，都是我做的！」沐太后掐住太皇太后的下顎。「就算妳知道了又如何，妳還能替安國公府平反？安國公手握兵權，我數次向他示好，是他敬酒不吃，這等不識時務的逆臣，我留他何用？」

沐太后說完，大笑道：「妳還真是關心別人，可想過妳那一族是如何敗落的？沒錯，也是我派人去做的，不過我只殺過一人，就是妳那墜馬的姪兒，沒想到內院爭鬥如此厲害，不出十年，就鬥得只剩下兩個庶子、庶女，根本成不了氣候，加上妳自以為賢良淑德，不許外戚干政……」

這事沐太后想起來就想大笑，當年太皇太后榮耀一時，父兄全部是朝中重臣，最後全部為大朔戰死沙場，留下一堆婦人在內院，她不過是對嫡子動了點手腳，沒想到嫡子死後，嫡妻以為是那些姨娘想奪爵位，為了給嫡子報仇，就暗地裡使壞，加上爭奪爵位，三、四個已經快成氣候的庶子都死了，留下的都是一些歪苗，太皇太后也對娘家失了心，一門心思全放在皇上和孫子身上。

太皇太后想起娘家敗落，差點斷了根苗，雙眼充血，衝過來就要打她，結果沐太后一揮手，太皇太后摔倒在地，珠釵掉了一地，安靜的寢殿迴盪著沐太后的笑聲。

可是沐太后的笑聲漸漸地就僵硬了，她看見葉連暮從房梁上跳下來，那邊屏風打開，左相、右相還有幾位朝中重臣，全部站在寢殿內。

葉連暮去扶太皇太后起來，太皇太后再忍不住，哭了起來。「都是我識人不明，引狼入室，害了父兄，害了安國公，害了大朔……」

太皇太后說著就暈了過去，葉連暮從懷裡掏出一粒藥丸，給太皇太后餵了下去，然後扶著她去旁邊歇息，並找太醫來醫治，接下來要審問沐太后了。

其實根本不需要審問了，沐太后自己就全部招了，不過沐太后不怕，外面的禁衛軍都是她的人，既然這些人知道都是她做的，他們一個都不能活著走出去！

沐太后自信滿滿，可是除了跟進來的少數幾個禁衛軍，絕大多數人根本不聽宣詔。

一批禁衛軍魚貫而入，最後進來的是詐死的葉容痕。

當著太后的面，禁衛軍統領撕下面具，露出一張熟悉的臉，正是安景成！

葉容痕為何要詐死，不過就是想避免皇宮裡的腥風血雨。沐太后在皇宮裡最大的依仗就是禁衛軍，要斷其羽翼，只能從禁衛軍統領下手；昨晚，安景成綁了禁衛軍統領，喬裝他的容貌進宮，要不，這些大臣們來太皇太后這裡，沐太后能不知道？

左相和眾大臣還不知道皇上詐死，一時間見到葉容痕，先是嚇住了，反應過來連忙給葉容痕請安行禮，直呼萬歲，老天有眼！

沐太后根本不信葉容痕是真的，直說他是易容的。

葉容痕也不氣，走過去坐下，冷冷地看著沐太后。「太后掌管後宮十數年，更是三分朝廷，妳的心計手段，朕欽佩之至，可惜，人外有人，天外有天！」

沐太后咬牙切齒，她知道自己沒有活路了，求饒只是自取其辱，便問，她到底失敗在哪裡，她都親眼見他喝下所有的毒藥，正因為如此，她從來沒懷疑過他的死有詐。

葉容痕也不吝嗇，端著茶邊喝邊道：「一個半年內不會懷孕的人突然有了身孕，換做是妳也會起疑吧？」

「不可能！賢妃沒有喝過避子湯，太醫也沒有查出來，怎麼可能不會懷孕？」

「都說了人外有人，天外有天。」

「……是她！」沐太后一瞬間想了起來，是錦雲，是她動的手腳，太醫救不活的大皇子，也是因為她才會活著，要不是她礙事，皇位早就是她的了！

這場逼宮到這裡就差不多了，葉容痕根本不耐與沐太后多說一句，一揮手，禁衛軍就押著沐太后走了，並下令讓葉連暮和安景成徹底查清太后一黨所做的惡事，務必除盡。

「務必除盡」這四個字，讓沐府滿門殺的殺、賣的賣，幾乎是連根拔起，而沐府那些擁護者，逃命的逃命，求饒的求饒，貶官的貶官。

相比而言，李大將軍下場要好得多，他在刑部被太后的人嚴刑拷打，傷了身子，一身武功盡廢，葉容痕心生同情，就饒了他擅自回京之罪，這還是看在這些年他沒有與太后一黨勾結的面子上，不過也撤掉了他大將軍職位，讓他回家頤養天年。

尾聲

一時間，朝堂上少了近三分之一的官員，好在皇上科舉殿試授官，這些人在職位上都恪盡職守，破例提拔了許多官員，最高的任三品！

而自先皇遺詔一事不了了之後，右相又繼續上朝了，誰也沒提扔相印一事。

至於戶部尚書蘇匀昉背地裡投靠太后一黨，與右相斷絕關係，在沐太后倒臺之後，又求到右相府了，但右相根本不見他，蘇尚書在右相府門前跪了一天，即使暈倒了，右相都沒理他，還是蘇老夫人心軟，讓人送了一個蒲團出來……

錦雲聽到青竹說這事的時候，嘴角一抽一抽的。看這兩兄弟，她深覺她爹這麼腹黑根本是遺傳啊！二叔也是活該，胳膊肘兒往外撇，同甘卻不共苦，這樣的兒子，祖母會饒過二叔才怪呢！

不過真讓蘇尚書死了，蘇老夫人肯定捨不得，最後蘇尚書一家死罪可免，但沒法在戶部尚書的位置上繼續待下去，被皇上外放了。

蘇二夫人離開之前，還特地來見錦雲，想用錦雲娘親安氏的死因作為交換條件，讓丈夫蘇匀昉不外放且還繼續做戶部尚書。

錦雲真服了蘇二夫人，一句話把她頂回去。「我娘是大夫人害死的，我爹早知道了，不單是我爹，就連大哥都清楚，大夫人這輩子只能待在佛堂裡贖罪。」

蘇大夫人早已跟蘇蒙招認了，安氏身子勞累虛弱是真，被她害死也是真，安氏遲遲不嚥氣，她過於心急，就出手了！

送走了蘇二夫人，右相派人送還免死金牌給錦雲，錦雲讓青竹把錦盒拿來，看著錦盒裡的半張羊皮，錦雲眉頭一皺再皺，這羊皮到底做什麼用的？

葉連暮邁步進來，指著羊皮道：「滴兩滴血試試。」

待葉連暮走近，錦雲抓過他的手咬下去，這動作讓一屋子人的嘴角都抽了起來，可見到葉連暮一臉從容寵溺，青竹撫額，這也太寵溺少奶奶了吧？

果然，羊皮上有字，錦雲瞅了幾眼，上面寫著什麼匾額上有一封聖旨。

錦雲抓著葉連暮的手問：「你去皇宮把這道聖旨偷出來，我看看寫了些什麼。」

葉連暮握著錦雲的手，扯嘴角道：「不用了，聖旨我跟皇上已經看過了。」

錦雲瞇眼，隨即站了起來，怒道：「你早知道羊皮紙上寫了什麼！」

葉連暮俊美無儔的臉上閃過一絲笑意。「這可怨不得為夫，御書房內匾額年久失修，公公擦拭的時候，匾額不小心掉下來，先皇遺詔也跟著掉了下來。」

她是那麼好糊弄的？

「聖旨上寫了什麼？」

「聖旨上寫岳父若沒有謀逆，就撤掉他右相之職……」

錦雲睜大眼睛，幾個丫鬟也都望過來。先皇腦子有毛病啊，沒有謀逆，還撤老爺的職？

「然後呢？」錦雲問。

「授予他帥印。」

「……再然後呢？」

「再然後，皇上奉先皇遺詔，授予岳父帥印，領兵出征北烈……雖岳父離京後擔任將軍，不過回京依舊是右相。」

「也就是說，我爹要去打仗了？」

「不單是岳父要去，我也要去，岳父說我太委屈鐵騎了，明明三個月就能打贏的仗我花了半年多，他要教我如何打仗……」某男眼底盡是怒氣。

「我看你是不服氣，想去看我爹是怎麼收拾北烈的吧？」錦雲咕噥道。「這回可以帶上我了吧？」

葉連暮二話不說，轉身便走，後面的錦雲喚道：「不帶我去也行，我明天就帶著易兒去見我爹，王嬤嬤護著你，我可不會……」

錦雲走到搖籃邊跟易兒商議，明天見到外祖父要使勁兒地哭。

葉連暮讓幾個丫鬟退出去，回頭見易兒睡得安穩，再見錦雲白皙的脖子，大步走過去，把她摟在懷裡，低聲在她耳邊道：「一會兒妳要是不求饒，我就帶妳去。」

錦雲臉一紅。

「一言為定！」

春光旖旎，溫情無限。

錦雲以為自己可以堅持，咬緊牙關死不鬆口，可是她高估了自己，也低估了幾個月沒吃肉的某男，死扛了一個多時辰，最後實在不行求饒了，一來是堅持不住了，二來是孩子餓得直哭，錦雲捨不得啊，再者，她再不抱孩子，張嬤嬤應該快忍不住衝進來了！

因此，錦雲不得不遵守諾言不去邊關。

七天後，錦雲沒有送葉連暮出征，也沒有送右相出征，而是在府裡大辦喜宴，八個丫鬟一起出嫁，熱鬧一時，那幾個暗衛先留下成親，三天後再快馬加鞭趕赴邊關。

原以為這一仗會打半年甚至更久，沒想到四個月後，北烈便送公主來求和，由於雲漪公主已經出嫁了，就派了她的妹妹前來和親。

和親公主原本是指給七王爺，但七王爺的消息太靈通，在皇上賜婚之前，便留了封信，說出去找七王妃去了，何時找到，何時回來，於是和親公主只好被皇上指給了八王爺。

如今邊關傳來捷報，戰爭以全勝告終，百姓也得以安養生息了，而讓所有皇帝忌憚的兵權，在李大將軍和沐太后垮臺之後，除了掌握在右相手裡的那一部分仍不動如山，現下泰半都回到皇上手中。

自安內攘外有成之後，皇帝穩坐大朔江山，國家一片歌舞昇平，其中作為打勝仗的頭等功臣——右相及其女婿葉大人，在民間聲望始終高居不下，因而京都的街頭巷尾也不乏耳聞右相、葉大人及皇上在朝堂上互相較勁、偶爾就地切磋的有趣段子，此乃後話。

春去冬來又一春，五載光陰轉眼即逝，長年寄居在祁國公府調養身子的大皇子已於前些早春時分，入住宮中。

錦雲看著兒子千易和女兒千凌坐在床鋪上下棋，思緒偶爾會想起那五歲大的孩子。

沐賢妃五年前已被打入冷宮，而蘇貴妃則因右相有軍功，加封為皇貴妃，之後產下一名公主。由於帝王子嗣不豐，近年來廣選秀女，擴充後宮以綿延子孫。所幸皇上是顧念舊情的人，當大皇子一入宮即被封為太子，對他的重視，可見一斑。

錦雲回過神來，見千凌的臉上貼滿了紙條，而千易腦門上只有一張。錦雲將女兒抱起，指著棋盤，教她道：「放這裡。」

千凌鼓著胖嘟嘟的腮幫子，奶聲奶氣地問：「娘，下這裡會不會輸？」

錦雲瞪了千易一眼。誰養的兒子啊，放水都不會，好歹給她留點面子吧！

「下這裡輸得慢些，應該能支撐到妳爹運送糧草來。」

千凌麻溜地爬下床，去找了塊牌子來，放在棋盤上，上面寫了兩個字——

休戰。

千易看著「休戰」兩個字，嘴角一抽再抽，這會不會太無恥了啊？

千凌格格笑著。「等爹回來了，哥哥肯定輸得很慘，你就不能跟娘睡了。」

千易白了她一眼。「我才不會睡這張床，我有自己的床！」

這時葉連暮從外頭回來，人都還沒踏進房門，孩子們一聞聲響，立馬一左一右將他纏在外頭的廊道上動彈不得。只不過這玩性來得快，去得也快，一會兒丫鬟手中的新鮮物事立刻就讓兩個孩子將親爹拋諸腦後。

在春光爛漫的午後，暖陽如碎金般灑落，站在房門這端的錦雲看著孩子歡鬧的身影，而站在廊道那端的葉連暮則望著她。

葉連暮緩步上前牽住錦雲的手，錦雲眉眼帶著嬌嗔，兩人自然地相偎在一塊兒，臉上皆是滿足的笑。

人生至此，夫復何求？

——全書完

文創風 196-198

在稼從夫

全套三冊

妙語輕巧，活潑悠然／于隱

現代剩女穿越到古代農村，
卻意外撿到好丈夫！

在雷雨天被逼出門相親已夠無奈，
竟然還發生意外穿越到古代農村，
一覺醒來稀裡糊塗地嫁為人妻，
幸好這新婚丈夫既有莊稼漢的老實，又有書生的溫文儒雅，
非但不遠庖廚，還懂得「尊重老婆」，簡直是新好男人一枚！
然而，要在這兒過好農村小日子可不容易啊，
平日不僅得處理田裡的農活生計、家宅內的婆媳妯娌問題，
也得應付朝廷徵兵、地痞惡吏及天災糧荒等事，
所幸來自現代的她能及時發揮機智來化解難關，
且懂得經營雜貨鋪子來幫襯夫家，讓一家子過得順順當當！
在丈夫一本初衷與她白頭相守之下，
共擎人生許多風雨，也共賞無數良辰美景，
兩人情牽一世猶嫌不足，
誰知，這老天爺許諾的「來生」竟來得如此之快……

文創風 223

花落雲暮間 4 完

國家圖書館出版品預行編目資料

花落雲暮間 / 木嬴著. --
初版. -- 臺北市 : 狗屋, 民103.09
冊 ; 公分. --（文創風）
ISBN 978-986-328-350-8（第4冊：平裝）. --

857.7 103015424

著作者	木嬴
編輯	黃鈺菁
校對	沈毓萍 王冠之
發行所	狗屋出版社有限公司
地址	台北市104中山區龍江路71巷15號1樓
電話	02-2776-5889～0
發行字號	局版台業字845號
法律顧問	蕭雄淋律師
總經銷	知遠文化事業有限公司
電話	02-2664-8800
初版	103年9月
國際書碼	ISBN-13 978-986-328-350-8
原著書名	**《权相嫡女》**，由起點女生網〈http://www.qdmm.com/〉授權出版

定價250元

狗屋劃撥帳號：19001626

網址：love.doghouse.com.tw E-mail：love@doghouse.com.tw